人生戏码

刘一达"虫儿系列"
京味小说丛书

画虫儿

刘一达　著

作家出版社

目录

虫儿，地道的北京土话。虫儿者，行家里手之意，并无褒贬。古人有望子成龙之美好愿望；京城有：不成龙，也要成条虫儿之如意期盼。京城乃八百七十多载皇都，自古即首善之区，政治文化中心。帝都虽有皇家文化统领八方，传统习俗潜移默化，但天子脚下之臣民，并非多出本土，居民五方杂处，背景不一，地位参差，性格迥异，既有帝都文化之奴性，圆滑，温顺；又有燕赵故地文化之刚烈，豪爽，热情，真率。文化不同，性格使然，数百年间，演绎出许许多多悲天悯人，壮怀激烈，可歌可泣之人物和故事，然纵观这些人物故事，达官显贵，名流翘楚树碑者多，市井小民，凡夫俗子立传者少。其实，论人生之精彩，故事之曲折，当属市井小民，凡夫俗子。"虫儿系列"即是为小人物立传之书。作者乃老北京人，从事职业记者二十多年，深入胡同，采访了近万人，不乏小人物中之虫儿者，其奇端异事，匠心独具，故事妙趣横生，闻所未闻。之前，作者对虫儿多有描写，或报刊连载，或成书出版，或改编影视，在社会广有传播，经数年，《虫儿》之拥趸粉丝者众多。为满足读者阅读之快意，藏书之乐趣，从众《虫儿》之中，选取《人虫儿》《画虫儿》《酒虫儿》，成"虫儿系列"，以飨诸君，供后世玩赏。

第一章

　　冯爷，他的大号响，响遍了京城的书画圈儿。他的大号，像是带响儿的麻雷子，京城玩字画儿的主儿，说不认识冯爷，那您的身子就会矮下去多半截。以冯爷的心气儿和做派，这话还把他给说小了。照他的意思，不知道他的名号，干脆说，那叫不懂得什么是玩字画儿。

　　他就这么大的范儿[①]！冯爷，京城有名的"画虫儿"，甭我多说了，想想吧，麻雷子点着之后有多大的响动，您就知道"画虫儿"冯爷的能量有多大了。

　　冯爷，姓冯，名远泽，名字之外，还有号，叫拙识。现如今中国人起名谁还另起一个号呀？老祖宗为显风雅倒有这个传统，但辛亥革命以后，中国人一来二去的早把这个传统给折腾没了。名字就是名字，单立一个号，啰唆。

　　但冯爷是个例外，别人有字没号他不管，他得有号。他是爷，

---

① 范儿——本是戏曲术语，指技术上的规范或法门，后来用于北京土话，即派头大、架子大的意思。

又是玩字画儿的，不预备一个号，不但对不起老祖宗传下来的文化，也对不住他的身份。甭管是填表登记，还是签到署名，凡有自报"家门"的时候，他必要在姓名之外，加上自己的号。

为这事儿，他跟派出所管户籍的民警打了一架。那年换发身份证、登记姓名的时候，他又把自己的号写上了。

民警说，身份证只能写一个名字。他急了："法律上有这规定吗？拿出来我瞧瞧。"

民警被他的高音大嗓弄得没了脾气。他再添两张嘴也说不过冯爷，最后只好妥协，在他的身份证印上了"冯远泽·拙识"。

这五个字看上去不伦不类，倒是让人眼晕。冯爷可不管您的眼睛累不累，只要他看着顺眼就得。

拙识，冯爷的这个号有讲儿。听着是"远见卓识"后面那俩字的音，写出来却是"笨拙"的"拙"。冯爷那么智慧的人，怎么能跟笨拙挂起钩来呢？这自然让人想到了"大智若愚"的成语。

算您猜对了，冯爷要的就是这学问。拙识，其实就是卓识，明说出来，那多俗呀，卓识也好，拙识也罢，都离不开眼神。识嘛，没眼神，怎么识？冯爷在名字之外，起这么一个号，就是为了告诉人们，他这位爷是靠眼神来支撑门面的。

眼睛是心灵的窗户门儿。冯爷知道眼睛是他的命根子，没了眼睛，他也就失去了活着的意义。但老天爷似乎有意跟他逗着玩儿，偏偏让他长了一对"阴阳眼"。

什么叫"阴阳眼"呢？说白喽就是左眼大右眼小，按相书上的说法，大的属阳，小的属阴。大眼瞪起来像核桃，小眼瞪起来像绿豆，这样一对眼睛嵌在冯爷铜盘似的胖脸上，似乎有点儿不大般配。他的鼻梁很高很直，山根像座小山，小山之上，有两个凹进去的小洞，如同两口深井，核桃眼在深井里像是夏夜天幕上的明月，绿豆眼如同冬夜里的寒星。假如没有眼眶下面耷拉下来的眼袋，这一阴一阳的眼睛倒也让人觉得挺好玩儿。但是岁月不饶人，过了五十岁，冯爷脸上的眼袋变得越来越沉重了，看上去像两个被云遮住的月牙儿。

冯爷别笑，一笑，脸上的囊肉就会跟着他的笑声抖动起来，"星星"就会被"月亮"给吞了，只露出那两口深井。想想吧，那副尊容是不是有点儿瘆人？当然，冯爷笑的时候不多，即便是笑，他也只是干巴呲咧地咧咧肥厚的嘴唇，把那点儿笑意由翘起来的嘴角逗弄出来，眼神依然闪烁不定。平时，深井波平如镜，只有看到字画的时候，"月亮"和"星星"才会不约而同地放出光来。

京城玩字画的"虫儿"，几乎都熟悉冯爷的这对"阴阳眼"。这对眼睛像是辨别字画真伪的"准星"，再逼真的假画，让冯爷的这对眼睛一扫，也得破相。人们拿着画儿找冯爷"量活"，就怕脸上深井里的"月亮"和"星星"打架，只要这一阴一阳俩眼睛犯了别扭，您花多少钱买的字画也如同一张废纸。自然，一幅画儿是真是假，不会从冯爷的嘴里说出来。他不用言语，只要看他这对眼睛流露出来的是什么眼神，您大概其也就心里有数了。

老北京古玩行有手里握着一个物件吃不准，求明白人掌眼一说。什么叫掌眼，甭多解释，您一见冯爷用那对"阴阳眼"瞧字画的神情，心里就明白个七八分了。

有一次，梁三花了两千块钱，从潘家园一个河南老农手里，淘换到一幅文徵明的山水立轴。那会儿梁三在京城玩字画刚入道，还算是个雏儿。收这幅画儿的时候，他是热手抓凉馒头，赶到这幅画儿真到了他的手里，心里却打起了鼓。

他回家翻了两天书，只知道文徵明是明代的画家，究竟这画儿是不是他的真迹，他却吃不准。颠算来颠算去，他想到了冯爷的眼睛。

为了让冯爷替他掌眼，梁三咬了两天牙，在东三环的"顺峰"，请冯爷吃了顿海鲜。

冯爷不客气，既然梁三说出这个请字，他就不能让梁三忒小气。爷嘛，该摆谱儿的时候就得摆谱儿。他点了龙虾和鲍鱼。这顿饭让梁三花了五千多块，事后，心疼了半年多。

"姥姥的，这位爷真敢开牙，一顿饭吃了我几张名画儿，谁能想到他会宰我一头呀！"梁三心里骂冯爷，嘴上却不敢说出什么。这种事儿，胳膊折了得往袖口里揣。他是自己找上门的，即便是冯爷带着大铡刀来，他也得认头。

不过，话又说回来，当时梁三在潘家园买这幅画儿时，那老农开价是两万。两万块钱愣让他给杀到两千块，他这一刀切得也够狠的。当然，如果是真迹，这幅画儿拿到拍卖市场少说也值两百万，请冯爷吃顿饭算什么？想到这儿，他心里又坟地改菜园子，拉平了。自然，冯爷没白吃梁三这顿饭，他的眼睛给梁三上了一课。

"文徵明，文壁，这可是明中期的大家，画儿带着呢？"席面上的龙虾和鲍鱼吃得差不多了，冯爷打了个饱嗝，揉了揉鼓起来的肚皮，左边的大眼眯成一道缝，右边的小眼向上翻了翻，一边儿剔着牙，一边儿从牙缝里冒出这么一句。

"带来了。"梁三心说，我不把画儿带来，请你这顿海鲜那不是

雪芹是京城字画圈儿里的玩家更大可以说是位大亨

白饶吗？

"带来了，就拿出来展展吧。"冯爷用漫不经心的口气说。

"得，您上眼。"梁三把立轴展开，让冯爷过目。

冯爷脸上深井里的"月亮"倏地亮了一下，"星星"随之也闪了光，"月亮"大约凝视了十几秒钟，轻轻地闭上，"星星"眨了眨，也跟着闭了闭，但突然又睁开，射出一道犀利的寒光，像一把利刃直刺这幅画儿的纸背，那道光在画面上下扫了两个来回，停了停，唰的一下目光收回，轻轻关闭，这时"月亮"从云缝里跳了出来，深井随之泛起几个波纹，鼻梁向上耸了耸，嘴角挤出一丝不易觉察的冷笑。

"收好吧。"冯爷朝梁三摆了摆手。

梁三已然从冯爷的眼睛里看出几分不妙，心里不由得咯噔一下。他把画轴卷起来，大着胆子问道："冯爷，您觉得这幅画儿品相如何？"

冯爷心里骂道：这小子真是个棒槌，品相如何？难道你没从我的眼神里看出答案吗？什么眼力呀，还玩字画呢？

他真想上去赏梁三一个大耳贴子，但是他右边的小眼扫见了席面上嚼剩下的龙虾壳，想到了梁三破费的五千块钱，不能不给他留着点儿面子。

"这画儿是从哪儿淘换的？"冯爷沉了一下，问道。

"是从我舅舅那儿得到的。老爷子八十多了，腿脚不利落，刚搬的家。您知道我姥爷的爸爸在内务府当过总管，家里藏着不少字画，这些字画都传到我舅舅手里了。正赶上老爷子住的那个小院拆迁，我帮他搬家，整理东西，他觉得我帮了他的大忙，在他的藏画里挑了这幅给了我。"梁三把想了两天编出来的瞎话当真话说出来。

这话要是换个人听，十有八九得当真，因为梁三确实有个舅舅。

这个舅舅姓金，叫金成仁，在旗，是老北京，八十多岁了，肚子里有点儿文墨。梁三本来跟这位舅舅没什么来往，他母亲去世后，这门亲戚之间的走动就更少了，但是由打他把经营了十几年的小饭馆给盘出去，一门心思玩字画以后，他接触了不少"画虫儿"，在一块儿"盘道"的时候，这个说自己是谁谁的后人，那个说自己是某某的亲戚，抬出来的都是大名头，一个个都有家传渊源，有根儿有蔓儿，而他的老爹大字不识一个，在老北京是拉洋车的，解放后，入了运输公司，当了一辈子装卸工，跟字画一点儿不沾边。

一来二去的，梁三想到了这位在旗的舅舅。金成仁老实巴交，又上了岁数，平时很少出门，拿他说事不会有什么闪失。于是他编排出他舅舅是内务府的总管，家里藏着许多名画儿的故事来，但是跟几位"画虫儿"一盘道，"画虫儿"里有懂眼的人，一算他舅舅的岁数，跟宫里的内务府对不上荏儿了。他舅舅八十二岁，应该是一九二几年生人，那会儿已然是民国了，皇上都没了，上哪儿还去找内务府总管去？梁三抖了个机灵，把内务府总管安在了他姥爷的爸爸头上，反正也没有人去查他们家的家谱，别说是内务府总管了，他说他姥爷的爸爸是皇上，也不会有人去深究。

他以为冯爷不知道他的家底儿，所以为了"印证"这幅古画儿的出处是承传有序，又抬出了他的舅舅。

但是兔子乱蹦不长眼，撞在枪口上了。偏偏冯爷认识金成仁，而且金成仁跟冯爷的父亲冯子卿还挺熟。他知道金成仁当了一辈子中学教员，虽说毛笔字写得不错，平时舞文弄墨，但他的字有书没法，有肉没骨头，拿不出手。自然，老爷子压根儿也没有要当书法家的心气儿，虽说祖上留下来不少字画，但到他爸爸那辈儿，就折腾没了，到他这儿，家里并没有什么字画。

妈的，这兔崽子又跟我这儿编故事呢。冯爷知道梁三平时说话满嘴跑舌头，十句话里有九句是掺着水的，本想膔他两句，但那只绿豆眼又扫到了桌面上的龙虾壳，他不言语了。

"噢，是金先生手里的玩意儿。"冯爷的右眼皮翻了翻，左眼淘气地眨了两下。

"对，是我舅舅给我的。"梁三一本正经地说。

"哈哈，你舅舅什么时候去潘家园了？"冯爷突然冷笑起来。

梁三立马儿吃了一惊："潘家园？"

"是呀，这画儿不是他从潘家园旧货摊儿上买的吗？"冯爷脸上的深井顿起波澜，小眼闪了一下。

梁三觉得那只小眼的眸子冒出一道贼光，像是泛着红光的小火炭，他被这小火炭烫了一下，后脊梁沟不由得直冒冷汗。

"不会吧。这是他祖辈上传下来的物件，怎么会从潘家园的小摊儿上买的呢？"梁三拧了拧眉毛，说道，"冯爷，您是不是刚才只扫了两眼没瞧准？用不用再过过眼？"

"这东西还用我再浪费眼睛吗？跟你说，我闭着眼都知道它的出处。"冯爷干巴巴地笑了两声。

"您……冯爷，这，您可就……"梁三本想说冯爷把话说大啦，但他抬起脑袋，拿眼瞄着冯爷的时候，目光又被那"小火炭"烫了一下，他不由自主地把后半句话咽了回去。

"可就什么呀你？"冯爷的嘴角掠过一丝冷冷的笑意，说道，

"你呀，棒槌一个知道吗？别拿你舅舅说事儿。跟你这么说吧，他们家桌子上摆着的是什么茶壶我都知道，他们家的西墙挂着一幅关山月画的四平尺的梅花，是我送给他的，不信你现在打电话就问。还什么内务府的总管，你蒙别人行，蒙我，算你没长眼。你舅舅金成仁跟我父亲是至交，人家做了一辈子学问，是老实巴交的规矩人，往后，别拿老爷子当幌子去蒙事儿知道吗？"

这几句话一下把梁三给撅在那儿了。"这……"他张口结舌，一时无言以对。

冯爷把那只小眼闭上，微微睁开那只大眼，瞥了一下梁三道："你不是想玩字画吗？我先考考你，明中期的山水画以'吴派'为代表，'吴门四家'你知道不知道？"

梁三愣了一下，支支吾吾地说："'吴门四家'？吴？是不是吴……那什么，是姓吴的这一门的四个画家呀？"

冯爷忍不住乐了，他连骂带挖苦地说道："你呀，说你是棒槌，你跟我睖睖眼珠子，你他妈狗屁不懂知道吗？'吴门'就是姓吴的？玩去吧你！"

"怎么着？我说错了。"梁三咧了咧嘴。

"跟我在一块儿，你长学问去吧。'吴门'是什么？就是'吴派'呀！'吴'指的是苏州地区，古代这一带属吴国。'吴门四家'是四位大名头的画家。哪四位？沈周、文徵明、唐寅和仇英，这四位大名头的山水画家，画得各有特点，但是假的也多。"

梁三缩了缩舌头，咽了一口气道："嘻，他们四位呀！您要是直接说沈周、唐寅不得了吗？唐寅，唐伯虎，谁不认识呀！那是'江南第一风流才子'。唐伯虎点秋香，拍成电影了，我小时候看过。"

冯爷真想抽梁三俩大耳刮子。他心说，现在玩字画的净是点子梁三这号的棒槌，对什么都不求甚解，只知道点儿皮毛，便觉得自己了不得啦，不懂装懂，自称玩家，其实狗屁不懂，净说点子外行话。可你一说破了吧，他又什么都知道，跟你装着玩儿。

他对梁三说道："你说你玩文徵明的画儿，连文徵明是怎么回事儿都不知道，你玩什么？"

"我……"梁三不知说什么好了。

"你打算玩不打算玩儿？"

"当然。我已然掉到里头，出不来了。"

"打算玩字画，多了不用，三年！什么也别干，到书店买书，先把历朝历代包括当代画家的名字、经历、画家的艺术风格弄明白，然后再琢磨他们的画儿，知道不知道？别一张嘴就露怯，丢人现眼。"

"是是，我听您的。"梁三鼓了鼓腮帮子说。

冯爷的那只小眼突然睁开，"星星"射出一道让人难以捉摸的亮光。他问道："甭跟我掖着藏着，照实说，这幅画儿多少钱收的？"

梁三觉出冯爷那只小眼的亮光咄咄逼人，他心里有点儿发虚，不敢再玩哩哏儿愣，说了实话："两千块钱！"

"哈哈，两千块钱！你呀，棒槌一个知道吗？两千块钱，这样的画儿，能买十张！"

"什么，能买十张？"梁三的眼珠子快要瞪出来了。

冯爷的那只小眼微微合上，睁开了那只大眼，"月亮"又射出一道让人匪夷所思的柔光。他转身把女服务员叫过来："去，给我拿个打火机来。"

他不抽烟，平时身上不预备能打着火儿的家伙。

服务员的身上都备着打火机，准备随时给顾客点烟用。她掏出打火机递给了冯爷。

梁三愣了一下，莫名其妙地问道："您这是干吗？"

冯爷不屑一顾地冷笑了一声："干吗？玩儿！"

"玩儿？您打算玩什么？"

没等梁三把话说完，只见冯爷展开那幅文徵明的假画，打着打火机，把画儿给点着了。

"哎哟，您这是……？"梁三被惊得目瞪口呆，像是冯爷捅了他一刀。突然他明白过味儿来，扑上去，想一把夺过烧着的画儿，被冯爷给拦住了。

眼瞅着那幅画儿已烧了一半，冯爷干巴呲咧地对梁三笑道："怎么，烧了你的心是吗？哈哈。"他随手把冒着烟的画儿往地上一扔。

梁三过去，把余火踩灭，看着一幅画儿转眼之间烧成了灰，耷拉着脑袋说："冯爷，您干吗烧了它？"

冯爷道："干吗？我怕你拿着它再去欺世！"说着，他从口袋里掏出一沓子钞票，数出两千块钱往桌子上一拍，冷笑了一声，说道，"这幅假画儿算是我买的，拿着吧！我不白吃你这顿饭，让你今后玩字画长眼睛！"

说完，他拂袖而去，给梁三来了个烧鸡大窝脖儿。

这就是冯爷的性情，他干出来的事儿，常常出人意料，像是说相声的，说着说着突然之间，抖出一个包袱，把您干在那儿，他抬腿就走，不给您留半点儿面子。您呢，说不出来，道不出来，哭不起来，也笑不起来。

第二章

冯爷，敢称冯爷，自然身上带着一股子爷劲儿。他的爷劲儿上来，向来不管不顾，用北京话说，爱谁谁了。

老北京人管在某一种行当里干了几十年、具有相当高的专业知识、详知一切的行家里手，叫作"虫儿"。"虫儿"原本是一个褒义词，可是有些人觉着"虫儿"这个词儿显得不受听。虫儿嘛，天上飞的，地下爬的虫子，不咬人也腻歪人，不招人待见。小爬虫儿。夸人，有这么夸的吗？所以认为这是个糟改人的词儿。

其实，有些自认为深沉的人，压根儿就没明白这个词儿是什么意思。钱大江就属于这种"深沉人"。

有一次，在古玩城开画店的秦飞，淘换到一幅吴昌硕的《富贵清高图》，画面是两朵牡丹和两枝含苞的玉兰，落款是吴俊卿，鉴印是老缶。他一时吃不准是真是假，找冯爷掌眼。

冯爷拿他的"阴阳眼"一量，从嗓子眼蹦出一句话："赶紧把它撕喽！"

甭再多问了，这是幅赝品。

这幅画儿是秦飞从一位老先生手里，花一万块钱买的。撕？那不等于撕人民币吗？他当然舍不得。可是冯爷却给它判了"死刑"，自然，他心里挺别扭。

别扭，也让他不忍心把这幅画儿当废纸给撕了呀！他憋了几天，想到了书画鉴定"大师"钱大江。

说起来，钱大江在京城书画收藏圈儿的名气不比冯爷小。他的岁数也比冯爷大，今年六十岁出头，按说年龄并不太大，但已然是满头白发，当然这白发是他有意染的，戴着一副金边眼镜，透着一股学究气。

他要的就是这种气质，当然他也是学究。不说别的，单看他头上戴着的几顶桂冠，就够"学究"的。钱大江本工儿是历史，他是某高等学府教美术史的教授，此外还是某艺术研究院的研究员，某权威文物鉴定机构特聘的书画鉴定专家，某博物馆的特聘鉴定专家。在治学上，他也有不俗的业绩，近年来，不断有论文见诸报刊，还出版了几本美术史和书画鉴定鉴赏方面的著作。当然随着民间收藏热，他还以鉴定家的身份，频频在电视上露面，给收藏爱好者指点迷津。这些光环足可以使他在收藏界占一席之地。

当然，有这些光环罩着，他说话不但占地方，而且还能点石成金。他鉴定过的字画，拿到任何一家艺术品拍卖公司，都会亮绿灯，是真是假，有他的签名，那就是板上钉钉儿，谁敢再说一个"不"字？自然，买家也不会怀疑他的眼睛。手里有他签名的鉴定证书，像吃了"定心丸"，心里会踏实许多。

在这方面，可就把冯爷给比下去了。冯爷的"阴阳眼"再"毒"，范儿再大，他的鉴定也拿不到台面上来，他签名的鉴定证书，拍卖公司也不会认。当然这位爷也向来不干这种事儿。

为什么？冯爷没名分，他既不是什么委员，也不是什么教授，更没人封他是什么专家。说句不好听的话，他连个正经职业也没有，整个儿是白板一块。您说这样的闲云野鹤能摆到台面儿上来吗？自然，他的爷劲儿再大，那些专家、教授也不会把他放在眼里。

秦飞通过"泥鳅"的关系，结识了钱大江。

"泥鳅"是郭秋生的外号。在见钱大江之前，郭秋生特意拿话"点"给秦飞："找钱大师鉴定画儿，您得出点儿'血'，别忘了带'喜儿'。"

"还用你告诉我吗？这我明白。"秦飞对"泥鳅"说。

"喜儿"就是老北京人说的谢仪。在早，北京人的礼数多，求人办事儿，不能光嘴上说两声谢谢，要用银子说话，也就是给人家点儿好处费。这种好处费就叫"喜儿"，也叫"打喜儿"。用现在的话说，就是给人家打一个"红包儿"。

秦飞给钱大江打的这个"红包儿"挺瓷实：五千块钱。几年前，这也不算小数了。您想秦飞买这幅画儿才花了一万块钱。

秦飞是山东济南人，做买卖出身，他知道能得到钱大江的签名，似乎比得到这幅画儿还重要。山东人透着实在，既然"打喜儿"，就不能让人家小瞧了自己。

他本想设个饭局，邀钱大江出来撮一顿，在饭桌上看画儿。但钱大江没给他这个面子。

"你直接到我家里来吧，我实在是太忙了。"钱大江在电话里说。

秦飞带着画儿登门拜访。钱大江似乎不想让秦飞多待，寒暄过后，开门见山，直奔主题，让秦飞把画儿展开，他瞭了两眼，就让秦飞把画儿收起来，然后坐在了沙发上，拿眼瞄着秦飞问道："这画儿是你的祖传吗？"

"不是。"秦飞答道。

"嗯，从别人手里收上来的吧？"

"是是。"

"嗯，我说呢。"钱大江拉着长声说。

他的眼睛一直看着秦飞，架子端得挺足，让秦飞觉得他不是在品画儿，而是在品自己这张脸，他觉得有点儿难堪。

突然他意识到带来的"喜儿"，该出手了。于是他微微一笑，侧身从包里把那个装钱的信封拿出来，递给了钱大江。"钱老师，我也不知道您喜欢吃什么，这是一点儿小意思，您收下。您平时做学问，写东西费脑子，留着买点儿什么补品吧。"

钱大江从沙发上站了起来，脸上带出挺不高兴的样子，冲秦飞摆了摆手说："嘿，你这是干什么？来就来吧，还不空着手？"

"不不，您别介意，这是我一点儿心意。"秦飞把信封塞到他的手里。

钱大江半推半就地瞪起了眼睛："你这是干吗？想拿钱贿赂我是不是？我可不是当官的，给不了你什么好处。这钱你还是拿回去吧，我坚决不能要。"

秦飞道："您这是哪儿的话？您是做学问的文化人，我贿赂您干吗？我不过是表示一下自己的心意，您别想那么多，收下吧，也没多少钱。"

其实，秦飞已看出钱大江玩的是假客套。

钱大江依然犹抱琵琶，嗔怪道："动不动就掏钱，这样做多俗气！我们文化人是耻于谈钱的。不就是帮你看幅画儿吗？何必要这样呢？"

他用手摸了摸，感觉到那个信封挺厚实，当然他心里清楚，谁也不会把掏出来的"喜儿"，再往回收，所以有意地把脸一沉，把信封塞到秦飞的手里。

秦飞转过身，把信封放到桌上，满脸堆笑道："我知道您是个廉洁自律的大师级鉴定家，听说您给谁鉴定都不收钱。我今天绝对不是因为您帮我掌眼，才给您送礼，只是太敬重您了，表达一点儿我对您的敬意。"

这几句话倒让钱大江挺受听，他咧了咧嘴，干笑了两声道："好啦，咱们别为这点儿小钱来回争执了，下不为例吧。好不好？"顿了一下，他说道，"嗯，你再把画儿展一展，我细看看。"

秦飞感觉到他说话的语气变了，心想，这是"红包儿"起了作用。他赶忙把画儿重新展开。

这一次，钱大江看得比较仔细，还拿放大镜看了看画儿上的款识和印章。

"嗯，有吴昌硕的金石气味儿。"他放下放大镜，让秦飞把画儿卷好，拧了拧眉毛说，"看吴昌硕的画儿，要看他的古朴老辣，也就是宋朝人说的'老境美'。你是玩字画的，应该知道吴昌硕最初是搞书法、篆刻的。据说他五十多岁以后，受任伯年的启发，才开始学画儿，所以他把书法艺术运用到绘画当中了。"

秦飞点了点头说："是呀是呀，他的画儿写意的味儿很浓，喜欢用粗笔重墨。"他事先看了不少书，也是现趸现卖。

钱大江道："光看他的粗笔重墨不行，要看他的画儿冷逸高简的意境。"

"是是，那您看这幅画儿，有没有您说的这种意境？"

"没有，我说它干吗？"

"这么说它是吴昌硕的真迹了？"

"应该说是他六十岁以后的作品。印章也对，'老缶'是吴昌硕的别号，他的别号很多，除了'老缶'，还有'苦铁''大聋''破荷'等等。当然，他的原名叫俊、俊卿，字昌硕，号缶庐，很多画儿署名吴俊卿。"

"大师的眼睛就是'毒'，既然这幅画儿过了您的眼，您能不能……"

"让我给你写几个字对不对？"钱大江自我解嘲地笑道，"这还用你说吗？你大老远地找我来，不就是为了这个吗？"

"是是，您的大笔一挥，这幅画儿就有定论了，也有收藏价值了。不然，我心里总不踏实。"

"拿到这幅画儿，好像有了心病是吧？听得出来，你玩字画儿的时间还不长对吧？"

"是是，刚摸到点儿门道。"秦飞唯唯诺诺地说。

他本来想让钱大江直接在画儿的背面写上自己的鉴定证明，但钱大江没应。他另找了张纸，用签字笔写了一行字："经鉴定《富贵清高图》为吴昌硕的真迹。"然后写上了他的名字，并且盖上了印章。

秦飞抖了个机灵，在钱大江写字时，他拿出数码相机拍了两张，之后又跟他一起合了影。

秦飞拿到这张鉴定证书诚惶诚恐，连声道谢。钱大江看他心满意足，便站起身，预备打发他走人。如果事情到此结束，也就没有后来的故事了，偏偏秦飞为了讨好钱大江，临出门，冒出一句可说可不说的话："有您这几个字，这下我算是吃了'定心丸'。您可不知道前些日子，我让一位高人看了这幅画儿，他非说是假的，让我几天几夜没睡着觉。"

钱大江听了，随口问道："你找哪位高人给看的？"

"冯爷，您认识他吧？"

"冯爷？噢，你是说长着一对'阴阳眼'的那位……他叫什么来着？"

"冯远泽，对了，他还有个号，叫拙识。"

"嘻，你找他？他能看出什么来呀？他不过是个'画虫儿'，倒字画儿的。"钱大江撇了撇嘴，漫不经心地说。

"是是，经您这么一说，他那对'阴阳眼'，还真是二五眼，他能看出什么来？"秦飞恭维道，"您说他是'画虫儿'，对对，我看他也像条虫子。"

说起来，也是秦飞多嘴。钱大江把您带来的这幅画儿鉴定成真迹，您自然高兴，因为冯爷的那对"阴阳眼"，已然把这幅画儿判了"死刑"，而钱大江的一纸鉴定书又让它"活了"。这一"死"一"生"，等于您把几十万块钱的存折攥在了手里，可是您一时高兴，就回家偷着乐去呗，干吗非要借机贬损一顿冯爷呢？再退一步说，您在钱大江那儿贬了一通儿冯爷，也算是过了嘴瘾，发泄了一下，就别再跟圈儿里的人没完没了地磨叨这事儿了，可是他却把这事儿当成了话把儿，逮谁跟谁说，成了圈儿里人茶余饭后的谈资。您想这种闲言碎语能传不到冯爷的耳朵里吗？

"哈哈，说我是'画虫儿'，这个封号好！"冯爷从一个朋友那儿，听说钱大江把他贬损了一通儿，忍不住哈哈大笑。

冯爷打电话把秦飞邀到一个茶馆。一见面，他的那对"阴阳眼"上下翻了两个来回，把左眼闭上，睁开右眼，"星星"在秦飞脸上定了位。他单刀直入地问道："信不过我，找专家给你那张破画儿鉴定去了，是不是？"

秦飞被那"星星"晃得不敢正眼看他，低着头说："您别介意，不是我信不过您，我是想多找几个人给量量活儿，心里不是更有谱儿了吗？"

"别跟我这儿玩哩哏儿愣了！你呀，棒槌一个知道吗？"冯爷对谁都爱说这句话，几乎成了他的口头语。

"是是，我是棒槌，要不我怎么总想多找几个老师给掌眼呢。"秦飞的话也跟得快。做买卖出身的人，信奉拳头不打笑脸人、礼多人不怪的人生哲学。

"你是棒槌，你找的人也是棒槌，知道吗？"冯爷的那只小眼突然变成了一口深井，那井像是要把秦飞给吞了。

秦飞怕自己掉到井里去，一直不敢跟那只眼睛对视，他打着吸溜儿说："怎么，您认为钱大江先生也是棒槌？他可是大学教授，国家聘请的专家。"

"哈哈，教授？专家？你们这些人呀！眼睛都是怎么长的？教授、专家就都是神仙？教授、专家里就没有滥竽充数的？迷信，什么叫迷信？这就叫迷信知道吗？这个钱大江，别人不了解他，我还不知道他吗？别看他人五人六的，什么教授、专家的帽子戴着，臭大粪一个知道吗？你找他掌眼，是你瞎了眼！"

"您这话是不是说得有点儿过了？"秦飞嘀咕了一句。

"过？这还是好听的呢。秦飞，你可以把我刚说的都给他递过去！我再说一遍，他这个专家狗屁不懂！"冯爷的大嗓门快把茶馆里的灯泡震下来了。

"这……这……"秦飞被大嗓门震得卡了壳。

"你以为手里攥着他给你写的鉴定证书，那幅吴昌硕的画儿就成真迹了吗？蒙傻小子去吧！我再重复一遍，你的那幅画儿百分之百是假的。它要不是假的，我把我的眼珠子抠出来，扔在地上当灯泡踩！这话你别不爱听，王八蛋说我是'画虫儿'，还真让他说对了，大爷我还就是'画虫儿'！回头你见了他，跟他明说，改天我要当面谢谢他封我这么个雅号！"

冯爷高音大嗓，连损带挖苦地把钱大江贬了一通儿，弄得秦飞鼻子不是鼻子，脸不是脸的，真想找个地缝儿钻进去。

冯爷要当面"感谢"钱大江并非虚话，不当众寒碜一下这位"专家"，他咽不下这口气。

说来也巧，几天以后，从南方来北京闯荡的"北漂"画家韩默在美术馆搞个人画展。韩默的姥爷是民国初期的书画收藏大家，在江浙一带很有名儿。虽说韩默从美院毕业以后，一直从事山水画儿创作，但十多年过去了，他并没画出什么名堂来。他舅舅看他功底不错，想提携他一下，让他露露脸。老头儿咬了咬牙，卖了两张藏画儿，张罗着给韩默搞了这个画展。

韩默的舅舅叫吴繁树，是六十多岁的退休干部。当年韩默姥爷的藏画都传到了他手里，在江南也算是小有名气的书画玩家，当然在京城的书画收藏圈儿里也认识不少人。

外甥办画展，吴繁树挺卖力气，通过各种关系，把京城书画界、收藏界、文化界有头有脸儿的人都给邀来捧场，还请来几位政府官员站脚助威，场面搞得挺大。冯爷也被当作嘉宾，来充人气儿。画展开幕式过后，吴繁树按照惯例，在北京饭店摆了十桌筵席，招待众宾客。

按说出席这种典礼，应该穿得体面一些，给人捧场嘛。可是冯爷却穿着一件脏了咕叽懈里光当的中式扣襟上衣，脚蹬一双破布鞋来了，那鞋还有点儿不跟脚，走起路来，踢勒跶拉的，手里还拿着把裂了几道缝儿，扇起来并不兜风的破扇子，不停地摇着。

本来冯爷的模样儿就够十五个人看半个月的，加上这身行头和做派。您琢磨去吧，那相儿有多大？这位爷往那儿一站，大伙儿不看画展，净看他了。

冯爷却泰然自若，一副满不在乎、舍我其谁的劲头儿。当然他的那双"阴阳眼"并没犯懒，不时地来回换岗，扫量着人们。

这种场合，自然少不了钱大江，冯爷之所以到这儿捧场，并且留下来吃这顿饭，似乎就是冲着他呢，所以那只小眼的准星一直瞄着钱大江。

钱大江自然成了主角，他能出席韩默的个人画展开幕式，让吴繁树很有面子。吴繁树干瘪的老脸上，抹上了得意之色。他特地安排了一个小伙子来陪着钱大江。当然吃饭的时候，他也把钱大江让到了主宾席上。

正所谓：人不出名身不贵，火不烧山地不肥。钱大江的名气让他觉出自己的身价。他还没落座儿，便有不少人围过来，这个跟他打招呼，那个跟他握手，如同众星捧月，使他的身子跟着也飘了起来。

身子一发飘，大脑跟着就发热。他猛然觉得在这些搞收藏的玩主和书画家面前，自己成了"人中吕布，马中赤兔"。人一成了吕布，还找得着北吗？他身不由己地抬起胳膊，向在场的众人挥起手来，那派头，俨然像是一位国家元首。

"吕布"的手没摇晃几下，突然像是触了电，胳膊耷拉下来。敢情在他得意忘形地挥手之际，拿眼向在场的人扫了两下，他的眼神正好跟冯爷的"阴阳眼"聚上了焦，让冯爷的那只小火炭似的小眼给烫了一下。钱大江没想到今儿这场合冯爷会来，更没想到冯爷的那双"阴阳眼"会这么麻人。他赶紧扭过脸，生怕再让"小火炭"给烫着。

钱大江收敛起笑容，突然变得深沉起来。让冯爷的"阴阳眼"给"烫"的，他顿时明白，自己不是"吕布"而是"抹布"了。

钱大江是属于善于攻心的人，从冯爷的眼神里好像发现了什么。那眼神让他浑身不自在，甚至对这顿丰盛的午宴也失去了胃口。他本想抬屁股就走，可是吴繁树哪能放了他？老吴还指望着"吕布"给他撑面儿。他一个劲儿地给钱大江敬酒，虽说钱大江平时烟酒不沾，他只喝饮料，别人给他敬酒，他只是端起饮料杯意思一下。

冯爷坐在一个挺不显眼的地方，象征性地喝了杯啤酒，吃了几筷子菜，看着筵席酒过三巡，菜过五味，他腾地站了起来，趿拉着鞋，摇着破扇子，晃晃悠悠地走到钱大江坐着的主桌，冷不丁地来了一嗓子："'小白薯'，不认识我了？"

钱大江正跟人敬酒，被冯爷这一声喊吓了一跳，他猛然扭过脸来，只见冯爷的"阴阳眼"二眸齐睁，直视着他。

"哟，你呀，冯远泽！"他稳了稳神，笑道。

"行，您的眼里还能容得下我！"冯爷嘿然冷笑了一声，突然左边的那只大眼一合，右边的那只小眼随之射出一道很邪行的贼光。钱大江像是被刀刺了一下。

没容他躲闪，冯爷亮起了大嗓门，冲着在场的所有人说道："诸位爷，今儿难得在这儿相聚。我向大伙儿隆重宣布，这位钱大教授是我二哥的同学，他的外号叫'小白薯'！"

冯爷的这几句话引来在场的人一阵哄笑。钱大江没想到冯爷会当众给他添堵玩儿，脸有点儿挂不住了。

冯爷不管不顾地对钱大江说："我可没在这儿忽悠，你说对不对，'小白薯'？"

"你说这些干吗？这是什么场合？"钱大江被惹急了。

"哎，别急呀！'小白薯'，来，我敬您一杯！"冯爷随手从桌上抄起一个酒杯，斟满了酒，也不管钱大江举杯不举杯，他把酒杯举起来，在钱大江的眼面前一晃，一饮而尽。然后扯着大嗓门冲着大伙说，"诸位，我敬钱大教授这杯酒可有说辞。什么说辞？我要谢谢他赏我'画虫儿'的封号。今儿当着诸位的面儿，我说一句，'画虫儿'这个封号挺好，爷爷我受了！谢谢'小白薯'，谢谢老吴给我这么一个说话的机会。得，诸位接茬儿喝吧！"

冯爷说完，放下酒杯，看也没看钱大江一眼，摇着破扇子，趿拉着鞋，晃着膀子走了。弄得在场的人半天才缓过神来。当然，钱大江的难堪劲儿也可想而知了。

这就是冯爷的"范儿"，他要的就是这股子爷劲儿。由打这次冯爷闹场，京城的玩家都知道他有了"画虫儿"这个绰号。当然，钱大江也饶上了一个"小白薯"的外号，只是因为"白薯"跟"白鼠"同音，人们往往弄混，多把"白薯"当了"白鼠"。聊到这二位的时候，人们会说，鼠儿跟虫儿碰到一块儿，能不弄出点儿好玩儿的故事来吗？

不过，平心而论，说冯爷是"画虫儿"名副其实，说钱大江是"白鼠"，则有点儿委屈。谁让他招惹了冯爷，让冯爷把他小时候的事儿给想起来了呢？

第三章

　　冯爷并没跟大伙儿编故事逗闷子，钱大江确实是冯爷二哥的小学同学。"小白薯"也是他小时候，胡同里的孩子给他起的外号。

　　当年，钱大江跟冯家住一条胡同。说起来，两家的宅门都不小，冯家的老祖是四品翰林，钱家的老祖是五品知府。到他们的父辈，冯爷的父亲是资本家，钱大江的父亲是外国银号的买办。两家的家底儿都挺厚实，而且从他们的老太爷那辈起就收藏古玩字画。

　　不过，这两家在解放以后的命运却大不相同。钱大江的父亲钱颢毕业于辅仁大学，后来又到英国留学，虽说他回国后一直在洋行当买办，但是他并没有自己的买卖，解放初期进了银行系统搞金融业务。

　　划阶级成分时，让领导一时为了难，买办是什么？实际上就是现在的高级"白领"。按当时的说法，买办就是"洋奴"，"洋奴"属于资产阶级，这一点儿错儿都没有，可是他又没资没产，尽管家里有钱，但按现在的说法，那是他打工挣的。当时的"买办"很少，连参照依据都难找，折腾了两年多，给他定了"职员"的成分。

那年头，"职员"的成分包罗万象，连大学教授、工程师、中小学老师都算"职员"。这么一归类，让钱颢躲过了几场大的政治运动冲击，加上他有很高的革命觉悟，思想上追求进步，始终跟着政治形势的步点儿走，业务上也有一套，所以他成了单位的"不老松"。

钱家在江南老家是大家族。钱颢有个二伯曾是老同盟会的成员，早年跟随孙中山搞革命，后来在国民政府当了议员，他的四叔是国民党的上将，在军界赫赫有名，后来去了台湾。按说在以"阶级斗争为纲"的年代，这些海外关系会株连到钱家，但是钱颢的这几位亲属名头儿太大了，反倒让他成了"统战"对象。钱颢加入了民主党派，后来还当了政协委员。在上世纪五六十年代，如果说您住的那条胡同有一位政协委员，也算是能吹嘘的资本。钱家的这种风光一直持续到上世纪六十年代的"文革"。

钱家收藏的古玩字画儿确实不少，虽说"文革"的时候，钱家也被红卫兵抄了家，许多字画儿被烧了撕了没收了，但有十几幅精品被老爷子事先藏了起来，躲过了劫难。"文革"结束后，政府落实政策，把没收的一些字画儿又归还了钱家。老爷子对书画着迷，见到好画儿不买，走不动道儿。那几年，名人字画儿的价码极便宜，齐白石的画儿，在琉璃厂荣宝斋挂笔单，不过十几块钱。钱颢老爷子节衣缩食，没少从琉璃厂的字画店买一些现代名人的书画，到他去世前，家里收藏的书画足可以开一个博物馆用的。

钱颢老爷子是个明白人，也许他早已经看出自己的几个孩子没有他的这种心胸和气度，知道这些书画传给他们不是福，是祸。他的夫人早已离世，所以他铁了心把钱家的藏书藏画捐给国家。

老爷子八十六岁那年得了癌症，他知道自己离大限不远，放弃了手术和化疗，塌下心来整理自己的藏画，在历史博物馆搞了一个藏画展览，然后将所有的藏画，大约二百多幅，分别捐给了国家的博物馆和家乡的博物馆，特地嘱咐不要作任何宣传报道，也不留自己的名姓，所有的后事都办利落了，老爷子才撒手人寰。癌症病人临死前大都很痛苦，老爷子"走"的时候却很安详，享年八十八岁，可谓寿终正寝，修成正果。

应该说钱颢老爷子玩了一辈子书画，眼睛够"毒"的。按老话说不但睁着"前眼"，还留着"后眼"。这话怎么说？他看到了自己身后的事儿。老爷子"走"了没几年，他的几个子女便乱了营。

原来老爷子有两个儿子三个闺女，钱大江是二儿子，大排行是老四，他下边还有一个妹妹叫钱小湄。小湄的身世到现在还是一个谜。她是钱颢五十五岁那年到西安出差抱回来的，钱颢对家人说这孩子是他在火车上捡的。

怎么捡的呢？老爷子说得有鼻子有眼儿：他到西安办完事，坐火车回北京。那会儿出差，一般都坐硬座。坐在钱颢对面是个二十多岁的农村妇女，怀里抱着一个婴儿，一直默默无语看着他。车到郑州的时候，这位妇女对钱颢说："大叔，您帮我抱会儿这孩子，我下车给孩子买点儿吃的。"

钱颢本是个古道热肠的人，听她这么一说，便把孩子接了过来。可是车开了，这位妇女也没上车。钱颢急了，抱着孩子去找列车长。列车长赶紧跟郑州车站联系，让他们广播找人。

火车到了北京，郑州车站来电话说没有找到婴儿的母亲。这时婴儿要吃奶，在襁褓里哇哇直哭。

列车长打开襁褓一看，里头掉出一张字条，上面写着几行字："大叔大婶，我是包办婚姻的牺牲品，为了追求自己真正的爱情，我和他偷吃禁果生下了这个孩子，为此，孩子的父亲已经被乡亲打死，我也要到另一个世界去跟他相会，请您收留下这个孩子，把她抚养成人，我和他在九泉之下会感激您的。"字条上没有留下姓名和日期。

列车长和几个列车员看了这张纸条，对钱颢说：您就可怜可怜这个孩子，把她收下吧。就这样，钱颢把这个婴儿抱回了家。

当时，钱颢的夫人还健在。钱太太也是个心慈面软的人，看了这张字条，自然动了慈悲之心，便跟钱颢合计着给孩子起了个名，到派出所报上了户口。那会儿在北京落户口还不像现在这么难。

钱颢和夫人怕孩子懂事儿以后，对她的身心有什么不利的影响，对她视如己出，对外人都说是自己生育的，没说她是捡的，包括小湄的哥哥姐姐因为那会儿也不太懂事儿，一直以为她是母亲所生。

直到钱颢的夫人去世以后，有位年轻的少妇，接长不短儿地来家里找钱颢。少妇自称是医生，给钱颢治病，俩人在钱颢的书房一待就是半天，而且这位女医生对小湄非常疼爱，每次来钱家，搂着小湄不愿撒手，临走时依依不舍，涕泗流连，让钱颢的大女儿小汶起了疑：难道父亲有了外遇，小湄是父亲跟这位女医生的私生女？但这只是一种怀疑。

如果换了别人，这事儿在脑子里画个问号，也就打个马虎眼过去了，因为当时小湄已然十几岁了，况且父亲对她也视如掌上明珠，何必那么较真呢？偏偏赶上钱小汶是个爱钻牛角尖儿的气迷心，而且也在医院当大夫，这事儿就变得复杂起来。

有一年，小湄得了心肌炎，住进了小汶所在的医院，她这个当大姐的对小湄格外关照。在小湄住院期间，小汶暗地里给小湄做了DNA检查，居然跟自己的对上了号，这还有什么说的？小湄是父亲的私生女。

小汶的性格心直口快，肚子里不搁东西，很快便把这事告诉了弟弟大海，也就是大江的哥哥。大海当时正在大学念书，他比较懂事儿，对姐姐说："这是父亲的隐私，当子女的最好不要掺和，再者说家丑不可外扬，这种事传出去不好。"他劝小汶到此为止，不要再去纠缠。

可是小汶却不死心，非要把这事儿弄个水落石出。她又跟妹妹小湄和大江暗地里嘀咕，说出了父亲的这个秘密。兄妹本想找那位女医生问个究竟，没想到"文革"开始了，运动一来，脑子里都想着国事，家事也就扔到了一边儿。后来，那位女医生因为出身不好，又站错了队，在"文革"中被迫害致死。这事儿也就搁下，没人再问。如此一来，小湄的身世便成了一个谜。

不过，钱颢一直非常宠爱小女儿小湄。那些年，他当政协委员，外场抛头露面的事儿比较多，他参加各种联谊活动，总不忘带着小湄。上世纪六十年代初，国家遇到了三年自然灾害，商品供应吃紧，老百姓过日子都成了问题。钱家仗着有家底儿，儿女们在生活上虽说并没怎么抱屈，但那会儿买什么东西都凭本凭票，孩子们自然有短嘴的时候，这时节，钱老爷子的十个指头伸出来就不一般齐了，家里有口儿好吃的，都尽着小湄，这难免不让小湄和大江心中不平。不过老爷子也有话说，小湄是老闺女，北京话也叫老疙瘩。当爹的疼老疙瘩，这也是在论的。

小湄的命运不济，她从小就体格羸弱，瘦得像是柴火棍，十几岁上得了心肌炎，心脏又坐下了病根儿，一九六九年又去东北建设兵团战天斗地，干了两年就病倒了。后来病退回京，在街道针织厂当了挡车工。黄鼠狼专咬病鸭子。结婚以后，还没等过上好日子，一场车祸又差点儿夺走她两条腿，虽说抢救及时，没落下残疾，但这场车祸对她来说是无异于雪上加霜，从此她一直病休在家。那家街道厂子后来也散了摊子，她连看病报销的地方也没了。丈夫张建国是副食店卖菜的，体制改革以后，第一拨儿下了岗。虽说两口子没要小孩，但日子过得也紧紧巴巴。

钱颙老爷子活着的时候，最放不下心的就是小湄，他在钱上，没断了接济小湄。此外，他背着小汶和大江给了小湄一幅名画儿。他特地嘱咐小湄：我死后，家里的财产，要跟你的两个哥哥和姐姐均分，你占不到多少便宜，这幅画儿你要收藏好，不要跟别人说，留作若干年以后，你和丈夫养老用。那个时候，你们再拿出来，就没人咬扯你了，而且到那会儿，这幅画儿会很值钱。

按说老爷子想得够周全的。小湄要是听了他的话，把这幅名画儿压箱子底儿，耐住了性，稳住了心，等上他十年八年，家里的事儿都风平浪静了，再找时机出手，也许就不会招风惹雨了。没承想，生活中遇到了坎儿。

张建国是老实巴交的规矩人，下岗以后，在家待了两年，副食店要拆迁，原址起大厦。单位又实行了新的政策，买断工龄，劳动关系转到街道。张建国的工龄不短，但满打满算，拿到手三万多块钱，从此成了失业人员。

家里还有一个病病歪歪的媳妇指着他养活，这三万多块钱，即便是勒着裤腰带过日子，也只够两三年的挑费。他刚四十出头，不能坐吃山空呀！小两口儿一合计，把胡同口李老头的一间后山墙邻街的西房租了下来，花了两千多块钱，雇人挑了山墙，修了个门脸儿，开了个小卖部，卖点儿干鲜水果、花生瓜子和烟酒，外带着安了一部公用电话，一个月能抓挠个一两千块钱。发财致富不敢奢望，起码过日子够吃够喝了。

平时张建国在小卖部盯着摊儿，出门办事时，小湄过来替他。这天，外号"泥鳅"的郭秋生晃着膀子，手里握着个烟斗来小卖部买烟。

正赶上小湄盯摊儿。"泥鳅"买了两条北京爷们儿喜欢抽的白盒"中南海"香烟，抬腿正要走，小湄看他叼着烟斗，却来买卷烟，觉得挺纳闷儿，待着没事，闲磨牙玩儿，随口说道："生子，你真照顾我的买卖？怎么嘴里抽着烟斗，还买香烟？是不是送人呀？"

"泥鳅"跟小湄算是老街坊，和张建国也常在一块儿喝酒，彼此都熟。听她说这话，嘿然一笑道："送什么人呀？四块钱一盒的烟，送人？拿得出手吗？我自己抽。"

说着他拿起一条烟，撕开包装纸，掩出一盒，抽出一支烟，用打火机点着，吸了一口。这时，小湄才发现他手里拿着的烟斗根本没有烟丝。

"你拿着它干吗？"小湄好奇地问道。

"泥鳅"扑哧乐了，摇了摇手里的烟斗，说道："这叫谱儿，知道吗？手里的玩意儿！用时髦的话说叫装饰品。老北京人爱揉山核桃，不为别的，手里有个抓挠。我玩烟斗，也是这个意思。你当我真抽呀？"

"噢，这是你的'道具'对吧？"

"真抽，谁抽得起呀？不瞒你说，瞅着这个烟斗不起眼，说出它的价儿来能吓你一跳。"

"哟，瞧你说的，什么价儿呀？就能吓我一跳？"

"一万块钱！""泥鳅"咧了咧嘴说。

"吹吧你就。一个破烟斗，能值一万块？你蒙三岁小孩儿呢？"小湄讪笑道。她知道"泥鳅"爱吹牛，平时说话云山雾罩的，以为他在跟自己打镲①玩儿。

"泥鳅"笑道："我蒙你干吗？一万块我还说的是朋友价儿。你以为呢？这是意大利的，世界名牌'沙芬'烟斗，名师亲手做的。你打听打听去，'沙芬'烟斗什么价儿？"

"哟，一个烟斗就值一万块钱？我们两口子苦呀业呀的干一年还挣不出个烟斗来。我看看这是什么宝贝？"

"怎么着？想过过眼瘾？你看可以。掉地上摔了，可别怪我让你赔。""泥鳅"笑着把烟斗递给了小湄。

小湄用手摸了摸，也没看出有什么金贵的地方。

"什么木头的？"她问道。

"这叫都柏林式烟斗，石楠木根做的。跟你说吧，最好的烟斗的材料。知道石楠木是哪儿产的吗？告诉你吧，在地中海沿岸的岩壁上。"

---

① 打镲——北京土话，说话随意、轻浮、瞎胡闹的意思。

"嘚，海里的玩意儿。"

"不是海里，是海边的崖壁上长的，做烟斗的是扎在地里的石楠木根瘤。这东西稀缺，做出来的烟斗漂亮，耐热，不吸水。跟你说吧，最贵的石楠木根烟斗，能卖到十万以上。看过电影《福尔摩斯》吗？电影里头的那位大侦探用的就是石楠木根烟斗。湄姐，跟我聊天儿，你长学问去吧。"

"别吹了，反正我也不懂，你说什么就是什么吧。生子，叼着一万多块钱的烟斗，你够牛的!"她把烟斗还给"泥鳅"。

"泥鳅"接过烟斗，在鼻子上蹭了蹭，看了小湄一眼，逗了句闷子："湄姐，不就拿着一个烟斗吗？这有什么'牛'的？这是香港一老板送我的。要说牛，得是您呀。"

小湄半嗔半怒道："你别找骂了，我都混成这样了，你怎么还拿我开涮呀?"

"湄姐，我怎么敢拿您开涮？您是钱家大宅门的金枝玉叶，您爸爸是银行家，我爸爸是摇煤球的。您是不露富，就您的家底儿，拿出一件来，都够我受用一辈子的。"

"行了行了，你那云山雾罩的劲儿又来了。别跟我这儿耍贫嘴了，我要是真有钱，还在这儿看摊儿吗?"

"泥鳅"向来喜欢黏人，您越烦他，他越跟您话密。他见小湄露出不耐烦的样子，反倒跟她逗起咳嗽来："湄姐，您是有福不会享。前些日子，我见着您二哥了，钱大江，噫，现如今他也是京城收藏界的一个人物了。您没在电视上瞧见他在那儿神侃吗？书画鉴定家，听说他给人鉴定一幅画儿，能拿几万块!"

"得了，你少跟我提我们家人，他拿几万块？他拿几百万，跟我有什么关系？"

"他不是您哥吗？我不过随便这么一说。"

"你甭跟我扯上他。他的日子过得好，是他的。我受穷，我贿着。你明白吗？"

"您这是说到哪儿去了？甭管怎么说，他也是您哥呀！我听他说，当年你们老爷子手里藏的名画儿多了去啦。"

"多是多，他都捐给博物馆了。"

"我知道你们老爷子境界高，把不少藏画捐博物馆了，可是他的藏画那么多，我就不信没给你们留几幅？"

小湄的丹凤眼竖了起来，瞪了"泥鳅"一眼说："干吗？你跑这儿探听我们家底儿来了？"

"泥鳅"嘿然一笑道："您别多心，我可没这路贼心，这不是话赶话说到这儿了吗？我是说要是当年你们老爷子给您留下几幅名画儿，您现在拿出一幅来，也够你们两口子受用半辈子的。您平时不出门，可能不知道现在书画市场的行情，一幅齐白石、张大千的画儿，在拍卖会能卖几百万。想想吧，几百万，您说您好干什么不行，买房，买车，出国旅游，吃香的喝辣的，那是什么劲头儿？可是您留着它，它不过是张纸。有首歌唱得好，该出手时就出手。您说您干吗那么想不开？两口子住在十多平米的小平房，吃没得吃，喝没得喝，受这份罪。"

小湄打断他的话，说道："行了，行了！听你这话口儿，好像我手里真藏着多少张名画儿似的，干吗呀这是？诈庙呀？再说我可跟你急了，赶紧走吧，我可不愿听你这儿瞎磨叽。"

"好好，我走，我走！咱可说好了，您要是真有名画儿想出手，我替您找买主，保证让您不吃亏！"

"去你的吧！"小湄顺手抄起一个可乐瓶子，做出要砍他的样子。"泥鳅"缩了一下脖子，冲小湄摆了摆手，打着哈哈儿走了。

其实，这只是熟人之间闲磨牙，逗闷子的事儿，小湄和"泥鳅"不过是过了过嘴瘾，谁也不会走心。当然，小湄留着心眼儿，她轻易不会往外露自己手里藏着名画儿。

可是谁也没想到过了没几天，小湄病了，而且病得不轻，连续高烧一个多礼拜，吃了不少药也不退烧。张建国着急了，陪着小湄去了医院，医院的大夫一检查，给出的诊断结果吓得张建国腿都软了。

什么病？肝上长了瘤子，而且是恶性的。恶性的瘤子不就是癌吗？小湄知道自己的病情，一时也气短了。

这真是屋漏偏逢连阴雨，小湄本来就是病秧子，染上这病，等于釜底抽薪。张建国急得直跺脚，托了个熟人，让小湄住进了肿瘤医院，继续检查。住院得要押金，张建国把银行存折上的钱都取出来，给了医院。接下来看病还得用钱呀！小湄没有医保，也没有工作单位，怎么办呢？小两口犯起了嘀咕。

小湄看着丈夫长吁短叹为难的样子，心里很不是滋味儿。她思来想去，对张建国说："建国，别为我揪着心了，我是想得开的人，都四十多了，还有什么想不明白的，如果检查的结果真是癌症，你就想办法让我安乐死。我不愿又花钱又受那份罪，我早想好了，结果一出来，我就出院回家。"

张建国握着小湄的手甩着哭腔说："都到这份儿上了，你就别再说这种话刺激我了。我们夫妻一场，我能眼巴巴地看着你躺在病床上受罪吗？我心疼呀！钱，你甭多想，就是砸锅卖铁，这个家不要了，我也要把你的病治好。"

小湄叹了一口气说："你呀，别说傻话了，我能让你为了给我治病砸锅卖铁吗？"

"不砸锅卖铁，我去卖血！"张建国拧着眉毛说。

小湄苦笑了一下说："你可真是卖菜的出身，怎么心里总惦记着卖东西呀？真要卖，也轮不到你卖血呀！"

"唉，我不是实在没辙了，才这么说的吗？"张建国憨厚地说。

小湄迟疑了一下，喃喃地说："没辙？咱们真到了没辙的份儿上了吗？"

张建国叹了口气，说道："唉，什么也别说了，都怨我没本事。"

小湄见他真发了大愁，想起了父亲留给她的那幅名画儿。"建国，实在不行，咱们就先把那幅画儿拿出来卖了吧。当年，我爸留给我这幅画儿，就是让咱们在遇到褃节儿的时候，用它来救急的，现在不正是用上它的时候吗？"

其实，张建国早就想到了这幅名画儿，只是怕小湄舍不得动它，没敢说出口。现在见小湄已然把他要说的说出来了，便就坡下驴地说："是呀，咱爸给咱们留下这幅名画儿，是让咱们救急的，可是怎么卖？卖给谁呀？我卖大白菜行，卖画儿可不会，咱别让人给坑了。这可是个技术活儿。"

小湄想了想说："是呀，你不懂画儿，我也不懂。这事儿还不能让外人知道，这可怎么办呢？"

她猛然想起了冯爷，谁不知道冯爷是"画虫儿"呀？他从小就玩画儿，是真懂眼，找他把这幅画儿卖了，他不会蒙自己。可是小湄跟冯爷是"发小儿"，而且俩人的关系不一般，怎么不一般呢？当年冯爷差一点儿没跟她成两口子。您想这种事儿能让张建国知道吗？所以她寻思了一下，打消了这个念头。

"我看咱们找郭秋生吧，这小子路子野，听说最近跟香港的一个画商走得挺近乎。"张建国犹豫了一下，对小湄说。

"找'泥鳅'？那不是找挨坑吗？'泥鳅'多滑呀！再说他那张破屁股嘴，这事儿还不得让他弄得满城风雨？"小湄对张建国说。

"小湄，你想得太多了，'泥鳅'是滑，但是分跟谁。他对朋友还是挺局气的。我跟他认识这么多年，他没蒙过我。前几天，我看见他，他听说你住院了，还问我需要不需要钱。需要的话，他帮咱们想辙。我看他还是挺可靠的。"

小湄听张建国说出这话，也不便再跟他争辩，沉了一下，对他说："你要是这么信得过他，就找他帮这个忙，但我得嘱咐你一句，跟他办事儿，你得加着点儿小心。"

"嗯，放心吧，我知道。"张建国点了点头。

第
四
章

当天晚上，吃了饭，小湄让张建国陪着，打"的"回了一趟家。从柜子里找出一个纸盒子，钱颢老爷子留给小湄的画儿放在了盒子里，画儿是卷起来的立轴，小湄把它用塑料布包了几层。

小湄让张建国把立轴展开，俩人看着这幅画儿，一时愣了神，看了半天，这幅画儿到底哪儿值钱，他俩也说不上来。

小湄上小学六年级时，"文革"就开始了，一九六八年上的中学，转过年，便大拨儿轰到东北建设兵团去了，以后也没机会上学，满打满算，她只有小学六年级的水平。张建国比小湄大一岁，初中只念了一年，便分到副食店卖菜去了，俩人肚子里的这点儿墨水，写封信都吃力，哪儿会品画儿呀？别说鉴赏画儿了，他俩连画儿上的款识、印章也认不来。所以看了半天，这幅画儿到底是谁画的，他俩也没弄明白。

当年老爷子是在背着人的时候，把这幅画儿给小湄的。小湄拿到手以后，便找了个纸盒子收了起来，再也没动过。老爷子也没告诉小湄这是谁的作品。

两口子大眼瞪小眼儿，瞅着这幅画儿发愣。还是小湄比丈夫机灵一些，一看这幅画儿的落款是"寄萍老人九十岁之制"。以为这幅画儿是"寄萍老人"画的呢，不过画儿上"寄萍老人"写得草点儿，被小湄看成了"霄蕖老人"。"蕖"字她还不认识，念成了"巨"，实际上这个字读音是"渠"。"芙蕖"，荷花的别名。其实这是齐白石画的《葫芦》，齐白石晚年作画常署"寄萍老人""寄萍堂主"。

话又说回来了，如果当时小湄两口子看出这是齐白石的画儿，也不会轻易出手，因为他俩再没文化，再不懂画儿，也知道齐白石呀。不过小湄只知道齐白石画虾有名儿，一看这幅画儿画的是葫芦，而且署名是"寄萍老人"，没想到它是齐白石的墨迹。当然，再退一步说，如果这两口子碰到的是规矩的书画商，甭管卖或不卖，人家也会告诉他们这是谁的画儿，它的价位大概其是多少，不至于让他们吃大亏。可是他们偏偏找的是"泥鳅"，您想能不当冤大头吗？

转过天，张建国去找"泥鳅"。"泥鳅"一听小湄要卖画儿，像是打了鸡血，眼珠子差点儿没瞪出来。

"哈哈，我就知道你媳妇手里有好玩意儿。甭管怎么说人家是大家闺秀，你说是不是。不过话又说回来，女人嘛，头发长，见识短。不长胡子，长心眼。嘴还挺严实。我琢磨着是不是连你以前都不知道她的箱子底儿？"

张建国撇了撇嘴，吭哧道："你哪儿那么多话呀？这不是他们老爷子给她留下的念物吗？她要不是病成这样能舍得出手吗？"

"得，得，咱们闲话少说，言归正传，画儿带来了吗？"

"没带来。"

"嘻，没带来，你说什么呀？怕我把你的画儿给抢了是不是？"

"这是什么话？我是想先跟你打听一下行情。"

"打听行情，你得先把画儿拿来我看看呀，不看东西，我怎么告诉你行情？你让我隔山买老牛呀？真是的。谁的画儿呀，让你们两口子搞得这么神秘？"

"当然是有名的人画的，我想想这个画家叫什么？对了，他叫霄巨老人。"

"霄巨老人？没听说过有这么个画家呀？""泥鳅"的眼珠儿转了转，怎么也想不出霄巨老人是哪朝哪代的画家。当然，他虽说玩了几年书画，但只是在暗地里倒来倒去的，在鉴定书画上也是稀松二五眼。

"我们老丈人是有名的书画收藏家，你想从他手里传下来的画儿能有无名鼠辈画的吗？我可是信得过你，才找你的。你别跟这儿不吃瓜子，拿糖。"张建国看"泥鳅"想卖关子，给了他一句。

"泥鳅"看了看张建国，咧了咧嘴说："是不是名人的画儿，你拿来再说吧。没看到画儿，咱们在这儿说什么也是白饶。"

"那好吧，我把画儿拿来，你看了以后就知道，那不是一般人画的。"张建国对"泥鳅"说道。

两天以后，张建国带着那幅《葫芦》来找"泥鳅"。"泥鳅"打开画轴一看，心里乐了：敢情张建国说的"霄巨老人"是"寄萍老人"。

他是玩画儿的，当然知道"寄萍老人"是齐白石老人的号。再一看这幅画儿是齐白石九十岁的时候画的，这时候，齐白石的大写意已接近顶峰，画儿的笔墨可以说用到家了，拙气中蕴含着秀气，构图写意，墨趣横生，可以说是难得的齐白石的精品。

但是他心里美滋滋儿的，脸上却没露出来，故意拧了拧眉毛说："嗯，'霄巨老人'，画得不赖，可是没名儿呀！"

张建国道："你真不知道这个画家？"

"泥鳅"让张建国把画儿卷好，拿出那个"沙芬"石楠木根烟斗，在脸上蹭了蹭，说道："知道，我能不告诉你吗？不瞒你说，这两天，我查了好几本《书画家大辞典》，也没查到'霄巨老人'这个人名。"

"你看他是古人，还是现在的人？"

"肯定不是古人画的，你看纸还看不出来？建国，你也许知道，名人字画，值钱的是名儿。有名的画家，别说画儿了，随便写几个字都值银子，没名儿的人画得再好，也没人认。"

"这画儿可是我们老丈人收藏的，过了他的手，我琢磨着，即使没名儿，也不会是一般的画家。"

"这分怎么说。你们老丈人把值钱的画儿都捐给国家了，这不值钱的，可不就到了小湄手里了吗？"

张建国皱了皱眉头，嘀咕道："老爷子可是非常疼小湄。能把没人要的画儿留给她吗？"

"我说没人要了吗？""泥鳅"瞪了张建国一眼，左手用烟斗敲了敲右手背，拿腔作调地说，"我知道你们两口子现在罗锅上山，钱（前）紧。小湄在医院住着，每天化验检查，打针吃药，急等着用钱。咱俩朋友一场，你有了难处，本来我应该挺身而出，可是我现在手头也紧，别的忙我插不上手，这个忙，我帮你了。既然你信得过我，我也信得过你，咱哥儿俩没的说，这幅画儿你先搁我这儿，我替你找个买主，你看怎么样？"

"得，那我先谢谢你了，你真能把这幅画儿卖了，我不会让你白费心。"张建国点了点头说。

"你说这话可就远了，咱哥儿俩谁跟谁呀？放心，建国，我会想办法帮你找个好买主，别看这幅画儿不是名人画的，我得给你卖出个名人画儿的价儿来！"

"泥鳅"当下把这张画留下，对张建国拍了胸脯，满应满许。让张建国觉得他这个人真够朋友，他的眼睛没看错人。

几天以后，"泥鳅"打电话把张建国约到一个饭馆。一见面，"泥鳅"手里晃悠着大烟斗，笑着对他说："兄弟，那幅画儿让我出手了。"

"卖了？真够快的。行呀！生子，还是你有路子。"张建国吧唧两下嘴，说道。

"你托付我的事儿，我能不上心吗？"

"卖了多少钱？"张建国似乎更关心这个实质性问题。

"泥鳅"淡然一笑，让服务员给张建国倒了一杯茶，煞有介事地说："知道你等着用钱，我不能坐在家里等着人上钩呀。找了一个朋友，他正好认识一个香港的画商，我跟他一聊，敢情这位刚入道。我心说这就好办了，把那幅画儿拿去让他看了，他也不认识'霄巨老人'。我跟他侃上了，跟他说'霄巨老人'是一大名家，上了中国《书画家大辞典》，北京人就认他的画儿，这幅画儿是从我爷爷那儿传下来的，要不是急等着用钱买房，我才舍不得出手呢。没想到这个'棒槌'还当真了，没打磕巴就要收这幅画儿。我心说遇上一个冤大头，不能不宰他一下。他问我多少钱出手？我一咬后槽牙，说了一个吓人的数……"

"你跟他要多少钱？"张建国听到这儿，心快提到了嗓子眼儿。

"泥鳅"却有意卖了个关子，笑道："你猜吧。"

"那我哪儿猜得出来？你快说吧。"

"哈哈，我跟他要二十万港币！"

"二十万？这画儿值这个数儿吗？"张建国惊诧地问道。

"值不值的，我得先虚晃一枪呀！他一听我要二十万，一下缩回去了。"

"这么说你没卖？"张建国急切地问道。

"你听我往下说呀。没卖，我约你到这儿干吗？我一见他往回缩，也后退了一步，跟他要十五万。他说十五万也贵了。我心说这小子不懂画儿，倒懂得讨价还价儿。没辙，我跟他来回拉锯吧，拉到最后，五万块钱，他再也不肯往上添了。"

"这么说，这幅画儿卖了五万块？"

"怎么样？价儿不错吧。不瞒你说，我拿着这幅画儿，在圈儿里问了几个行家，他们说能卖出五千块钱就不错。五万块钱，兄弟，你也就是让我替你卖，换了别人，姥姥她也卖不出这个价儿来。当然了，也是该着你走'字'儿，让我碰上了一个冤大头。"

"泥鳅"说着把手里的烟斗放在桌上，从怀里掏出一个纸袋子，拿出五沓子人民币，"叭"地往桌上一拍说："点点吧！俗话说，亲兄弟，明算账。钱要当面点，酒要对面喝。"

张建国还是头一次见到这么多现金，他用舌头舔着手指头，一张一张地把钞票数完，从里又抽一沓子，数出五千块钱，递给"泥鳅"说："拿着吧，这是你的辛苦费。"

"泥鳅"笑道："干吗，还给我打'喜儿'呀？"

张建国看着他道："我虽说不懂画儿，是外行，但行里的规矩我还知道。哪儿能让你白跑腿呀。"

"你这是哪儿的话？谁让咱俩是哥们儿呢？哥们儿之间帮点儿忙，还收'喜儿'，你这不是骂我吗？""泥鳅"推让道。

"咱们一码说一码，你不是说亲兄弟，明算账吗？拿着吧，这是你该得的。"

"泥鳅"从桌上拿起烟斗，在脸上蹭了蹭，嘿然笑道："嗯，说你是实在人，还真够意思。得了，咱别为这五千块钱推来让去的了，真按行里的规矩，要'成三破五'，我至少要拿一万块钱。这五千块钱就只当是我收你的'喜儿'，这个情儿我领了。小湄，我得管她叫姐，她不是住着院吗？我也不便到医院看她。你把这五千块钱拿上，就当是我去看她了，表示我的一份人情。"

张建国说："那可不行，你看她，给她送人情，那得单说，咱们现在说的是卖画儿的钱。这钱你必须收。你不收，小湄也会骂我的。你明白吗？五千块钱，你不会嫌少吧？"

"泥鳅"见张建国快急了，拿起桌上的五千块钱，退了一步说："得，既然话都说到这份儿上，这钱我就拿着了。改日，我再单去看我湄姐。"

张建国见"泥鳅"把"喜儿"收下，心里才踏实。一幅画儿刨去打"喜儿"的钱，卖了四万五千块，他觉得挺值。

咱们说这话是在几年前，当时四万五千块钱不是小数儿。您别忘了，他辛辛苦苦在副食店干了二十多年，一次性买断工龄，他才净落三万五千块钱。张建国这么一比，心里自然会生出几分快意。

当时，也搭上钱小湄正生病住院，到底得的是什么病，还生死未卜，这笔钱无异于雪中送炭。所以张建国拿到这四万五千块钱，像是捧了个"金娃娃"。当然，他挺感激"泥鳅"，要不是他，这幅画儿怎么能卖五万块钱？他给"泥鳅"的五千块钱，是发自他内心的谢意。

其实，张建国哪儿知道他掉进了"泥鳅"布好的"迷魂阵"里。敢情"泥鳅"接手这幅画儿以后，又找了两位古玩行里玩书画的行家给掌了掌眼，二位都把这幅画儿断为齐白石的精品。那当儿，齐白石的画儿在拍卖市场上的行情正处在飙升时期。别说是齐白石九十岁的精品，就是早期的画儿，一平尺也在十万元左右。张建国给"泥鳅"的这幅《葫芦》大概有十六平尺左右，您琢磨它值多少钱吧？

"泥鳅"是买卖人。他知道好东西得在手里焐着，不能急于出手，眼下的行情是一平尺十万，焐几年，保不齐一平尺能到二十万，甚至三十万。这么肥的一块肉到了他的嘴边，他怎么舍得给别人呢？他来了一手"将计就计"，你张建国不是不懂眼，把"寄萍老人"看成"霄巨老人"了吗？我就照"霄巨老人"说事儿。他掂算来掂算去，拿出五万块来，先把这幅画给按在手里。为了迷惑张建国，他又玩了一手"遮眼法"，杜撰出一个香港的画商，瞎编了一个故事，弄得张建国深信不疑，感动得差点儿抹眼泪。

钱小湄眼里的字画儿，只是有字有画儿而已。张建国告诉她那幅《葫芦》卖了五万块钱，她乐得差点儿没从床上蹦下来。

"五万块！妈爷子！你别吓着我。真卖那么多吗？"她瞪着眼睛问道。

"我蒙你干吗？钱让我给存银行了。"张建国笑了笑说。

"嗯，先存银行吧，这么多钱，存银行，心里踏实。"

"还有利息呢。"

"想不到'泥鳅'这小子还真能办事儿，看来，我以前错怪他了。"小湄顿了一下问道，"你没给人家点儿辛苦费？"

"能不给吗？他们那行有这规矩，叫什么'成三破五'，我也没给他那么多，给了他五千块钱。"

"五千块钱也不少了。"小湄点了点头说，"咱们对得起他。"

小湄高兴了一天，晚上，张建国用轮椅推着她，到医院的花坛遛弯儿，她还跟张建国磨叨呢："建国，你说这当画家的真不得了，随便画俩葫芦，就值五万块钱。一个葫芦两万五，这要是真葫芦能买多少呀？"

张建国是卖白菜出身，他知道葫芦嫩的时候，能炒菜吃，葫芦晒干了，能养蝈蝈儿。他望着天幕上的星星，想了想说："两万五千块钱买真葫芦的话，能买火车一车皮。"

小湄扑哧乐了："妈耶！一车皮葫芦，够一条胡同的人吃一年的。"

张建国也笑了："谁见天吃葫芦呀！"

小湄想了想说："这回我可知道为什么那么多人都说我们老爷子手里有钱了。这画儿可比人民币值钱。建国，这幅《葫芦》，咱们这可是万不得已才卖的，这还得感谢我们老爷子呀！"说到这儿，她好像想起什么，拽了拽张建国的胳膊，凑近了他说，"对了，你没嘱咐'泥鳅'，卖画儿的事儿不要跟任何人说吗？"

张建国压低了声音说："能不告诉他吗？放心吧，他的嘴有的

泥鳅合手着白石
老人这幅画找了不少圈儿
里的人掌眼

时候严实着呢。"

也许是老话说的破财免灾，也许是小湄卖了画儿，到手四万五千块钱的喜气把身上的邪气给赶跑了，也许老天爷只是跟小湄开了个玩笑，总而言之吧，小湄像是进了一个山洞，走了很长时间的黑道儿，突然看到了一个洞口，往前一迈步，眼前一亮，嘚，柳暗花明又一村！

柳暗花明，一点儿不夸张。原来钱小湄住院是因为查出了可疑的癌细胞，当然这是一种疑似，疑似也让人胆儿小呀！到肿瘤医院，最初的化验结果也没排除肝癌的可能，两口子战战兢兢地又做进一步的切片活检，专家会诊，折腾了半个多月。两口子卖了家里的藏画儿，把做手术和化疗的钱都备好了，新的检查结果出来了，小湄的肝上确实长了瘤子，但不是癌，是良性的囊肿，开刀做了个手术，把它切了，又养了几天，小湄出了院。敢情是一场虚惊。

说起来，没这场虚惊，小湄不会咬牙把老父亲留给她的画儿给卖了。可是话又说回来，尽管卖了画，得了四万多块钱，最后也没用上，但是这不比真得了癌要有福气吗？

小湄从医院出来，回到家，跟院里的街坊赵大妈念叨起这次逢凶化吉的遭遇。赵大妈信佛，家里设了一个佛龛，供着佛像，平时吃素把斋，念经敬佛，对小湄的这次经历自有一番高论。

赵大妈对小湄说："你呀，这是前辈子修下来的善缘，你们老爷子生前净做善事了，到你这辈儿得了济。听我的，信佛吧，你有佛缘。"

小湄听老太太这么一说，将信将疑，不过，她似乎得到点儿什么感应，让张建国从雍和宫请了一尊佛像，每天，一早一晚地燃炷香，在佛像前拜一拜，以求内心的安宁。

哪儿想得到，小湄出院以后，消停了一年多，她的内心倒是安宁了，可外头却出了麻烦。这天，小湄正在家里洗菜做饭，张建国耷拉着脑袋回来了。

"哟，你今儿这是怎么啦？"小湄见丈夫阴沉着脸，大嘴噘得能拴一头驴，顺口问道。

"唉，澡堂子里的拖鞋，别提了。你看看这个就知道了。"张建国从兜里掏出几张纸递给了小湄。

小湄拿过来一看，脑袋一下儿就大了。敢情这是法院的传票。

原来她大姐小汶、二姐小涓，还有二哥大江联名把她给告了，说她私自侵占父亲的遗产，将父亲遗产中的名画儿在未征得他们姐弟同意的情况下，私自给卖了，卖得那一百二十万块钱也让她独吞了，姐儿仨要求法院受理此案，讨回本属于他们姐弟的那部分遗产。

"天啊！这不是要活人的命吗？"小湄看了这张传票，差点儿没背过气去。

说到这儿，不能不找补一句，多亏小湄在这之前由于信了佛，内心求得了安宁，不然的话，这张法院的传票，能让她犯了心脏病，真要了她的命。

当然，善良的读者会问："小湄怎么这么倒霉呀？怎么刚踏踏实实过几天消停日子，又走了'背'字？这法院传票是怎么档子事呀？"

这叫盖住明火冒起烟，鞭打骡子惊起马。敢情是"泥鳅"那儿把小湄卖画儿的事给泄了底，引起了钱家姐弟的反目。话怕三头对面，事怕挖根掘蔓儿，往前一倒，自然这把邪火烧到了小湄头上了。

第五章

　　咱们前文说了，郭秋生这人好投机钻营，要不怎么会有"泥鳅"这个绰号呢。由打他玩了哩哏儿愣，把小湄手里的那幅齐白石的《葫芦》弄到手，等于把一张一百多万的存折在手里压着，所以脑袋瓜有点儿发热。本来他就经常不知道自己能吃几碗干饭，加上这脑袋瓜一热，您想能不干出点儿幺蛾子事来吗？

　　那天，在北城开饭馆的焦三约他到酒楼喝酒，在饭桌上，给他介绍了一个朋友。

　　此人叫昂山苏杰，四十多岁，长得挺黑，小圆脸盘子上嵌着一对木呆呆的大眼。他原本是云南人，后来入了缅甸国籍。昂山透着有钱，脖子上挂着一个翠坠子，右手的手指头上也戴着两枚翠戒指。他不会说普通话。

　　焦三对"泥鳅"说："这哥们儿是玩翠的，在云南腾冲有一号。现在有钱的人都奔腾冲'赌石头'，'赌石'那叫一个过瘾。怎么样，咱们到那儿玩一把去吧？"

　　接着焦三绘声绘色地侃了一通儿"赌石"的刺激场面。

"泥鳅"平时好打麻将，牌桌上大战几天几夜是常事。那一段时间他的牌运正好，听焦三说"赌石"一把能赚几百万甚至上千万，便动了痒痒筋。不过，他知道"赌石"光有钱不行，得懂眼。他是门外汉，哪儿敢轻易往里迈腿。

"这里的门道一定挺深，我别再陷进去出不来了。"他对焦三说。

焦三见他有点儿犹豫，对他说："你的心计那么多，谁玩现了，你也陷不进去。再说有昂山呢。他玩了三十多年的石头，自然会帮你掌眼。你要信不过我，咱们先到云南玩一圈儿，你去开开眼。"

"泥鳅"被焦三说得心眼活泛了。几天以后，他跟焦三由昂山陪着，坐飞机奔了云南腾冲。

您也许知道，全世界的翡翠都产自缅甸北部克钦邦境内的密支那西南的孟拱一带，这儿离中国的云南很近。从上世纪六七十年代，缅甸或中国的商人便大量走私，把翡翠的石材从孟拱运到云南的腾冲、芒市等地贩卖。这儿成了全国最大的翡翠石材交易的地方。

咱们见到的翡翠并不是整块地埋在地下的，大都被包裹在石材之中，这是因为翠玉结成块以后在地下埋藏多少万年，它周围的物质会经过漫长的侵蚀，使它的表面长了一层外皮，外皮的颜色多种多样，单看这些外皮，很难知道里头有没有翡翠。

玩翡翠的商人要先买石材，然后再从石材里取翡翠。当然这就会有一种风险。通常贩卖石材的人会在石材上磨掉一小块外皮，露出里头的翠，并且把它抛了光，行话管这叫"开门子"。人们通过"门子"来识别翠是什么种儿，也就是什么翠。这块石材到底有多少翠，这完全凭的是眼力。当然，光有眼力还不行，还得凭运气，毫无疑问，这种交易带有很强的赌博性，所以人们通常把卖翡翠的石材，也叫"赌石"。

"泥鳅"哪懂这里的门道？但他不懂"赌石"，却有赌瘾，只要是沾赌的事儿，就能勾住他的魂。到了腾冲，他才知道"赌石"要比在麻将桌上耍钱过瘾，而且也让人受刺激。

在"赌石"现场，他看着小山一样的一块块石料，有点儿犯晕。昂山告诉他，能出好翠的石料不在块儿大小，要看"门子"。他教了"泥鳅"几招儿，但"泥鳅"不敢贸然出手。

转到第三天，昂山相中了一块拳头大小的石料，石料的上方开了个"门子"，翠的绿色也说得过去。对方开价两万六千块。昂山让焦三收下这块石料。焦三跟人家还价八千块钱，人家死活不让价儿，焦三赌气不要了。

"泥鳅"从昂山的眼神里，看出他舍不得放弃这块料，随口说："一万两千块钱，我要了！"卖主依然不肯还价儿，最后昂山在中间让双方都退一步，"泥鳅"以一万五千块买下了这块石料。

昂山为了向众人验证自己的眼力，当即让人开石，谁也没想到拳头似的石料顶上的那一点儿绿翠，竟然是柱状。什么叫柱状？换句话说，也就是从上到下一通贯底都是翠，行家管这也叫"擎天柱"。一万块石料里也难找出一块这种"擎天柱"来，而且这块"擎天柱"的"水头"极佳，碧绿清澈，晶莹耀眼。

当场有人拍出三十万要买，旁边的一个玉器商人出价四十万，又过来一个买主出价四十五万，七八个人竞买。"泥鳅"最后以五十万元出手了。

一万五千块钱买的，当场拍出五十万。您琢磨这种暴利多刺激吧？但您别忘了，这可是"赌石"，万一打开石料，只有上边拇指盖大小的一点儿翠，下边都是石料，您可就赔了。

腾冲当地的行家"赌石"，有一个月赚一千多万的，也有带着一千万来的，个把月时间，全都打了水漂儿的。上天堂和下地狱仿佛就在一念之差，因为"赌石"而倾家荡产，甚至上吊自杀的事儿一点儿不新鲜。"赌石"，玩的就是心跳。

昂山在腾冲"赌石"的玩家中有一号，他曾经拿八百万赌一块石料，结果一下赚了五千万。有昂山当参谋，"泥鳅"似乎心里有了底气。当然，第一次下赌，就来了个碰头彩，一下赚了四十多万，也让他增添了胆气。回到北京，说起这档事，他还眉飞色舞，意犹未尽。

"泥鳅"和焦三二次去腾冲，又抱回一个"金娃娃"。这次发的意外之财有点儿捡漏儿的味道。

他们在腾冲转了几天，昂山没相中一块好石料。焦三有点儿起急，昂山说"赌石"凭的是运气和缘分，没有运气，也就没有石缘，这种事儿千万不能操之过急。运气往往是在你有意无意之间出现，越急，越找不到运气。他的话还真有灵验，没过两天，运气找上门了。

昂山认识的一个缅甸石商，在中缅边界的瑞丽开了一个店。那天，几个人坐在一起喝茶。聊着聊着，那位缅甸石商说，既然你们在这儿没找到好石料，到我的店里看看吧。昂山点了点头说好吧。"泥鳅"和焦三跟着昂山奔了瑞丽。在那位缅甸石商开的店，昂山也没看上有什么好石料。

他们在瑞丽玩了两天，买好长途汽车票，打算回昆明了，在一家小饭馆吃饭的时候，焦三跟饭馆小老板聊天。小老板听说他们是从北京来"赌石"的，对他们说，他有个叔叔认识一个缅商，手里有不少石料，如果他们感兴趣，他可以带大伙儿去他叔叔家看货。

昂山带着"泥鳅"、焦三欣然前往。到了地方一看，果然院子里堆着不少石料。小老板的叔叔向昂山推荐了几块比较大的石料，这几块料的"门子"翠色都挺正，但是昂山并没动心。

几个人又跟小老板的叔叔聊了会儿，起身告辞，快出大门的时候，昂山眼"毒"，一眼相中了在院子旮旯里扔着的一老料，这块石料有五十公斤重，外表看跟一般石料没什么区别，而且风吹日晒，石料上带着的外皮已变色，看得出它放在这儿已经有几年了。

这块石料，小老板的叔叔开价一百二十万，后来昂山讨价还价，以一百万成交。因为"赌石"都是现金交易，昂山示意"泥鳅"当场点钱。"泥鳅"把一百万现金拍给了小老板的叔叔。

昂山让小老板的叔叔当场开石，石料破开以后，在场的人大吃一惊，原来这是一块一通到底的莫西沙水石。

诸位有所不知，玩石的行家看石头主要看产的场口儿，也就是什么"坑"里出来的石头。莫西沙是缅甸翠十大好场口之一，这儿出的原石密度大，硬度高，质地细腻，色泽艳丽，石料本身就是上好的材质，再加上这块石头无裂痕，通体通透。小老板的叔叔对昂山的眼力佩服得五体投地。

昂山给"泥鳅"算了一笔账，不以整石出手，单以资本运转周期比较快的翡翠手镯来做这笔生意，按一公斤出一条半手镯的规律来算，五十公斤的原石，至少可以出三十五条镯子，余下的二十多公斤角料，可以做几十件坠子、戒指，当时的行市，一条手镯大概能卖到五万块钱，您算算这块石头价值多少吧。

"泥鳅"不能吃独食，这块石头他跟焦三各出了六十万。昂山不往里掺和，他是靠眼睛吃饭的，只收百分之二十的"相石费"，拿了他们二十万块钱。昂山托人找了辆军车，把这块石料运到昆明，几个玩翡翠的商人得到信儿，争着抢着要收这块石料。"泥鳅"和焦三最后以六百五十万元出了手，赚得手上出了油，俩人才打道回府。

有过几次这种经历，"泥鳅"的胃口越来越大了，本来他还想借助昂山的眼力再去赌几把，没承想昂山的"后院"起了火，家族之间因为财产起了内讧，他动枪走火毙了两个人，被当地警方给"拿"了。焦三得到这个信儿，怕跟着吃挂落儿，不敢再往腾冲跑了，正好他的酒楼也因为租金问题惹了麻烦，"赌石"的事儿他也没这个心了。只有"泥鳅"上满了弦，不去腾冲，手痒痒。

"泥鳅"跑了几次云南，在当地也认识几个人，其中有个外号叫老七的跟他比较熟。后来他单枪匹马奔云南，都是老七接待他。

老七玩翠，但"赌石"却没眼力。"泥鳅"跟昂山赌过几次石料，确实没失过手，但那是人家的本事，可"泥鳅"却认为他在昂山身边待了几天，多少也懂点儿眼，不知自己吃几碗干饭了。有时老七"赌石"吃不准的时候，他在旁边还给人家当参谋。乌鸦头上插鸡毛，假装凤凰。一来二去的，他把自己给架了起来。

大概其离他"赌石"发第一笔财对头不到一年的时候，老七在腾冲给他打电话，告诉他从缅甸那边新过来几块石料，几个行家看了都认为有赌头，让他多带点儿钱赶紧飞过来。

"泥鳅"没打愣儿，第二天，买了张机票奔了腾冲。到那儿一看，确实新来了不少石料，老七和几个朋友相中了两块原石，一块五十公斤，另一块三十公斤，对方开价每块三百六十万元。

这几年，翡翠的价码儿一个劲儿地往上涨，如果这两块石料是通体通透，那赚头可就过千万了。"泥鳅"动了心。他假模假式地看了看"门子"，绿色很正，而且没裂痕，听卖主说场口儿也好。

他跟对方讨价还价，对方让到每块三百万，再不往后退步了，而且要赌，就两块石料一起开。最初老七想掺和，后来见卖主不肯再往下让价，他退出了。"泥鳅"似乎没有退路，一咬牙，把这两块料收了。

当场开石。在开石之前，"泥鳅"还跟老七吹呢："行家一伸手，就知有没有。瞧好儿吧！"等把两块石头打开，"泥鳅"差点儿没晕过去。一块石料只有"门子"那儿有薄薄的一层，另一块料也只能出拳头大小的翠，两块料等于赌输，每块最多能卖四十万，"赌石"向来没有同情心，"泥鳅"只好认栽。六百万块钱在眨眼之间化为乌有。

"泥鳅"当时身上只有四百万现金，现从老七那儿借了两百万。为了补窟窿，他只好把那两块看走了眼的石料就地卖了五十万，背着一百五十万的债回了北京。

北京人好面子，"泥鳅"也如是。"过五关斩六将"，他能可着劲儿吹，"走麦城"的事儿，他可就当哑巴了。自己玩现了，能怪谁呢？他只能牙掉了往肚子里咽，胳膊折了往袖口里揣。

焦三碰见"泥鳅"，问他："听说你又奔腾冲了？怎么样？钓着大鱼没有？"

"泥鳅"苦笑了一下说:"现在大鱼不好钓了,捉点儿虾蟹吧。"

焦三释然一笑道:"行啦,能捉几只虾蟹,就算你没白跑冤枉道儿。"

其实焦三也认识云南的老七。"泥鳅"还没回北京呢,老七已然给他打了电话。"泥鳅""赌石"赔本的事他早就知道了。

"泥鳅"牙掉了可以往肚子里咽,胳膊折了也可以往袖口揣,可那一百五十万的债却不能不还。他回北京没一个礼拜,老七和一个马仔便从云南追过来了。追他干吗?还用问吗?"泥鳅"欠着人家的钱呢。

飞机一落地,老七就给"泥鳅"打电话,要请他吃饭。

"泥鳅"明知是鸿门宴,但是他不敢不去,一来欠人家钱,气短。二来他也晓得老七的厉害。老七当过兵,在"金三角"倒过"白粉儿",在云南当地是一霸。别看他大面儿上挺老实,不言不语的,为人也非常仗义。但是您别招惹他,惹了他,一准没您好果子吃。他手底下的马仔有几十个,而且手里都有枪。"泥鳅"在腾冲的时候,老七当着他的面儿亮过家伙什儿。他如果想废了"泥鳅",那不过是一句话的事儿。"泥鳅"再滑,敢得罪他吗?

老七在饭桌上,给了"泥鳅"五天的期限,一百五十万,一分不能少,他要带着这笔钱回云南做一笔生意。按说老七已经给"泥鳅"面子了。可"泥鳅"一时半会儿上哪儿现抓这一百五十万去?这一年他倒腾书画,开饭馆当"二房东"挣的钱,连同"赌石"赚的钱,都让他一把给玩没了。

五天的期限,让"泥鳅"睡不了踏实觉啦,掂算来掂算去,他只有拿出最后一张底牌了,那就是把从钱小湄手里弄过来的那幅齐白石的《葫芦》出手。

玩字画的人都知道货找人是孙子，人找货是爷爷。您手里拿着名画儿去抓现钱，肯定卖不出好价钱。自然，当有人急等用钱，万不得已才出手名画儿时，也肯定是低价收活儿的机会。"泥鳅"当然不肯露出自己是山穷水尽才卖这幅画儿的。他闭上眼，想了一圈儿自己认识的玩画儿的，末了儿想到了韩默。

韩默自己画画儿，也玩画儿，他有个叔叔是香港的亿万富翁，前些年搞房地产发了财，眼下正在搞艺术品投资。韩默没少帮他在北京买画儿，当然韩默觉得自己还嫩，一般大名头画家的画儿都是由他舅舅吴繁树来过眼和交易。

这点儿事瞒不了"泥鳅"，所以"泥鳅"把那幅齐白石的画儿拿给韩默的时候，特地编了个故事讲给韩默听："兄弟，这幅画儿是从我爸爸那儿传到我手里的。我爸爸当年是牛奶公司奶站送牛奶的。说这话，你肯定不知道，过去北京人喝的牛奶都是用小白玻璃瓶装的，瓶口盖着一张纸，用猴皮筋勒上。那会儿一般人喝不上牛奶，订奶的都是有身份和有点儿地位的人，再有就是产妇和病人。齐白石当然是有身份的人，他订着奶。当时订奶的人家，院门上都装着一个小木箱，送奶的把奶瓶放在木箱里。可是胡同里常有坏孩子偷奶。有一年，齐老爷子家门口的牛奶瓶连着几天都让人给偷了。那天，我父亲正好给他家送奶。老爷子家里人跟他说了，从此，我父亲每次给齐白石送奶，都直接送到院里，放在他家的窗台上。一来二去，齐老爷子跟我父亲成了熟人。有一天，我父亲送奶，正赶上齐白石老人画画儿，他为了感谢我父亲多年来的关照，就把这幅画儿送给了我父亲。"

"泥鳅"编的这个故事有鼻子有眼儿，不是知根知底的人听了，十个有九个人不会起疑。其实，他爸爸是送奶的，这没错儿，三年困难时期，他小时候跟胡同里的那帮孩子偷过奶也没错儿，可他把这些都掺和到一块儿，安在齐白石老人那儿了。您说这不是猴儿拿虱子，瞎掰吗？可是韩默听了，信以为真了。

"这幅画儿多有意义呀，您应该留着它！"他对"泥鳅"说。

"我不是打算买房吗？当然，你也会成全我。""泥鳅"的瞎话张嘴就来。

"您打算卖多少钱？"韩默问道。

"你是玩画儿的，我不说，你也知道现在拍卖市场上齐白石的画儿是什么价位。这幅是他的精品，不跟你多要，一百五十万，多吗？"

"一百五十万？"韩默迟疑了一下，嘀咕道，"要现金吗？"

"当然。在底下走画儿，哪儿有不给现金的。""泥鳅"用非常老到的口气说。

"那这个价位高啦。"韩默当然也知道书画买卖有讨价还价一说。哪儿能"泥鳅"说出一个价儿，他就接着？

"泥鳅"嘿然一笑道："韩默，我跟你要的可是朋友价儿。我知道这两年，名头儿大点儿的画家的画儿，都由你舅舅老吴把着，你光啃骨头喝不着汤。这回我想让你不过他的手，直接给你叔叔。我开价一百五十万，但只要你一百二十万，留出三十万的缝儿给你，你看怎么样？"

"泥鳅"的这一招儿挺灵，韩默琢磨了一下，活动了心眼儿，当下收了这幅画儿，并跟"泥鳅"订了君子协议，这事儿由他直接经手，不再找第二个人了。

两天以后，韩默把一百二十万现金打到了"泥鳅"的账上。"泥鳅"又找焦三作揖，跟他借了三十万，凑够一百五十万，按老七说的日子，把欠他的债还了。

却说韩默花了一百二十万买下那幅齐白石的画儿以后，心里又盘算起来，这两年，拍卖市场上，扛大鼎的当属齐白石的画儿。按现在的走势，两年以后，齐白石的画儿价位还会攀升，他干吗这么急茬儿，要以一百五十万匀给他叔叔呢？再等两年，也许这幅画儿能值五百万，到那会儿再匀给他叔叔也不晚呀。再者说，他现在也不等着用钱。这么一寻思，韩默蔫不唧儿地把这幅画儿私藏了。

由打韩默手里有了齐白石的画儿，他便十分留意齐白石的画儿在市场上的行情。一次，他跟几位玩画儿的"画虫儿"在一起聊天，大家说到了拍卖市场上假画儿的事儿，其中一位爷说："现在齐白石的画儿假的挺多，就连有名的拍卖公司都拍齐白石的假画儿。"他点名道姓地说出了买主和卖主。

韩默听了心里犯起嘀咕来："泥鳅"卖给他的画儿是真是假呀？他对"泥鳅"的为人并不十分了解。这之后，他又跟圈儿里的人打听了一下，"泥鳅"的口碑和人缘并不太好。

韩默毕竟年轻，搭上他的心缝儿不宽，得知这些信息以后，他的心悬了起来，正在这时候，他通过舅舅吴繁树认识了书画鉴定家钱大江。为了给自己吃个"定心丸"，他请钱大江吃了顿饭。两天以后，他带着那幅齐白石的画儿，奔了钱大江的家，请他掌眼，验明正身。

韩默哪儿知道，此举引出了一场家庭纠纷，这幅画儿险些在他手里化为乌有。

第六章

几年前，钱大江在鉴定字画上还刚出道，虽说已然有了点名儿，但还不像现在似的著书立说，频频触"电"，如日中天。当时，他给人掌眼，看画儿还不收"喜儿"，自然，找他看画儿的人不会空着手。韩默送给他一块"劳力士"金表，不过，这块"劳力士"表是水货，韩默花了不到一千块钱，在"秀水街"的小摊儿上买的。

钱大江比韩默年长小三十岁，自然在他面前得摆谱儿，他接过那块"劳力士"看也不看，随手放在桌上，戳腔问道："找我看画儿？嗯，谁的画儿呀？带来了吗？"

韩默笑了笑说："带来了，是齐白石的画儿。"

"齐白石？哈哈，这几个月，找我看他的画儿的人挺多，也不知怎么突然之间冒出这么多齐白石的画儿？好吧，画儿带来了，就展一展吧。"钱大江从沙发上站起来，拉着长音儿说。

"是是，我展给您上眼。"韩默来北京几年，学了不少北京土话。

韩默给这幅画儿配了个锦盒，他打开锦盒，从里面抽出画儿，小心翼翼地打开，让钱大江过目。

钱大江走到画前，端详着这幅《葫芦》，看第一眼的时候，脸上还没有任何表情；看第二眼的时候，脸上的肌肉跟着发紧；看第三眼的时候，他的脸上陡然色变，流露出惊惧的神情，呼吸也变得急促起来；第四眼，他让韩默把立轴调过来，仔细地端视着画儿的背面，蓦然，他大惊失色，像被马蜂蜇了一下，"啊！"他忍不住喊了一声，把眼前的韩默吓了一跳。

"钱先生，这画儿……不是真的？"韩默也被弄得连大气儿都不敢出了。

"嗯，这画儿……"钱大江本想说什么，却又咽了回去。

他愣怔了一下，缓了口气问道："这画儿是……噢，按行里的规矩，本来我是不该问这个问题的，这画儿是你本人收藏的吗？"

韩默被他问得有点儿不知所措了。他当然不会明说这幅画儿的来路，又一时找不到比较稳妥的说辞，迟疑了一下，他支支吾吾地说道："哦，这幅画是……是我的一个朋友托我帮着来找您鉴定的。"

"朋友托你？哈哈，你倒挺会选择词汇的。嗯，应变能力很强。当然了，我也不该问你。"钱大江嘴角掠过一丝嘲讽的讥笑，阴不阴阳不阳地看着韩默说。

"您这是……"韩默惑然不解地问道。

"好啦，你先把画儿收起来吧。不，你先等等，有件事，我要跟你商量一下。"钱大江犹豫不决地说。

韩默依然丈二和尚摸不着头脑，纳着闷儿地问道："钱先生，您想……"

钱大江淡然一笑道："哦，小韩呀，你拿来的这幅画儿，是齐白石的真迹，这是毫无疑问的。"

"真的吗？"韩默脸上有了笑模样儿。

"是的，而且它还是齐白石晚年创作的一幅难得一见的精品。既然是难得一见嘛，我想把它拍下来，用作我教学的参考资料，你不会介意吧？"钱大江笑着问道。

"不会，不会。您拿它的图片做参考资料，还会提高它的收藏价值呢。"韩默点了点头说。

"嗯，还是你聪明。当然，我得谢谢你。"钱大江说着，从柜子里取出数码照相机，让韩默把画儿展开，他正面反面连拍了十几张，才让韩默把画儿收起来，打道回府。

有钱大江的这句话，韩默心里有了底。

不过，他也有犯疑性的地方，钱大江拍照这幅画儿的时候，怎么连画儿的背面也拍呀？难道有什么秘密？这让韩默感到挺纳闷儿。回到家琢磨了几天，也没解开这个谜。

其实，您看到这儿，大概也能猜出个七八分，钱大江看着这幅画儿眼熟，是不是怀疑这是他父亲钱颢的藏品？没错儿，真让您猜对了，不过，您只猜对了七八分。钱大江不是怀疑这幅齐白石的《葫芦》，是他爸爸的藏品，而是确凿无误地断定它就是他爸爸的藏品。

为什么这么肯定呢？不是钱大江的眼"毒"，鉴定书画确实有两下子，而是他在这幅画上发现了钱颢留下来的印章。他从小就知道，他父亲钱颢是有心人，在他收藏的每幅书画正面的左上角，都印有绿豆大小的印记，同时，在裱好的书画背面，钤有他自己刻的一枚小印章"日下一页"。这枚印章用的是篆书，"日下一页"四个字隐含着"颢"字，但是印章非常小，您不留神细看，瞅不出来。

为什么他要瞧这幅画儿的背面，秘密就在这儿呢。

您会问了：既然钱大江发现这幅画儿是钱家的藏品，想个什么辙，把它留下来再细琢磨不结吗，干吗非要撅着眼子把它拍下来呢？

这就是钱大江的心计了。您也许有所不知，老北京古玩行有个行规，替人掌眼鉴定字画，必须当场做出判断，是真是假，要的就是您的一个字。您说我一时吃不准，把字画留下，再研究研究，那不行。这幅画儿离开了本主，谁知道您会不会扭脸儿，复制出一幅赝品来呀？所以鉴定家给人看画儿，必须当面锣，对面鼓，不能转身，这个规矩现在也没破。钱大江当然知道这个规矩，所以他不可能把这幅画儿给扣下，但是他又不想让这幅画儿从自己的眼皮子底下溜走，所以想出了拍照片留资料的招儿。

错来①，把这幅画儿拍成照片，用作教学的参考资料，不过是钱大江的遮眼法。齐白石的画册多了，还用得着他存资料吗？他拍照片是为了留下证据。

留证据干吗？敢情钱大江看到这幅画儿以后，先是吃了一惊，脑子里扔了一颗炸弹。紧接着脑子里硝烟四起，脑瓜仁儿飞快地旋转，他不停地搜索记忆中的人物，有谁能从他父亲手里得到这幅画儿。转来转去，从他的大脑记忆库里蹦出两个人来，一个是他的妹妹小湄，另一个是他的老街坊冯远泽，冯爷。

为什么他会想到这二位？因为他父亲在临终之前，他俩跟老爷子走得最近。在老爷子头咽气的十多天，小湄和冯爷几乎没离开过

---

① 错来——北京土语，跟"其实"这个词是一个意思，有时也说"错其来"，或写成"侧来"，现在这个词还经常用。

他的病床。虽说钱大江和他的两个姐姐小汶和小涓也一直陪着老爷子，但老虎也有打盹儿的时候，何况他们还有工作，相互之间倒着班来守床，所以保不齐老爷子在清醒的时候，把没有捐献出去的画儿留给他们。

不过，事后钱大江又推翻了自己的猜测，因为老爷子在临终之前，向小涓和冯爷赠画儿的可能性很小。一来，老爷子一直处于昏迷状态，命在死神手里攥着，人都在"鬼门关"门口转悠了，还顾得上送画儿吗？二来，老爷子在明白的时候，已然把他所有的藏画儿都列成了清单，该捐赠国家的，他都捐赠了。这个清单，几个子女都看过，不可能有遗漏的字画儿。

那么这幅画儿是怎么从老爷子手里出去的呢？钱大江知道老爷子这辈子只收画儿，从来没卖过画儿。他爱画儿如命，而且针扎螃蟹，不出血，手头儿很紧，也不可能把自己的画儿送人。如果说他的藏画儿能流传出去，只有两种可能，一种可能是"文革"抄家时，他的大量藏画被红卫兵撕了烧了，在那种动乱的年代，难免有一张两张的藏画儿被人私下偷走。另一种可能是老爷子背着他，把自己的藏画给了小涓或冯爷。

冯爷跟老爷子的关系一直不错，老爷子的所有藏画儿都是冯爷帮着整理的。老爷子晚年举办的个人书画收藏展是冯爷张罗的，甚至连老爷子向博物馆捐画儿，也是冯爷跑前跑后帮着办的。难道这当中，老爷子不会对冯爷大方一下，拿出几幅画儿来作为酬谢？可是这种猜忌在几年前就被钱大江认为是多余。

您别看冯爷长相寒碜，又有一身的爷劲儿，平时说话大大咧咧，有时爷劲儿上来，不管不顾。但是到了正经事儿上，他办事极其认真和仔细，认真到一丝不苟，仔细到滴水不漏，让您挑不出一点儿毛病来。

在跟钱颢老爷子的交往过程中也如是，他经手整理老爷子的书画，每一幅都有记录，每笔开销都有清单，有些老画儿需要拿到外头找人修补，重新装裱，老爷子舍不得掏钱，都是用他的钱垫上的，但是末了儿他没张嘴跟钱家的人要过一分钱，甚至为老爷子搞收藏展览，出画册的钱也是他掏的。他似乎无所求，只是为了完成老爷子的夙愿。这一点，冯爷的跟包儿，也是助手董德茂心里最清楚。钱老爷子的几个子女也不能不暗自佩服冯爷。当然，就连钱大江虽然一直对冯爷耿耿于怀，但也说不出他一个"不"字。

那么这幅齐白石的画儿究竟是怎么到了韩默手里呢？钱大江琢磨了几天，也解不开这个扣儿。常言道："话怕三头对面儿，事怕挖根掘蔓儿。"他思来想去，琢磨着要想知道这里有什么典故，必须得找韩默本人，但韩默不可能跟他说实话。钱大江活动了心眼儿，绕开韩默，找他舅舅吴繁树。

吴繁树对钱大江一直挺崇拜，听钱大江说他外甥手里有一幅齐白石的画儿，有点儿惊讶。

"他会有齐白石的画儿？不会吧？"吴繁树将信将疑地问道。

钱大江笑了笑说："怎么不会？他带着画儿找我量活，我已经给他看过了，是齐白石的真迹。"钱大江当然不会对老吴明说那幅画儿是他们家的藏品。

"真的吗？这小子从哪儿搞到这么大名头的画儿？他怎么不告诉我呢？"吴繁树纳着闷儿问道。

钱大江笑道："是呀，我也纳这个闷儿。你回头问问他，这幅画儿的出处。"

"怎么？难道您想收这幅画儿？"老吴十分警觉地问道。

"哈哈，收它？你知道我向来只搞鉴赏，不搞收藏。"

"那您为什么想探底儿呢？"

"我的一个朋友有一幅齐白石的《葫芦》，跟韩默手里的这幅很相像，我想弄清楚这里头的关系。"钱大江随口编了个瞎话。

"这么说您认为，韩默手里的这幅齐白石的画儿有疑点是吗？"

"那倒不是，我只是想弄清楚韩默的这幅画儿的出处，再对我朋友手里的画儿做进一步的判断。"

吴繁树点了点头，说道："嗯，我明白您的意思了。您放心吧，我这个外甥做人还是很诚实的，他不会对我掖着藏着。我弄清楚怎么回事儿，就会告诉您。"

老吴不会想到钱大江对这幅画儿动了别的心眼儿，他转过天打电话，把韩默约到家里，开门见山地问他手里是不是刚收进一幅齐白石的画儿。韩默对舅舅不敢不说实话。老吴接着又问他这幅画儿是从谁手里收上来的？韩默也如实相告，是从"泥鳅"手里收上来的，十六平尺的大写意，他开价儿一百五十万，最后给了他一百二十万。

韩默还把"泥鳅"讲的故事重复了一遍："是齐白石送给他爸爸的，这叫传承有序吧。"

"嗯，一百二十万买到一幅十六平尺的齐白石的画儿，有眼光！"老吴对韩默夸了一番。转过天，又让韩默把画儿拿过来，他品了品，觉得这幅画儿买得值。当然，他很快就把这幅画儿的出处告诉了钱大江。

钱大江的脑子又不失闲了,他反复咂摸着"泥鳅"讲的故事,觉得其中必有诈,明明是钱家的藏画儿,"泥鳅"干吗要编出这个典故呢?他认识"泥鳅",直接跟他过话,肯定从猴嘴里掏不出核桃来。正好钱大江的媳妇贺婉茹跟"泥鳅"的丈母娘原来住一个院,钱大江拐了个弯儿,让婉茹动员老太太出马,采用激将法,从"泥鳅"嘴里探听到这幅画儿是从小湄的丈夫张建国手里买的。

转了几个圈儿,终于水落石出。钱大江没有白动脑子,到底弄清了这幅画儿的来龙去脉。既然这幅画儿是从小湄手里出去的,那么它肯定是当年老爷子背着他单给小湄的。以老爷子的心计,他绝对不会只给小湄这一幅。想到这儿,他的妒火腾的一下点着了。

咱们前文说了,由于小湄的身世不明,钱大江和两个姐姐从小就对小湄存有戒心,加上老爷子对小湄也有偏心眼儿,所以姐儿几个渐渐地跟小湄隔了心。钱大江小的时候不懂事,为了跟小湄争嘴,经常怨恨父亲不疼他,偏向妹妹。长大以后,他从大姐小汶那儿得知小湄的身世,才知道敢情小湄是老爷子的私生女。其实,这不过是大姐的一种猜测,但大江却认定就是如此,不然老爷子不会如此偏心眼儿。

按说孩提时代的事儿,长大成人以后早就该翻篇儿了。孩子嘛,都混沌着呢,难免没有点儿磕碰,谁还总是计较这些陈芝麻烂谷子。可是大江叫大江,心眼儿却像针鼻儿那么大。他的记性超常好,不但记事儿,还记仇儿。当然,老爷子对他的好儿,他记不住,对他的不好,他记得很清楚。他认为跟老爷子的这种恩怨,都是因为小湄引起来的,所以老爷子活着的时候,他跟小湄见了面都不说话,老爷子去世以后,他跟小湄就更没什么来往了。有的时候，兄妹俩在大街上走个对脸，都不带打一声招呼的。

那年，小湄骑车上班，让汽车给撞了，车祸现场惨不忍睹，自行车的两个辘辘被轧瘪了，当时人们以为小湄必死无疑，急救车把小湄送到医院抢救。冯爷得到信儿，骑着车赶到医院，看了小湄的惨样儿，转身到钱家报信儿。

那会儿老爷子还活着，知道小湄出了车祸，急得老泪纵横，大江正好在旁边，老爷子让大江赶快去医院。大江把脸一沉说还要去学校上课。气得冯爷恨不能上去抽他俩嘴巴。后来老爷子发了怒，他怕老爷子被气出个好歹来，耷拉着脸出了家门，说是去医院看小湄，他却拐了个弯儿，找朋友下饭馆喝酒去了。从这件事上，您就能看出他跟小湄兄妹之间的情感如何了。

您想兄妹俩的心隔得这么远。这会儿，大江得知老爷子生前背着他和两个姐姐，私下给小湄留下不少藏画儿，他能不妒火中烧吗？

他是搞书画鉴定的，当然知道名画儿的价值，一幅齐白石就卖了一百二十万，不知小湄手里还有谁的画儿。他知道老爷子搞了一辈子书画收藏，一般画家的画儿他不收，只收大名头画家的画儿。老爷子到底给了小湄多少幅画儿？肯定不是一幅！既然这些画儿是老爷子的，那么作为遗产，他和他大哥还有两个姐姐应该都有份儿。凭什么只能便宜了小湄一个人？

他越想心里越有气。夫人婉茹见他拧着眉毛，坐在那儿发愣，凑了过去，冲他撇了撇嘴道："是不是又想你爸爸的那幅画儿了？总坐在那儿发呆有什么用？你去咨询一下律师，看看咱们能不能把它要回来？真要不回来就算了。"

婉茹的父母是上海人。她不到十岁，跟父母支援北京纺织业的发展，一起从上海来到北京。她父母都在当时的国棉二厂当工人。婉茹跟钱大江都属于"老三届"，高中没毕业，便赶上了知青"上山下乡"那一拨儿，到东北农村插队，跟钱大江在一个村，俩人在那儿相爱，后来钱大江被选为工农兵学员，到北京的一所名牌大学上学。

钱大江在上学期间，又爱上了一个杭州姑娘，这个姑娘相貌出众，性格也比婉茹温柔。钱大江本想回到北京，就可以把婉茹给甩了，他这边跟那位杭州姑娘爱得死去活来，那边给婉茹写了一封休书，谎称自己得了重病，让婉茹重新选择。

没想到婉茹非常痴情，钱大江在信里不说有病还好，一说有病，反倒更加唤起婉茹对他的怜爱之心。钱大江没了招儿，只好采取缓兵之计，改口说父亲给他又找了一个姑娘，他正在考虑之中，由于他大学毕业以后，不知要分配到何处，所以劝她长痛不如短痛，干脆就此分手，一刀两断。婉茹接到信悲伤不已。

钱大江等了两三个月没见婉茹回信，以为俩人的关系真的断了，居然跟那位杭州姑娘上了床，没想到他这儿生米已做成了熟饭，婉茹杀回了北京。巧的是婉茹坐火车到北京，拎着大行李直奔钱大江家，走到胡同口儿，正好撞上钱大江跟那位杭州姑娘在路灯底下依偎着亲昵。婉茹扔下行李，便冲过去跟那位杭州姑娘厮打起来。钱大江的所有谎言被当场揭穿。那位杭州姑娘羞辱难当，差点儿没投河自尽。婉茹也觉得委屈，她在农村已经对钱大江以身相许，为他打过胎。

后来钱大江的这种进退两难的窘迫之境，还是让小湄出面解的围。小湄一面劝慰那位杭州姑娘，陪她遛公园，逛商场，尽快抚平心灵创伤，忘掉她哥哥，重新振奋精神。另一面又在婉茹面前说她哥哥的好话，让婉茹原谅钱大江。经过小湄的一番苦心，风波总算平息，事情也没有闹大。后来婉茹也跟大江重归于好，结婚生子。当然，时过境迁，他们两口子早已经把小湄当年的功劳抛入忘川。

不过，婉茹已经五十多了，岁月的风霜早已把当年她锋芒毕露的那股子泼辣劲儿，淘洗得差不多了，感情也长了茧子，她不再多愁善感，知道眼泪比欢笑值钱，有些事也睁一只眼闭一只眼，得过且过了。尽管如此，她在日常生活中也时不时地跟钱大江闹点儿别扭，俩人似乎犯相，而且性格上总是合不来。

其实，钱大江也是花甲之年了，按说人上了岁数，心缝儿应该宽了，处事也应该多一些宽容，可是钱大江却正好相反，他把年轻时的沉稳，变得更加深沉，而且脾气随着年龄也在增长。原本他就是"能耐梗①"，上了岁数以后，他又变成了"气迷心②"，对什么事都喜欢较劲。

婉茹知道他有这个毛病，轻易不敢招他。有一年，钱大江心脏犯了病，差点儿没弯回去③。怎么回事儿？他在马路上骑车，后头有个小伙子骑车超过了他。走出几米远，小伙子回头看了他一眼。其实，人家不过是无意之中回了一下头。可是钱大江不干了，认为小伙子在跟他挑衅，于是跟小伙子较起劲来，骑车猛追。您想他

---

① 能耐梗——北京土话，指喜欢抛头露面，显示自己多知多懂、能耐有多大，但并没什么真本事的人。

② 气迷心——北京土话，指对什么事爱较真儿、死钻牛角尖、带偏执狂的心理特征。

③ 弯回去——北京土话，死了的意思。

五十多岁的半大老头儿，能跟二十多岁的小伙子拼体力吗？不价，他非要骑车超过人家，不能栽这个面儿。俩人在马路上飙起车来。

本来他回家，到了十字路口应该拐弯儿，也顾不上了。他咽不下这口气，一定要跟小伙子比试一下。俩人从中关村一直骑到大红门，跑了有三十多里路，末了儿累得他大汗淋漓，一口气没喘上来，"咕咚"一下，连车带人摔在马路牙子上。多亏被两个热心人及时看到，叫来救护车，要不老命就玩完了。您说他是不是有病？不是心脏病，是精神病！

在家里，他的事儿一般不让婉茹过问。当然，这反倒让婉茹觉得省心。

这些年，钱大江搞书画鉴定，出书讲学，没少捞外快。前些年，学院在宿舍区分给他一套三居室，他又在北五环的天通苑买了一套二百多平米的经济适用房，在郊区还有一套别墅。儿子被他送到英国留学，大学毕业后留在伦敦，在一家英国跨国公司工作，每年不少挣，而且挣的是欧元。婉茹的父母已相继过世，她退休后，没有任何生活负担，闲极无聊，养了两条狗做伴儿，平时她住在郊区的别墅。钱大江为了工作方便，常常一个人住在学校的宿舍区，婉茹偶尔过来看看他，就手给他买一些日常生活用品，跟钱大江厮守这么多年，大江的人头儿怎么样，她心里比谁都清楚。

其实，婉茹这人刀子嘴豆腐心，虽然有时候嘴头子不饶人，但心地比较善良。她从"泥鳅"的丈母娘那儿打探到小湄卖画儿的事儿以后，劝钱大江别找小湄的麻烦。她觉得不管怎么说，小湄是大江的亲妹妹，为一幅画儿，兄妹俩撕破脸，会让外人笑话。何况小湄这些年日子过得苦哈哈的，也不容易。但是钱大江却咽不下这口气，非要跟小湄讨个说法。既然这样，这是他们兄妹之间的事儿，她作为外姓人，也不便再多说什么。可是看着丈夫为争一幅画儿，这么折跟头撂肺地动气儿，又怕伤了他的身子骨儿，所以劝他想开点儿，都是自家人，何必这么大动肝火。

"你懂什么呀？"钱大江没好气儿地说，"这不是一幅画儿的事。"

"不是一幅画儿，那又为了什么？我看跑不出一个'钱'字。"婉茹淡然一笑说。

"如果单纯是为了钱，我不会上这么大火，这是名分儿和维权的事，你懂吗？"

"名分儿？这里有什么名分儿？"

"我爸不是她一个女儿，凭什么钱家留下的遗产，她一个人独占？我们小的时候，她就在家里拔尖儿。哼，尖屁股一个。这回，我要掐尖儿！"钱大江气哼哼地说。

"掐尖儿？你掐什么我都不拦着你，只是别扎了自己的手。其实，我也不懂这里头的事儿，但遗产问题有《继承法》管着，我觉得你应该找个律师问问。再者说，既然你认为遗产是你们哥们儿姐们儿的事儿，你的哥哥、姐姐都活着，你干吗不听听他们是怎么打算的。自己猫在家里生闷气，你伤神不伤神呀？"

婉茹这番话倒是给钱大江提了个醒儿，分割遗产得按《继承法》的规矩来处理，甭管怎么说他在大学当教授，这点儿法律常识他还懂。本来，他想得比较简单，那幅齐白石的画儿，小湄已然卖了，吃到嘴里的肉，再吐出来可就难了，他也不打算从小湄嘴里往外抠食。关键是他不知道老爷子到底给小湄多少幅画儿，为了弄清楚这个底儿，他只能以这幅齐白石的画儿来说事儿，它实际上只是一贴膏药，他得用这贴膏药来往外拔毒，知道有多少脓水。

最初，他不想跟小湄对簿公堂，家里的事儿经官动府的，说出去让外人笑话。当然，他也有私心，这事通过法律解决，俩姐一哥掺和进来，即便能要出几十万来，自己能落下多少？何况小湄是弱者，他是强者，当今社会都同情弱者，这点儿道理他还是明白的。他知道小湄没什么文化，只要找个人出面，吓唬吓唬她，也许她会把实底儿说出来，现在让婉茹这么一说，他猛然意识到问题的复杂性。

"看来还得走法律程序。唉，舍不得孩子打不着狼，既然跟小湄已没有什么亲情可谈，干吗还要顾全这个面子呢？话又说回来，她敢偷着卖画儿，是她跟我叫板，我不能吃这个哑巴亏。"他心里嘀咕道，预备跟小湄斗法。

第七章

钱大江通过一个朋友，找了一个姓陈的律师。陈律师三十岁出头，是个"海归"派，也许是因为半年多没找到客户，一听说谁要找他打官司，就跟打了吗啡似的。

"一幅名画儿卖了一百二十万！当然算很大的一笔遗产。您应该通过法律程序维护自己的合法权益。"陈律师一本正经地对钱大江说。

其实，在见律师之前，钱大江已然把《继承法》翻了十多遍，一些关键性的法律条文他恨不能都可以背下来了。他找律师，是想让律师充当说客，进行法庭外的调解。陈律师当然不干，他一看这个案子标的上百万，如果接手，半年的饭辙有了，所以一个劲儿地撺掇钱大江到法院起诉。

小伙子嘴皮子挺利落，而且属刺猬的，咬住谁便不轻易撒嘴，弄得钱大江没了退身步。

在起诉之前，钱大江先找他大姐小汶，添油加醋地把小湄偷着卖画儿的事儿详说一遍，而且告诉大姐小湄手里至少还藏着父亲留下来的十幅画儿。小汶叫小汶，这会儿也是奔七十岁的老太太了。她本来就对小湄有戒心，一听这话，当然被拱起火儿来。

不过，一听大江说要跟小湄打官司，小汶有点儿犹豫，对大江说："我先劝劝她吧，看她的态度如何。"

小汶主动请缨，披挂上阵，亲自给小湄打了几个电话，但是都没打通，老太太一赌气，决定亲自登门。

也是赶上巧劲儿，小汶来到小湄住的大杂院，小湄没在家。小汶敲了半天门，没叫出人来，倒蹿出一条大狼狗来，在小汶身后给了她大腿肚子两口。敢情这是院里街坊养的狗，那天主人没拴住它，让它跑了出来。邻居见状，赶紧给小汶赔不是，打了辆出租车，把小汶拉到医院打狂犬疫苗，临完，还给了小汶两千块钱"惊吓费"。

大腿上留下几个牙印，小汶真是气不打一处来。大江再来找她，她好像找到了撒气的布袋，捋起裤管，露出狗咬的几个牙印，对大江说："瞧瞧吧，这就是我找她的结果！她也太可气了，什么事儿都背着咱们，打吧，这个官司一定得打！"

大姐摩拳擦掌，恨不得立马儿就奔法庭，跟小湄来个刺刀见红。

大姐这儿上紧了弦，二姐小涓也拍案而起，当场对钱大江表态："开庭的时候，我一定亲自到场，我要当众揭穿她的谎言，让人们看看她是什么嘴脸！"

把俩姐姐给俘虏了，钱大江心里有了底气，紧接着他又去找大哥大海。

大哥是个老实人，而且已经七十来岁了，他比大江大十多岁，大学毕业以后，一直在四川的一个兵工厂当工程师，直到退休才回到北京，住在儿子家养老。由于长年在外地，家里的事儿他很少过问，当然他本人也以安分守己、中庸宽厚为立身之本。所以听了大江的煽动，不但无动于衷，反倒劝大江把心放宽，不要为几幅画儿伤了兄妹之间的骨肉之情。

按咱们中国人的传统观念，一个家庭老家儿没了，当大哥的应当挑门立户，不能说他就是一家之主吧，起码他在几个兄弟姐妹里，说句话应该占地方。但是现如今世道变了，兄弟姐妹都各自成家立业，另立门户，当大哥的威信自然减弱。何况大海长年不在北京，加上大江在两个姐姐那儿不停地搅和，大海的话就显得无足轻重了。

当然，大哥坚决反对大江的做法。大江看劝不动他，让他立下弃权的字据。大海当然不会写这种文字。末了儿不温不火地给了大江一句："荒唐！你们做事不能太绝情，别忘了咱们都是一个父亲，你们这么做让九泉之下的老父亲能安息吗？"

钱大江走到这一步已经铁了心，他哪儿还管天堂里的老爹呀？先顾眼面前的事儿吧！

"我手里拿着证据。"钱大江跟那位找饭辙的陈律师在一块儿捏鼓了几天，似乎找到了起诉的案由。就这么着，钱大江和两个姐姐向区法院递交了起诉书。没想到法院还真受理了这个遗产纠纷案。几天以后，法院的传票到了小湄手里。

钱小湄见了起诉书，差点儿没背过气去。这不是天上掉下来一块陨石，正好落到脑瓜顶上，飞来的横祸吗？两口子把起诉书看了有一百多遍，怎么也想不明白，这一百二十万是从哪儿来的？

张建国气得脸煞白，吭吭哧哧地说："卖画儿是没错儿，可是

'泥鳅'只给了我五万块钱呀，我还给他打了五千块钱的'喜儿'，怎么出来一百二十万啦？他们这不是诈庙吗？"

小湄对着窗户发愣，她心里清楚这是二哥大江给她使的绊儿，大姐二姐不过是两杆枪，真正憋着害她的人是大江。

"唉，没要过饭，不知道狗狠。谁让我遇上这么一个哥了呢。什么也别说了，他们都是有文化的人，那还不是想怎么捏鼓就怎么捏鼓呀？"她长吁短叹地说。

"那也不能胡说八道呀！法院是执法部门，他们怎么也听钱大江瞎造谣？一百二十万！凭什么呀？"张建国不糊涂，他还知道法院是主持公道的。

"什么叫栽赃陷害呀？这不是明摆着欺负咱们没文化吗？"小湄甩着哭腔道。

"他们找律师，咱们也找。我就不信天底下没有公道了。"张建国气得嘴直哆嗦。

"找律师？钱呢？你说得那么容易！"

"那怎么办？就这么等着人家拿刀宰呀？咱们上哪儿找这一百二十万去？"

"嘠，这会儿你又充英雄好汉了，不拿油瓶，腻不了手。卖画儿的事儿他们是怎么知道的？当初，我劝你别找'泥鳅'，你不听。看看，来事儿了吧？准是他那张破屁股嘴说出去的。"

"唉，谁让当时咱急等用钱呢？我对'泥鳅'是千叮咛万嘱咐。他也跟我赌咒发誓的，谁想得到他……"

"你就是没长眼睛。"

"我没长眼睛，你长了吗？谁起诉你呀？你亲哥哥！"

"苍蝇不咬没缝儿的鸡蛋，你要不把画儿卖给'泥鳅'，埋下了祸根，我亲哥哥能起诉我吗？"

两口子说着说着饿了茬儿，各自翻起了陈年旧账，吵闹起来。真应了那句古诗："贫贱夫妻百事哀，今朝都到眼前来。"

吵累了，俩人又回到了现实，那张起诉书像是脑瓜顶上的雷，随时会来一声霹雳。怎么办呢？俩人接着脸对脸叹气。

小湄不吃不喝，又气又恼，又惊又怕，当天晚上便犯了心脏病。张建国一时又麻了爪儿，赶紧打"120"，叫来急救车到医院抢救。

两天以后，小湄才缓过神来。看着张建国满脸憔悴，两眼发直，一副惊魂未定的样儿，她不忍再说什么，只能暗自落泪。

也许是实在被逼无奈，走投无路了，小湄在裉节儿上想到了冯爷。她躺在病床上，拉着张建国的手，有气无力地说道："建国，我琢磨来琢磨去，现在只有一个人能救咱们了。"

"你说的是谁？"张建国急切地问道。

"冯爷，冯远泽。"

"冯爷？"张建国吃了一惊，"他能救咱们？替咱们打这个官司吗？"

"嗯，他行。你应该知道他。"小湄看了张建国一眼说，"你别多心，他是我爸的干儿子，跟我也算是'发小儿'。虽说这么多年我们之间没什么走动，可他是个仗义人。我爸活着的时候，他对我们老爷子说过，今生今世，只要我有了难处，他不会袖手旁观。我想他会帮这个忙的。你知道他这个冯爷可不是随便叫的，他的本事比咱们可大多了。"

"这可是罗罗儿缸^①的事儿，他能管你们家里的事儿吗？"张建国疑惑不解地问道。

"能，我们家里的事儿，他门儿清，只有他出面，才能摆平这场官司。你打个电话，让他过来看看我吧。"

"好吧。"张建国点了点头。

其实，不用张建国给冯爷打电话，冯爷已然知道钱大江把他妹妹给告了。您想这种事儿能瞒得住人吗？俗话说，好事不出门，丑事传千里。这事儿三传两传，飞短流长，已经弄得沸沸扬扬，能传不到冯爷的耳朵里吗？只不过他只知道小湄成了被告，不知道这里头的枝枝蔓蔓儿。

冯爷接到张建国的电话，立马儿赶到了医院。见到小湄，听她抹着眼泪把事情的经过原原本本一说，又看了看那份起诉书。他的脸上顿时阴云密布，但很快来了个火烧云，好像突然刮来一阵大风，把阴云吹走，留下不阴不阳，有雾又没雾的沼气，让人难以捉摸。透过这层沼气，冯爷的那双"阴阳眼"来回一翻，小眼射出一道让人胆战心惊的寒光。

"哈哈……"冯爷突然大笑起来。

"三哥，您这是……"小湄被冯爷给笑毛了，紧张地瞪大了眼睛，本来就惨白的脸上流露出惊异的神色，她睁大了眼睛看着冯爷，这眼神跟冯爷的那只小眼射出的寒光撞到了一块儿，她不由得后背冒出了凉气。

"没事了，我看看你，心里就踏实了。你好好养着吧，多保

---

① 罗罗儿缸——北京土话，指纠缠不清、误会多多的事儿。

重！"冯爷不冷不热地撂下这句话，转身走了。

张建国站在一边，被冯爷的"阴阳眼"给弄蒙了，愣愣地看着，一时不知所措。倒是小湄没犯晕，给了建国一巴掌，建国这才醒过味儿来，着急忙慌儿地追了出去。

张建国追到医院大门口，一把拉住了冯爷的手，支支吾吾地说："三哥，您……小湄的这个官司，您管不管，倒是撂下个话儿呀。"

冯爷的"阴阳眼"上下翻动了一下，那只小眼微微合上，大眼流露出轻蔑的目光，看了建国一下，冷笑了一声说："别人偷驴，你让我去拔橛子吗？你们坐了蜡啦，才想起我来？清官难断家务事。这种事，我管不了！"

建国一听这话急了："三哥，小湄可全指着您呢。您要不管，她可就要上吊去了。"

"上吊？好呀，我给她预备绳子。"冯爷依然冷冰冰地说。

"哎呀，这可怎么办呀！"张建国两手拍了拍大腿，眼泪差点儿没下来，突然，像有人给了他一闷棍，他猛然一惊，赌着气，鼓着腮帮子，拧着眉毛，从嗓子眼冒出一句："好吧，也别难为您了，不管就算了，算小湄瞎了眼！"说完，他气囔囔地转身就走。

"回来！"冯爷突然大喊一声，把张建国的魂儿差点儿没吓丢了。

"干吗？"张建国身不由己地转回身，走到冯爷面前。

冯爷漠然一笑，从兜里掏出一个信封，塞到张建国手里，说了一句："拿着，把这给小湄！"

"您这……这是什么？"张建国捧着这个信封，愣磕磕地问道。

冯爷没吭气，干笑了两声，转身走了。

张建国被冯爷弄得简直像坠入八百里云雾之中，等他缓过神来，冯爷早已不知去向。

张建国恍恍惚惚地回到病房。

小湄问道："怎么样？冯爷说什么没有？"

建国两眼发直，嗫嚅道："说什么？他说咱们偷了驴，他不想去拔橛子。"

"怎么？他不想管咱们的事儿，是吗？"小湄急切地问。

"可不是吗？他不想管。"

"嗯，想不到他也变了，唉，他不管，就不管吧。大不了不就是一条命吗？"小湄打着颤音说。

忽然，她看见建国手里的信封，问道："你手里拿的是什么？"

张建国说："噢，这是他给你的。"

小湄接过信封，打开一看，里头装着一万块钱。她突然明白过味来，对建国说："你呀，真够傻的，我说什么来着，我的事儿，他能不管吗？"

第八章

　　看到这儿，您也许会说，冯爷跟钱小湄肯定不是一般关系。对，您没说错，他俩确实是"发小儿"，而且关系也不一般，要不怎么小湄会在裉节儿上跟冯爷张嘴求助呢？

　　咱们前文说了，冯家和钱家住一条胡同，而且两家的宅门都不低，可是到了冯爷的父亲这辈，家道已经中落。

　　冯爷的爷爷临死前，冯家在京城还有十多个铺子，买卖正经不小。他父亲哥儿仨，他爷爷死后，三兄弟分了家，原本占胡同五分之一的大宅子，一分为三，各走各的门。

　　冯爷的父亲冯子卿在家行三，俩哥哥都让着他，他分得了九号院。这是一座比较标准的四合院，有十多间房，正房前出廊子后出厦，高台阶，青水瓦出脊，进院门有个大影壁，院子里有一个很大的藤萝架，种着玉兰、海棠、石榴、牡丹。当然，现在这个四合院早已经拆了，原地盖起了大楼。除了这套院子，这位三少爷还分到了三个铺子、两辆汽车。

　　按说老祖宗留下来的这些家底儿，足够冯子卿扑腾一气的，在此基础上扩大和发展不成问题，但是他没赶上好时候，加上不善经营，到北平解放的时候，三个铺子已经一个不剩，都让他给折腾没了。不过，他也因祸得福，解放后划定阶级成分的时候，给他定了个"无业游民"，让他在后来的"文革"中躲过一劫。

说冯子卿是"无业游民"有点儿荒唐。"无业"是真的，解放以后，冯子卿一直当临时工，没有正式工作。说他是"游民"，则有点儿冤枉，冯家是老北京，他从生下来，压根儿就没出过北京城，怎么成了游民？不过，那会儿这种荒唐的事多了，您也不必较真儿。

冯子卿扛过大个儿，也就是当过装卸工，还当过小工，卖过菜，送过煤，干到五十岁，自动"退休"，在家玩儿了。

这位少爷秧子从小就喜欢玩儿，新派的老派的玩意儿他都黏手①，年轻时跑狗放鹰、听戏捧角儿、养鱼养鸟养鸽子、滑冰游泳、玩照相机、玩洋车②，没有他不好的。

因为家底儿厚实，而且也受父辈的影响，他也会玩儿。别看他做买卖搞经营不灵，玩上却一门儿灵，玩什么有什么。玩了几十年不但没败家，反倒日子过得挺殷实。

上世纪六十年代初，中国遇到了三年自然灾害。那当儿，北京人吃饭成了问题，不少人饿得挖野菜，吃树皮，有的小孩儿饿极了，喝凉水当饭吃，弄得一个个都成了小"胖子"，不是真胖，是真肿，水肿。那会儿，连钱家都有上顿没下顿了，可是冯子卿愣没

① 黏手——北京土话，玩上什么东西就不喜欢撒手的意思。
② 玩洋车——这儿的洋车指自行车。老北京人专门有玩自行车的，因为当时的自行车大都是进口的，所以也叫洋车。

让一家人受委屈。别看他没正式工作，也没人给他开工资，却不缺钱花。

小鸡不撒尿，各有各的道儿。冯子卿永远有饭辙。家里没米没面了，他拎出一件裘皮大衣，奔了委托行。解放后，当铺被取消了，人们卖旧货一般都去委托行，也就是后来的信托商店。一件裘皮大衣够一家子吃一个礼拜的。

想解解馋下馆子了，他拿出一台德国产的照相机，又奔了委托行，卖出去的钱够下三四次馆子的。冯爷小的时候非常奇怪，怎么老爷子总有得卖呀？好像家里的东西永远卖不完似的。他和几个哥哥、姐姐都是仗着老爷子的这些家底儿养大的。

冯爷是冯子卿最小的孩子，他上边有俩哥俩姐，生他的时候，母亲四十多了，冯子卿也已经五十二了。用老爷子的话说，这个儿子是他喝醉了酒，没留神，撒下的种儿，灶王爷打瞌睡，让他投错胎了。

那会儿医疗卫生条件差，冯爷落草儿[①]，是请的接生婆，在家里生的。临盆的时候，母亲犯了病，要不是接生婆有点儿绝招儿，冯爷险些死在娘胎里。冯爷生下来没哭，接生婆抓住他的两条小腿，倒着拎起来，照着屁股拍了几巴掌，可是把他的小屁股拍肿了，他也没出声。"怪！"接生婆说，"我接生了几百个孩子，没见过这么怪的事儿。"

按老人们的说法，新生儿不哭，活不长。但冯爷命大，活了。不过，他长到两个月才睁开一只眼。冯子卿以为这孩子是个"一只

---

① 落草儿——北京土话，出生的意思。"落"读"烙"。

虎"①，没想到又过了两个月，另一只眼睁开了，好像这孩子睁开一只眼，对人世间的事儿没看明白，把那只眼睁开，才看清楚是怎么回子事儿。这眼睛睁得一前一后，落下了一大一小的"阴阳眼"。

这对"阴阳眼"，让冯爷小的时候没少受欺负。五官当中，眼睛如同两扇门，您想大门儿都歪了，窗户再好也不是样儿呀。冯爷的这副长相儿，晚上在胡同里走，冷不丁一瞅，能吓人一跳。

胡同里的孩子都比较淘气，看冯爷长着一对"阴阳眼"，怪模怪样儿的，难免要拿他开心取笑。很多时候，他成了受气包。但是上了小学，没人再敢欺负他了。因为他学会了用"阴阳眼"看人，那一大一小的眼睛来回闪动，如同放电，再淘气的孩子见了这对"阴阳眼"，心里都害怕，赶紧躲得远远儿的。别说孩子了，大人见了这对"阴阳眼"都打怵。

这对"阴阳眼"，让冯爷失去了许多跟胡同里的孩子一起玩耍的机会，当然也失去许多童年的乐趣。但是他并不闷得慌，因为他爸爸好玩儿，他大哥二哥也好玩儿，他大哥比他大将近二十岁。冯老大从小玩跤，在运输公司的起重社当装卸工，脱了衣服，浑身上下都是肌肉，北京人管肌肉叫"块儿"，管肌肉多叫"块儿壮"。冯老大不但"块儿壮"，而且长着很重的络腮胡子，经常行侠仗义，是西城有名儿的"顽主"。他养了一百多只鸽子，每天一早一晚放飞。

冯爷从小跟大哥玩鸽子，放飞鸽子也是他的一乐儿。不过，他最大的乐趣是看书。他二大爷冯子才跟他们家住一条胡同，冯子才

---

① 一只虎——北京土话，独眼的意思。

很有才，是大学教授，也是有名的书法家，家里藏书颇丰。

冯爷小时候，放了学便到他二大爷家看书。看的是什么书？古书。

说来也怪了，冯爷起小儿就对古书感兴趣，《三字经》《百家姓》《千字文》这些就甭说了，他连《论语》《孟子》《史记》、唐诗、宋词、《三国演义》《水浒传》这些书也着迷，而且他的记忆力卓尔不群，不能说过目成诵吧，也能达到过目不忘。许多古代的诗文，他看个两遍三遍的，便能倒背如流。直到现在，他还能把《三国演义》《红楼梦》整章整回地背下来。

有一次，两个朋友请冯爷吃饭，冯爷喝了酒，跟两个朋友说他能背《三国演义》。那两个朋友不信，对他说："你甭背书，如果能把《三国演义》一百二十回的回目背下来，我请你到贵宾楼吃鱼翅泡饭。"冯爷说："好，甭请我吃鱼翅泡饭，一百二十回，我背下一回，你掏十块钱，一千两百块钱，把钱预备好吧。"他扭脸叫过服务员，给了她一百块钱，让她打车到王府井新华书店买了一套《三国演义》，他一口气把这本书的一百二十回回目背了下来。那两个朋友照着书看，一个字不带错的。接着他又从第一回"宴桃园豪杰三结义，斩黄巾英雄首立功"开始，滔滔不绝地往下背，连着背了三回，也一个字没落，让这两个朋友和在场的服务员对他叹服不已。朋友认输，拍出一千两百块钱。冯爷把钱拿起来，转身给了两个服务员说："拿着，算是我给你们挣的小费！"

人们把中国古代的经典书籍视为"国学"，现如今学"国学"成了热门。有钱的大款上几个小时的"国学"课，要缴上千块钱的学费，殊不知"国学"，练的是童子功。不过话又说回来，有冯爷这样"国学"童子功的人并不多。他的这些"童子功",为他日后玩书画打下了非常厚实的文化底子。

冯子才有三个女儿。三弟子卿见他没儿子,便想把小儿子冯爷过继给他。冯子才当然很乐意,可是夫人和三个女儿却拨楞了脑袋,不是因为别的,主要是冯爷长得太难看。冯子才的三女儿头一次见到冯爷,居然给吓哭了。过继之后,冯爷就要搬过来住,成天看着这对"阴阳眼",夫人怕把三个女儿吓出个好歹来。冯子才明白娘儿几个的想法,只好婉转地回绝了三弟的好意。

不过,冯子才有才也爱才。他认为虽然冯爷长得寒碜,但是有奇才,当不当他的儿子无所谓,一笔写不出两个冯字来,他毕竟是冯家的根儿。所以不管夫人和女儿怎么反对,他心里打定主意,想用心栽培这孩子。他在大学当老师,对教育孩子自然有一套行之有效的办法。冯爷后来鉴定书画独具慧眼,跟冯子才的栽培有直接关系。

冯子才家也住着一套中规中矩的四合院,院子里种着很多花草树木,院子当中是一个很大的藤萝架。每到夏天,冯子才便把京城几位有名的书画家邀到家里,在藤萝架下品茶饮酒。兴之所至,这些老先生还会泼墨挥毫,赋诗酬唱。

每到这时,冯子才便让冯爷过来背几段古诗古文,或者唱两段京剧助兴。当时冯爷才七八岁,那些老先生看这个小孩儿长得挺怪,却这么有才气,都挺喜欢他。高兴的时候,这些老先生也会即兴画张"斗方",送给他留个纪念。一来二去的,冯爷喜欢上了书画儿。

其实,冯子卿手里也藏着不少名人书画儿,只不过他玩的东

冯爷自小儿就
对古书感兴趣
水浒三三国二红楼梦二
都不在话下对感兴趣的
章节都能背下来

西太杂，喜欢的玩意儿太多，对书画收藏不像冯子才那么专一就是了。冯子才收藏的古代名画确实不少。由打冯爷喜欢上书画儿以后，每到他二大爷家里玩儿，便磨着二大爷给他讲画儿。

冯子才手里藏有不少画册、画谱和书画鉴赏方面的书，他拿出这些画册和书让冯爷看。冯爷的脑子好，凡是看过的画儿都像录像机似的记在了脑子里。冯子才见他如此痴迷，便让他背古代历史年表，记每朝每代画家的名字、身世、都画过什么画儿，等到冯爷把这些都记得滚瓜烂熟了，才开始给他讲画儿。所谓讲画儿，其实就是教他如何鉴赏这些字画儿。

说到这儿，得跟您多交代几笔，诸位有所不知，在古玩当中，除了金石碑帖，最难鉴定的就是书画，当然论艺术价值和收藏价值，也数书画为最。为啥这么说呢？

首先中国的绘画，有数千年的历史，但是东汉以前的画家都没留名儿，中国最早的有名有姓的画家出现在三国魏晋时期，史书上记载的第一个画家是三国时代吴国的曹不兴。咱们就从曹不兴这儿开始往下数，历史上的书画名家可以说数不过来。有一本书叫《画史汇传》，记载的古代画家有上万人。现代的画家更是车载斗量，汗牛充栋，当然他们的画儿就更多了。朝代有先后，名头儿有大小，能把这么多画家和他们的作品一一都记下来认出来，就得花几年工夫，更别说鉴赏了。

其次，古代画家和现代画家均有代笔一说。所谓代笔，就是找人替他画，然后署上他的名儿，盖上他的印。古代的皇上常爱干这种事儿，比如乾隆爷的不少墨迹，是由当时书法好的翰林代笔的。名画家找人代笔的事就更多了，比如明代大画家文徵明、唐伯虎，没出名儿的时候，都是自己画。出了名儿，找他要画儿的人多了，他一时应酬不过来，怎么办？找人替他画吧。唐伯虎最早是跟周东村学画儿，后来他的名气超过了周东村，他画不过来的时候，便找周东村代笔，当然署的是他的名儿。您说这类画儿，您辨起来是不是得费脑子？此外，同一个画家，不同时期的画儿，风格大不一样。而且画家也是人，他也有七情六欲、喜怒哀乐，他高兴时画的画儿，跟悲伤时画的画儿也有区别。就拿齐白石来说，他早期的作品，跟他六十多岁"衰年变法"之后画的画儿迥然不同。不深入了解齐白石的人生经历和艺术发展的轨迹，单从画儿上看，很难辨别。

最后，是假画与真画的辨别。假画，也就是赝品，古已有之，可以说，从有绘画的那一天，真假的问题，就困扰着玩画儿的人。有人说越是有名的画家，假画儿越多。赵汝珍所编的《古玩指南》一书中说："今世所存古玩，十九皆鱼目也。鉴别者若不深悉其作伪之内蕴，而徒事作品之判别，鲜有不受其欺骗者。"十幅古画儿有九幅是假的，或有九幅真假说不清，这话虽然说得有点儿夸张，但赵老先生也是经验之谈。只有玩画儿的人知道这里的水有多深，所以他说，单从画儿上来辨别，不知道作假画儿的奥秘，没有不上当的。要不怎么说古玩里最能考验人眼力的，得说是书画呢。

冯爷当时不过是十来岁的小孩儿，冯子才不可能把鉴定书画的绝活儿都传给他。当然，书画鉴定家的眼力，也不是三天两早晨，就能磨砺出来的，这需要丰富的阅历和扎实的文化根底，还有千百万次的对真画和假画的眼观手摸，才能修炼出来。这就跟一个人似的，您跟他接触一次两次，只能记住他的姓名、他长什么样儿，几天以后您就忘了。您如果跟他相处十天八天的，只能了解他一个大概其，知道他长得什么模样儿，有什么脾气秉性。但是您如果跟他相处十年二十年，那么，甭管他穿什么衣服，是胖了瘦了，您都能看出他来。即使您跟他不见面，他在电话里咳嗽一声，笑一笑，您也不会认错人。您甚至能从他走道儿的声音，辨别出他来。您说是不是这么回事？相信您一准有这种感受。其实，鉴定书画也是这个道理。

俗话说：行家一伸手，便知有没有。鉴定书画吃的是眼力，把这句话挪到这一行，应该叫作：行家眼一眨，便知真与假。但是能做到一眼便能识出真与伪来，得亲自过手。行话说：眼过千遍，不如手过一遍。冯子才深谙此道，他不光让冯爷背人名，记年谱，还经常带着他逛琉璃厂和后门桥。

琉璃厂是京城著名的古玩字画商业街。这条街上的老字号古玩店、书画店一家挨一家，从明清一直延续到现在，几百年了，字号有上百家。冯子才带着冯爷不光是逛，主要是买画儿。上世纪五六十年代，一些大名头的画家大都在荣宝斋等书画店挂笔单，他们的画儿价位并不是很高。冯子才每次逛琉璃厂都不空着手回来，必买几幅画儿。买画儿的过程，实际上就是在培养冯爷的眼力。冯子才从一幅作品的艺术风格特点，到用纸、用笔、用墨、用章和落款、题跋以及装裱，一一讲给冯爷。冯爷心有灵犀，一点就通，很快他便入了门。冯子才为了磨炼他的眼力，有时放手让他一个人去琉璃厂买画儿，增长实战经验。

后门桥是地安门外大街正对着鼓楼的一座小桥，本名叫万宁桥，因为在地安门外，地安门与俗称前门的正阳门相对，所以俗称后门，因此万宁桥俗称后门桥。后门桥在老北京很有名儿。它西边就是什刹海，在它的周边有许多王府和大宅门，住着清朝的皇亲国戚。大清国玩完之后，这些清朝的遗老遗少一般都靠吃家底儿为生，当然他们当中也有不少能书擅画的人，平时在家里泼墨挥毫，遣兴自乐，打发日子。有的是自己画，后来画出了名儿，比如有"南张（大千）北溥"之称的溥心畬。有的自己画不出名儿，专门临摹古代的名画儿，画得极为逼真以后，便拿到外面去卖。

当年在后门桥往北路西的烟袋斜街，以及再往西往南什刹海的荷花市场，有许多古玩铺和古玩摊儿，有些古玩铺和古玩摊儿专卖这些假画儿，价码自然比真画要便宜。懂眼的玩画儿人当然能识别出这些赝品，但那些不懂眼的可就把这些赝品当成了真品，买到手以后，再卖给别人，流传到全国各地。玩画儿的人把这些赝品叫作"后门掉儿"。您且记住喽，往后再听到"后门掉儿"这个词儿，千万别闹误会。

后门桥一带的古玩铺和古玩摊儿一直延续到"文革"前。冯子才之所以带冯爷逛这种地方，是为了让他开开眼，知道什么是假画儿。当然每次来，冯子才也不空着手回去，他买"后门掉儿"的目的，是教冯爷如何鉴别它。

您想冯爷从小就接受冯子才这么精心的调教，加上他自己的痴迷，眼力错得了吗？到"文革"前，他十三四岁的时候，给他一幅画儿，他不但能说出个么二三来，而且也能分辨出真伪来。当然作伪高手的赝品画儿，这个时候他也会打眼。不过，跟同龄人相比，他可就显山露水了。

冯爷后来常跟人说，他玩书画吃的是"童子功"，这话真是没有一点儿水分。

第
九
章

　　冯家跟钱家虽说住在一条胡同，但冯子卿和钱颢之间，相互往来很少。两个人的地位身份和性格气质明显不同。钱颢是银行的高级职员，受过高等教育，平时出门总是西服革履，气宇轩昂的；而冯子卿是没正经职业的"散仙"，无冬历夏，永远穿着中式的扣襻衣服，足蹬千层底布鞋，平时出门遛早儿，左手拎着鸟笼子，右手揉着山核桃，一副神态安然的散漫劲儿。外人一看就知道他们是两路人。

　　都住一条胡同，常有碰头撞脸的时候，但充其量俩人不过相互点个头儿。冯子卿的礼数大一些，点头儿之后，跟着道一声："吃了吗您？"北京人管这叫"点首之交"。

　　不过，两家的孩子倒是比大人走得更近一些，冯爷的二哥跟钱颢的二少爷钱大江是小学同班同学，中学也考进了同一所学校。冯爷的二姐跟钱大江的二姐又是中学同学。钱大江小时候长得很清秀，单眼皮，大眼睛，高鼻梁儿，梳着小分头，白白净净的，有几分奶油小生的劲儿。不过，说来也怪，他出身书香门第，家教很严，也不淘气，却在念书上让老家儿着了急。

其实钱大江的脑子不笨，可是犯怔，用老北京话说叫揪头拍子。这话怎么讲呢？揪头就是脑袋朝下，向低处找东西的头部动作，加上"拍子"这个词儿，就是只顾自己，不懂人情世故的意思。搁到大江这儿，就是他在学习的时候，总按照自己的认识理解，不管老师怎么教，甚至连书上是怎么说的，他也不管。地理老师讲地球围着太阳转，他却认为老师是胡说，明明人们看到天上的太阳从东边出来，西边落下去，是它围着地球转，怎么说地球围着它转？语文老师讲，《三字经》里有句"逞干戈，尚游说"的"说"读"睡"。他急了，说老师教错了。明明"说"，是说话的"说"嘛，怎么会念"睡"呢？有时他还好逞能，在课堂上跟老师顶牛玩儿。您说这样的学生，老师怎么能教得了他？

平时上课顶牛，老师拿他当小孩儿，也不跟他一般见识，一到考试，他可就抓了瞎，五门功课有三门六十多分，两门不及格。冯爷的二哥功课好，又是班长，一到这时候，班主任便让他给大江开小灶，把大江叫到家里，帮着温习功课，补考过关。

从四年级到六年级，大江没蹲过班①，应该说是二哥的功劳。但是大江并不念二哥的好儿。后来他当了工农兵学员，上了大学，在胡同里见到二哥，胸脯一挺，一副居高临下的样子。再后来，他当了大学教授，提起当年上小学的事儿，居然说："那会儿，我就开始给老师挑错儿，我们班长姓冯，功课跟不上，我经常给他补习功课，没有我，他上不了中学。"

———————————
① 蹲班——即留级的意思。

　　唉，真是人嘴两张皮，上嘴唇一碰下嘴唇，煤球儿成了元宵。您说对这路人有脾气吗？

　　钱大江的功课跟不上趟儿，经常上冯家找二哥补作业。有一次，碰到一道分数数学题，二哥给他讲了半天，他也没明白，二哥给他打了个比方说："一个馒头三个人吃，跟两个馒头六个人吃，一样不一样呀？"大江脑子正拌着蒜呢，一听这个，又掰不开镊子了，掰着手指头算了半天，一仰脑袋："当然不一样了，六个人吃跟三个人吃，能一样吗？"二哥问："哪个数大呀？"大江回答："当然六个人吃的那个馒头了！"

　　正好冯爷在旁边听着，忍不住笑了，说道："你呀，白数了！"大江一梗脖子说："白薯？你说谁呢？谁是白薯呀？"冯爷道："谁是白薯？我看只有'白薯'才说自己不是白薯！一个馒头三个人吃跟两个馒头六个人吃不一样嘛！"

　　北京人管没本事的人戏称"白薯"。冯爷一不留神，给大江起了外号。从这儿起，再见到大江就叫他"小白薯"了，后来这个外号带到了学校，一直跟着钱大江到东北去插队。

　　别瞧钱家的孩子常到冯家来玩儿，冯家的几个孩子却很少到钱家去串门儿，因为冯子卿给几个孩子从小就立下了不能乱串门儿的规矩。可是冯爷却把这个规矩给破了。

　　那天，大哥新淘换了一只"凤头点子①"，在放飞原先养的鸽子时，他一时高兴，把这只"点子"也放了出去，没想到这只"点子"认生，不跟"盘儿"。"盘儿"是玩鸽子的术语，一般家养的鸽

———————

① 凤头点子——鸽子的名称。

子不单个放飞，通常要十多只一起放，这样不至于飞丢，十只以上的鸽子放飞为一"盘儿"。鸽子养得多的主儿，有时也喜欢两"盘儿"一起放飞。

鸽子挂着哨子，在空中翱翔，飞着飞着，两"盘儿"会相互往一块儿"裹"，看上去非常壮观。有时为了让新淘换的鸽子认"门儿"，在一"盘儿"鸽子放飞的过程中，把"生鸽子"放出去跟飞，为了怕它们不跟"盘儿"，飞丢了，所以要拿"盯竿儿"招呼它们。

大哥平时放飞鸽子，常让冯爷在院里打"盯竿儿"，有时也打"甩子"。"甩子"也叫"迎幌儿"，就是用竹竿系一条红色或白色等显眼的色彩的布条，站在院里或房顶上来回摇晃。通常放飞的家鸽都围着主人的住宅绕圈儿，鸽子看到"甩子"便不会飞远。同时，看到"甩子"反复晃，会明白这是主人招呼它们停飞，于是纷纷落到房脊上。也有玩鸽子的主儿不用"甩子"，在房顶上放几块绿色的琉璃瓦做标记。鸽子落下来叫"落盘儿"。放飞的鸽子"落"了"盘儿"，主人心里才踏实。

北京人玩鸽子喜欢"撞盘儿"和"裹盘儿"，看见天上有只单飞的鸽子，撒出一"盘儿"去，把它"裹"下来，叫"裹盘儿"。"撞盘儿"就有意思了，比如一个玩鸽子的主儿看见天上飞着一"盘儿"鸽子，心里犯痒痒，随后也撒出去一"盘儿"，让它们在空中相互"裹"，这就叫"撞盘儿"。"撞盘儿"主要是看谁的"盘儿"里鸽子多，记性好，耐力强。通常以鸽子多的"盘儿"把鸽子少的"裹"进来，最后在自家的房顶上"落盘儿"。

当然北京人玩鸽子也有规矩，一般把别人的鸽子"裹"到自己的"盘儿"里，事后要如数奉还。当然也有看见"裹"进来的鸽子品种好，舍不得还，自己眯起来的时候，双方为争这只鸽子这就要动手了。所以过去老北京人也把鸽子叫作"斗气虫儿"。为只鸽子拿刀动杖的事儿时有发生。

冯爷的大哥是远近闻名的"老泡儿"，不会为一只鸽子跟人动手，当然，别人要是"裹"了他的鸽子也不敢招惹他，会主动还给这位爷。不过，玩鸽子的主儿，鸽子被别人给"裹"了去，是栽面儿的事。

那只"点子"离了"盘儿"，不知是谁又撒出一"盘儿"来，眼看这只飞丢了的"点子"，要让别人那"盘儿"给"裹"了去，大哥赶紧让冯爷打"甩子"。这只"点子"见了"甩子"，落了下来，可没飞回自家的鸽棚里，却落到了别的院的房上。大哥回过身对冯爷说："去把它捉回来。"

"行！哥，你等着！"冯爷说着，垫步拧腰，顺着院墙上了房。

北京的胡同通常都是院挨着院，房连着房。从这个院上房，能走到另一个院。冯爷仗着腿脚灵便，三步两脚地爬到了那家的房顶。见那只"点子"站在瓦上正四处张望，冯爷从兜里掏出了一把红小豆，往房顶一撒，三逗两逗，那只"点子"走到了冯爷跟前，他一纵身，伸手捉住了它。冯爷自然得意，就在他手里攥着鸽子，从房上往墙头跳的一刹那，脚底下的瓦松了，身子一滑，"咕咚"一下，摔了下去。

巧的是房檐下有个瓦盆做的大鱼缸，他正好落在了鱼缸里。"叭嚓"一声，鱼缸碎了，他却捡了条命。不过这下也摔得不善，受了大惊，手一松，鸽子也飞了。

"谁呀？这是……"院子的主人闻声从正房推门出来，喊了

脚手上高打甩子的活儿
冯爷别提多爱干了。

一声。

冯爷的"阴阳眼"左右一翻，那只大眼定睛一看，敢情是钱大江的爸爸钱颢！这时冯爷才知道原来这只鸽子落到了钱大江他们家的房上。

"哟，是你呀！"钱颢当然认识冯爷。见他趴在地上，胳膊腿见了血，疼得直哎哟，赶紧上前把他扶起来，搀到屋里，擦药止血。

"怎么样？用不用带你上医院？"钱颢见他摔成这样，动了怜悯之心。

冯爷揉着屁股，咧了咧嘴："不用，我……我没事儿。"

钱颢看着冯爷怪模怪样的劲儿，忍不住笑了，拍了拍他的脑袋，说道："你这个小家伙可够经摔的，从房上掉下来愣没事儿？不会是在我面前逞能吧？"

冯爷腾地从椅子上坐起来，一挺胸脯说："真没事儿，钱大爷，不信您看呀！"

他在原地跳了跳，哪知道他胯骨轴儿脱了臼，疼得他哎哟一声，趴在地上起不来了。

钱颢一看冯爷瘫在地上，一时不知所措了。三女儿小湄闻声跑过来，帮着父亲把冯爷从地上搀扶到床上。爷儿俩正合计着怎么告诉钱家的人，把他往医院送。大哥敲开了院门，进了屋。原来他让冯爷上房逮鸽子，半天不见他回来，顺着胡同，挨着院门打听到这儿。

大哥见冯爷摔得拉了胯[①]，疼得直哎哟，扭过脸叫过小湄：

---

① 拉了胯——北京土话，下肢摔伤或有毛病的意思。

"三丫头，麻烦你到胡同口儿的理发店，把潘二爷给请过来。"

"唉。"小湄答应着，转身出了门。

潘二爷的大号叫潘来喜，从小跟他爸爸老潘头学剃头。老北京的剃头匠不光会剃头、理发、刮脸，一般的师傅还会按摩、接骨。那会儿，剃头的讲究整容行文武不挡"十六技"。哪"十六技"？即：梳、编、剃、刮、捏、拿、捶、按、掏、剪、剔、染、接、活、舒、补。梳、编是梳发编辫儿，剃是剃头，刮是刮脸，掏是掏耳朵，剪是剪鼻孔里的鼻毛，剔是清眼，俗称打眼，染是染头发，接是接骨，捏、拿、捶、按就是现在的按摩，活、舒、补就是舒筋活血补碎的正骨手术。

早年间，没有专门的骨伤科医院，大医院也没有骨伤科，人们伤筋动骨，一般要找剃头匠，别说老百姓了，就是宫里的皇上磕了碰了，也找剃头的。当然，宫里给皇上剃头的都是太监，因为一般人不能在皇上的头上动刀。给皇上剃头的地方叫"按摩处"，给他们剃头理发的剃头刀也不一样，是用两层竹片夹着刀片，只有两分宽的刀刃露在外边，因为皇上怕死，提防剃头的太监御前行刺。老潘头的手艺就是跟宫里的"按摩处"，给皇上剃过头的太监学的。

老潘头当年挑着剃头挑子走街串巷，在西城一带很有名。后来老潘头脑溢血死了，二爷潘来喜接了他的班。北京解放以后，街面儿上已经看不见剃头挑子了。潘二爷最初是手里打着"唤头"下街找营生。上世纪六十年代，手艺人成立合作社，几个剃头匠带着几个徒弟凑到一起，在胡同口儿开了个小理发店。周围胡同的人除了到这儿剃头理发，平时谁有个磕碰，伤了筋动了骨，都来找他们。当然主要是找潘二爷，他的手艺最好。

潘二爷年轻时也玩跤，跟冯爷的大哥常穿着褡裢在垫子上摔打，俩人拜的是同一个师傅，关系非同一般。

小湄连跑带颠儿地到了理发店，一看潘二爷正在给人刮脸，她喘着粗气说："潘二爷，冯家的老三从房上摔下来了，在我家趴着呢。"

"这小子，'三天不打，就上房揭瓦。'怎么搞的？你让他等着，我这就过去。"潘二爷听说冯爷摔伤了筋骨，麻利地给顾客拾掇完"门脸儿"，撂下手里的家伙什儿，便紧跑慢跑地来到钱家。

潘二爷的接骨技艺确实名不虚传，他的两只手像是探测仪，捋着冯爷的腰一摸，便找准了部位。

"嗯，这小子的胯骨轴儿错了位。"他一边聊着，一边用手捏拿，一会儿的工夫便把骨头给接上了。他来的时候，冯爷还龇着牙咧着嘴疼得不敢动窝，他走的时候，冯爷已经能下地走道了。冯爷后来又让他捏了两回，居然该跑就跑，该跳就跳，什么事儿没有了，而且没落一点儿后遗症。

冯爷好利落以后，跟冯子卿说："爸，我是不是得谢谢大江他爸爸去？我把人家房上的瓦踩坏了。"

冯子卿点了点头说："应该。你还把人家的瓦盆鱼缸给砸了呢。要不是人家搭救你，备不住你这会儿还在床上趴着呢。"

老爷子给了冯爷两块钱，让他到胡同口儿的合作社①装了个点心匣子，拎着去看钱颢。本来冯子卿要陪着他，让他给拦住了："爸，是我捅的娄子，还是我自个儿去吧。"冯子卿见他说了这话，

———————————

① 合作社——上世纪五六十年代，北京人大都管副食百货店叫合作社。

便依了他。

其实，冯爷这么做，掖着鬼心眼儿。您猜怎么着，敢情他从房上掉下来，钱颢把他搂到自己的书房，他的那双"阴阳眼"照见了墙上挂着的两幅画儿。他知道钱颢收藏书画，想借着答谢他的机会，跟钱颢聊聊书画。

冯子卿哪儿能想到他憋着这个主意。当然，钱颢也没承想十几岁的孩子居然有这种心眼儿。他接过冯爷拿过来的点心匣子，笑道："你爸爸的礼数真大，街里街坊的串门儿还不空着手。回去，替我谢谢你爸爸。"

"我爸说，还要赔您那个鱼缸呢。"冯爷说。

"嗐，说这话，咱们两家那不是远了吗？告诉他，我还要谢谢你呢。那鱼缸我正打算扔了，换个新的呢。你呀，帮了我一个忙，把它摔了。"钱颢笑着说。

他给冯爷削了个苹果。冯爷以前在二大爷家见过钱颢，但没说过话，今儿感觉他透着儒雅和随和。他一边嚼着苹果，一边环顾钱颢书房里的陈设，最后那双"阴阳眼"停留在墙上的两幅画儿上。

"钱大爷，您墙上的这幅陈师曾的《芭蕉图》很有意境，比旁边那幅金城的山水更有味儿。"他轻轻一笑说。

"啊？……是吗？"钱颢初听这句话，还没反应过来，这话是出自一个十多岁的孩子之口。他怔了怔，看了一眼冯爷。猛然之间，他感到被那双"阴阳眼"烫了一下。

"陈师曾？金城？你知道陈师曾和金城？"钱颢诧异地问道。

"当然，在中国近现代的画史上，陈师曾和金城金北楼是两个非常重要的画家。嗯，他俩还是当年北京画坛的领袖人物呢。"冯爷像个小大人似的说。

钱颢蓦然对冯爷刮目相看了。他万万没想到冯爷这么小的年纪能说出这话。

"哎呀，你可真不得了，怎么知道得这么多？"他忍不住脱口说出心里对冯爷的惊叹。

没想到冯爷听他这么一说，还来了劲儿，在钱颢面前显摆起自己的"学问"来："陈师曾的爷爷是晚清新政中的顶尖人物陈宝箴呀，他父亲陈三立是晚清'三大诗人'之一，弟弟陈寅恪是有名的文化人。他早年留学日本，和鲁迅是东京弘文学院的同学，回国以后开始学画儿，曾经向吴昌硕问艺，后来他和金城一起发起组织了北京中国画研究会，他和金城的画儿体现了中国文人的特性……"他像小学生背书似的一口气儿说下去。

钱颢虽然知道他背的是书上的知识，这些知识对于一个小孩儿来说，如同嘴里含着个槟榔，知道是什么东西，还没真正嚼出味儿来，但是一般孩子谁知道陈师曾和金城呀？

他又说了几个画家的名字："虚谷、赵之谦、任伯年、吴昌硕，你知道吗？"

冯爷嘿然一笑道："当然知道，他们是清朝末年，上海画派的代表。"接着他又把这几个画家的身世经历、绘画的艺术特点，一一道了出来。

"哎呀，小三呀，我问你的这些，对于玩书画的人是常识，可是你怎么都能说得上来呀？谁教你的呢？"钱颢纳着闷儿问道。

"我二大爷教我的。"

"你二大爷？噢，是子才先生。我说呢。看来，他教了你不少学问。你喜欢画儿吗？"

"当然喜欢啦。钱大爷，我为什么要来看您，就是看了您墙上的这两幅画儿。"冯爷一不留神，把实话说了出来。

说起来，冯爷在周围几条胡同也算是"名人"，因为他的"阴阳眼"长得怪，凡是见过他的人都会留下挺深的印象。钱颢以前在冯子才家见过冯爷，不过，在大人们面前没有他说话的地方。

钱颢到冯子才家聚会，冯爷总是规规矩矩地站在一边儿，一声不吭地听着大人们聊天。钱颢当然不知道他的底儿。今儿一聊，才晓得他肚子居然这么宽绰。

像是俞伯牙遇到了钟子期，"合意客来心不厌，知音人听话偏长"。钱颢不由得打心眼里喜欢上这个外丑内秀的孩子。正是"知音说与知音听，不是知音不与谈"。俩人从陈师曾和金城的这两幅画儿聊起，一直聊到晚上快吃饭了，冯爷才回家。

第
十
章

　　自从冯爷那次拎着点心匣子到钱家串门儿以后，冯爷跟钱颢
成了忘年交，隔三岔五地过来跟钱颢谈书论画。有的时候，他买到
一幅好画儿，也会让小湄把冯爷叫到家里，俩人坐在一块儿慢慢
细品。

　　不过，在钱颢眼里，冯爷毕竟是孩子，他不可能把自己的实底
儿都告诉冯爷，何况通常搞收藏的人都留着心眼儿，一般人很难走
进他们的内心世界。冯爷真正认识钱颢，或者说钱颢真正了解冯爷
是在"文革"之后。

　　"文革"开始后，红卫兵抄了钱颢的家。这会儿，冯爷才知道
钱颢手里收藏的书画有那么多。红卫兵把这些名人字画儿都当作
"四旧"，当场撕了烧了不少，临完还拉走一卡车。

　　抄钱颢家的那当儿，冯爷并不知道。他得着信儿，赶到钱家的
时候，红卫兵已把"战利品"装上了卡车。

　　因为红卫兵烧字画的时候，钱颢拼命阻拦，红卫兵小将认为他
这是对破"四旧"的挑衅，是跟"无产阶级文化大革命"叫板。您

想这两条罪状在当时还得了吗？这些红卫兵小将把他推倒在地，抢着军用皮带没头没脸地一通儿狠抽。当时正好是夏天，钱颢穿着一件白衬衫。他的衬衫都被打成了碎片，整个人成了血葫芦。

冯爷见到他的时候，他正躺在地上捯气儿呢。大江和他的两个姐姐怕受株连，这会儿早就闪了，只有小湄站在老爷子身边抹眼泪。

"哭有什么用？救命要紧！"冯爷对小湄嚷道。他从胡同口儿的煤铺，现找了一辆平板三轮车，跟小湄一块儿把老爷子抬上了车，冯爷前边蹬着，小湄后边推着，奔了医院。

当时是"文革"红卫兵抄家之风正猛的时候，被红卫兵打伤的人，医院不敢收治。冯爷蹬着平板车，跑了两家医院，都被拒之门外。

小湄想到了大姐小汶在一家大医院当大夫，便让冯爷蹬着板车奔了那家医院，正好在医院大门口看见了小汶。没想到小汶一听车上躺着的是她爸爸，扭脸走了。把冯爷气得"阴阳眼"差点儿就要瞪出来。

看着钱颢在板车上已经奄奄一息，冯爷不敢迟疑，想了想，对小湄说："走，到人民医院吧！"俩人推着老爷子到了人民医院。

进了急诊室，冯爷活动了一个心眼儿，指着钱颢，现编了个词儿，对大夫说："这是我爸爸，他是老工人，出了工伤。"大夫一听是老工人，不敢怠慢了，赶紧组织人抢救。钱颢在医院住了半个多月，这才保住了一条命。

这半个多月，冯爷和小湄怕钱颢所在单位的红卫兵来拿人，不敢离开病床，黑白天轮流守着老爷子。大江和两个姐姐愣没过来看一眼。钱颢被抄家以后，他住的正房被红卫兵贴了封条，钱颢出院以后，进不了家门，冯爷把老爷子拉到了冯家。

冯子卿见钱颢被红卫兵打得遍体鳞伤，实在挺可怜，把他藏在冯家住了几个月。抄家的风声过去之后，老爷子才回到自己家。钱颢大难不死，多亏了冯爷。什么叫患难见真情呀！钱颢正是通过这次磨难，认识了冯爷的为人。

不过，真正让钱颢感动的是后来的一件事。

"文革"后期，全国掀起了"红海洋"运动。什么叫"红海洋"呢？就是把伟大领袖毛泽东捧成了"神"，全国各地开始制作毛主席像章。最初的毛主席像章有两分钱钢镚儿那么大，后来相互比着来，越做越大了，大的有洗脸盆大小，而且五花八门。有头像有整身的，有整身像带革命圣地韶山、延安的，有毛泽东和列宁的，有马、恩、列、斯、毛五个伟人头并列的等等。造型上有圆的、有方的、有五角星的、有船形的等等。材质上，有瓷的、有铝的、有铜的、有塑料的等等。总之，当时的人几乎把所有的智慧和工艺都花在了做毛主席像章上。据说，后来，周恩来总理发了话："还我飞机！"这场大造毛泽东像章的运动才算告一段落。

当时北京人把毛主席像章叫纪念章。北京人好玩儿，"红海洋"运动派生了一拨儿玩纪念章的北京人。

所谓玩儿，一方面是收集，另一方面是交换。那会儿，西单十字路口的东北角，有一个大语录牌，京城玩纪念章的人每天都到那儿去交换，多的时候，那儿聚着有几千人，不但有北京人，也有外地人。

换纪念章的人，一般把纪念章别在胸前，也有手里拿着的，人们一看胸前别着的是什么像章，便过来问："换不换？"换，便把自己的像章拿出来，相互商量怎么个换法。

当时主要是换，不买不卖。那会儿最"火"的是"大海航行靠舵手"的纪念章。这枚纪念章的直径有可口可乐的易拉罐那么大，上面是身穿军装的毛主席侧身挥手半身像，下面是一艘大轮船，底下有一行字："大海航行靠舵手"。玩纪念章的人管它叫"舵手"。一枚"舵手"，能换五六枚普通像章。胡同里的孩子几乎都玩纪念章，冯爷也不例外。他二哥给他找了一枚"舵手"。

一天，冯爷在西单十字路口换纪念章，碰上了同班同学"马小辫"的二哥，他二哥长得又白又胖，圆脑袋，大扁脸，外号叫"大扁儿"。"大扁儿"见冯爷的胸前别着"舵手"，拿出五枚像章跟他换，冯爷没答应。

"大扁儿"说我家里还有好的呢，你跟我去看看。冯爷跟着"大扁儿"到了他们家。"大扁儿"拉开柜门，拿出一个小木盒，从里头取出一个红卫兵的袖标，袖标上别满了纪念章。冯爷看了看，这些纪念章他都有，让"大扁儿"把他的"宝贝"收好。

"大扁儿"放自己宝贝的时候，冯爷的"阴阳眼"贼，突然发现柜子里藏着一个立轴儿，他的小眼闪了一下，对"大扁儿"问道："这是什么？"

"大扁儿"漫不经心地一笑："嘿，这是一张画儿。"

"画儿？什么画儿？你打开让我看看。"冯爷对他说。

"大扁儿"取出画轴儿，递给了冯爷。冯爷打开一看，乐得差点儿没蹦高。原来是齐白石的画儿。

"大扁儿"的爸爸是澡堂子搓澡的，冯爷知道这幅画儿肯定不是他们家的，便问他："你这幅画儿是从哪儿来的？"

"大扁儿"一开始还支支吾吾，后来被冯爷逼到了死胡同，才说了实话："这是前两年红卫兵抄'小白薯'他们家，在院里烧画儿的时候，我随手顺的。"

冯爷听了心里不由得吃了一惊，但是他的脸上没露出来。他装作若无其事的样子，对"大扁儿"说："这么说，这幅画儿你也不是好来的，听说红卫兵从钱家抄出两箱子金条。你说你偷什么不好，偷这么一幅破画儿，还落下一个'三只手'的脏名儿。"

"大扁儿"听冯爷这么一说，笑了笑道："听说你不是特喜欢画儿吗？这幅画儿给你吧。搁在我这儿，心里是块病。"

冯爷说："给我你不心疼吗？"

"大扁儿"说："这有什么可心疼的，反正也是白捡的，你看着好，就归你。"

冯爷把衣服上的那枚"舵手"纪念章摘下来，对"大扁儿"说："那好，我也不白要你的，你不是喜欢这个纪念章吗？就算是咱俩换的。"

"那敢情好！""大扁儿"听了当时美得屁颠儿屁颠儿的。

冯爷拿一枚纪念章换了一幅齐白石的画儿，当然欣喜若狂。回到家，把这幅画儿拿出来看看，又放回去，过了一会儿又拿出来看看，真是爱不释手，折腾了一宿没合眼。但是他思来想去，这幅画儿自己不能要，因为它是钱颢的。虽然他是拿自己的纪念章换的，而且他不张扬出去，不会有人知道，可是这幅画儿拿着，让他烫手。

当时钱家正在蒙难，这画儿他没往外露，也没敢吱声。除了

钱影被抄家的红卫兵打的躺在地上剧
气儿冯爷见了二话没说
找了一辆三轮小桶在后面
推着直奔了医院

"大扁儿"，别人并不知道他手里有这幅画儿。"文革"结束后，大约在上世纪七十年代末，钱颢已落实了政策，重新当上了政协委员以后，他才把这幅画儿交给钱颢，并且把这幅画儿的来龙去脉讲了一遍。

钱颢听了，大受感动，他无论如何也不肯要这幅画儿，对冯爷说："'十年动乱'过去了，但是我唯一忘不了的人就是你。没有你，我这条老命就没了。这幅画儿就算是我送给你的，留个纪念吧。"

冯爷摆了摆手说："这幅画儿在我手里已经焐了六七年，但我真的不能要。我是玩画儿的，知道您爱画如命，这幅画儿失而复得，说明谁的玩意儿就是谁的，到什么时候，它也跑不了。我觉得您留着它倒是更有意义，它是'文革'的一个见证。"

钱颢点了点头说："你说得好，这幅画儿失而复得，的确是历史的一个见证，但它也是你拿东西换来的，它本来就应该归了你。"

冯爷当然不会把这幅画儿再拿回去，俩人争了半天，钱颢只好把这幅画儿收了下来，但是依然不肯让冯爷空着手回去，从柜子里拿出一幅陈师曾画的《芭蕉图》，送给了冯爷，这是当年冯爷第一次到钱家来，看到的那幅在墙上挂着的画儿。由于它的确可以当个念物收藏，冯爷收了下来。

说到这儿，得跟您交代一笔，这幅齐白石的画儿，就是后来钱颢留给小湄的那幅《葫芦》。

为什么冯爷执意要把这幅齐白石的画儿还给钱颢？说老实话，他是想向世人证明自己玩画儿不贪心。他干吗要证明这个呢？敢情冯爷在"文革"当中，意外地捡了不少"漏儿"，怎么回事儿呢？

原来剃头匠潘二爷潘来喜的大哥潘来福是造纸厂的工人。潘来福人称福大爷，那当儿，有五十来岁，瘦高个儿，长脸儿，大眼睛。由于脸上没有什么肉，那双大眼便显得格外突出。北京人管这种脸型的人叫"大眼灯儿"。

福大爷平生一大嗜好就是贪杯。他的酒瘾之大，方圆十几条胡同都闻名。这位爷每天下了班便泡在胡同东边横街的小酒铺儿里，有时一盘开花豆能喝到深夜。喝得看人出了双影儿，这位"酒腻子"才脚底下踩着棉花，从小酒铺儿出来，晃晃悠悠来到胡同口儿的老槐树下，清清嗓子开始唱戏，一会儿《失空斩》，一会儿《淮河营》，一会儿黑头花脸，一会儿老生，东一句西一句，那嗓门儿奇大，听着像踩死了猫。闹腾那么一两个小时，他才回家睡觉。

他的家没有家样儿，除了一张木板床，俩破被子，几乎没什么成个儿的家具。被子永远不叠，屋里也永远散发一股酒味儿、烟味儿、汗味儿、身上的臭味儿掺和在一起的味儿，臭气烘烘的。您想，跟这样的"酒腻子"一块儿过，娶十个老婆得跑十个。

福大爷二十多岁的时候，他爸爸潘爷从河北老家给他说了一个媳妇。那媳妇酸眉辣眼儿的，挺贤惠，可是跟这位大爷结婚没几年，就让他给喝跑了。后来，厂子里的同事又给他介绍了一个"二锅头①"，是副食店的会计，人家嫁给他，是看他为人忠厚老实。的确，福大爷不喝酒的时候，倒也人模狗样儿的。跟这个会计结婚以后，福大爷变得规矩了许多，下了班不去泡酒馆了，在家帮着老婆干点儿家务，家里归置得也挺利落，一年以后，还跟这个媳妇生了个胖丫头。

可是没过两年，同事结婚，他跟几个同事喝了一次"大酒②"，又勾起了他的酒瘾。酒瘾一上来，就又不是他了，他接茬儿泡小酒铺儿，每天喝得昏天黑地，腾着云驾着雾，闹腾到深夜才回家。末了儿，又把这位"二锅头"给喝跑了。"二锅头"还不是一个人跑的，离婚的时候，把他们的闺女也带走了。从那儿以后，他也死了心，这辈子还是在云里雾里待着吧，上哪儿找喜欢"酒腻子"的女人去？干脆就直接跟酒做伴儿了。

他喝酒拿什么都能当下酒菜。三年困难时期，他每天兜里揣俩生了锈的铁钉子奔小酒馆，喝一口酒，吮拉一下锈钉子，他能坐在那儿，就着锈钉子，从傍晚喝到深夜。

福大爷让酒给"拿"的，除了几个"酒腻子"以外，几乎没有

---

① 二锅头——北京土话，对结过婚的女人戏称。
② 喝"大酒"——喝多了、喝醉了的意思。

朋友，连剃头的二爷平时也跟他来往不多。您想这样的"酒腻子"能招人待见吗？但是他跟冯爷却是忘年交。

说起来，福大爷跟冯爷有缘。有什么缘呢？原来福大爷喝的是"阴阳酒"，别看他嗜酒如命，沾酒必醉，是远近闻名的"酒虫儿"，但有一样儿，他一般白天不喝酒，白天也分晴天和阴天，阴天的时候他喝，晴天的时候不喝。干脆这么说吧，只要见着太阳，他就不动酒杯，任您怎么劝，都逗不出他肚子里的酒虫儿来。所以这么多年，福大爷上班没迟到过，也没上班的时候误过事儿。

当然只要他不喝酒，他就是一个明白人，但是太阳一落，天一擦黑儿，"酒虫儿"便在他肚子里开始爬了。"酒虫儿"一爬，他的嘴就跟着痒痒了，不跟酒做伴儿，他心里就好像没了抓挠，您说怪不怪吧？

喝"阴阳酒"的福大爷碰见长着"阴阳眼"的冯爷，两人算是挑水的碰上卖茶的了。

福大爷见冯爷的头一面，便喜欢上他了，别人说冯爷长得寒碜，福大爷却说他长得机灵。福大爷借着酒劲儿，忍不住上前，摸了摸他的脑袋。

冯爷一梗脖子说："您别摸我头呀，太岁头上不能动土。"

福大爷扑哧笑了，说："行嘿，说你机灵，你还真不傻。'机灵鬼，月亮碑儿，心眼多，不吃亏儿。'这傻老爷们儿！"

冯爷小的时候，隔三岔五端着一把茶壶，到小酒铺给他爸爸打酒喝，一来二去的他跟福大爷混熟了。两人见了面总是互称"傻老爷们儿"。

福大爷坐在小酒铺，还没喝糊涂的时候，见冯爷端着小茶壶进来，便会站起来，摸摸他的头，说一句："哦，傻老爷们儿，来来来，尝尝你福大爷的下酒菜。"说着把一个开花豆塞到冯爷嘴里。

冯爷也会跟他逗一句："福大爷，我可不能白吃您的开花豆，您得给我说一段'太平歌词'。"

福大爷笑道："这傻老爷们儿，吃了我的开花豆，占了我的便宜，还要罚我。行，算我怕你还不行吗？想听'太平歌词'了，我给你唱一段。我不是怕你吗？咱就说这个怕字。"

他喝了一口酒，拍着大腿唱起来：

> 天怕浮云那个地怕荒，鱼怕垂钓那个雁怕伤。草怕严霜霜怕日，小孩儿就怕晚来的娘。做官儿的就怕民不正，君主怕国乱没有忠良。耗子怕猫猫怕狗，小鸡儿最怕黄鼠狼。做买卖就怕赔了本，卖豆腐就怕窝了浆。掷色子怕出二三点，端宝的就怕砸死夯。剃头的就怕断国孝，逛窑子就怕长大疮。说书的就怕嗓子坏，唱戏的就怕倒了仓。喝酒的就怕杯里空，看着酒壶心里闷得慌。

唱到末了儿这句时，他出了一个怪样，逗得冯爷咯咯笑起来。

赶到福大爷喝醉的时候，他可就失态了，说的都是酒话："哎哟，我的傻老爷们儿，他们说我喝高了，你说我喝高了吗？我站起来，你看看，我不还是原来的个头儿吗？"每逢这时候，冯爷便会把他搀回家。

胡同里的孩子有时看福大爷醉卧街头，短不了冒坏，在他脑袋上顶个破瓦盆呀，在他脸上画个小王八呀，逗他扯着嗓子大声嚷嚷啦，总之这些孩子变着方儿地拿他开涮取乐。可是冯爷一来，喊两嗓子，这些孩子都被吓跑了。胡同里的孩子都怕他的"阴阳眼"，那双"阴阳眼"只要来回一翻动，指不定谁倒霉呢。大伙儿都知道，冯爷打架不要命，何况有他大哥这个"顽主"给罩着，谁也不敢得罪他。

那几年，冯爷一到夜里，躺在床上，便竖着耳朵，只要远远地听见福大爷唱戏，他就麻利儿从床上爬起来，跑到那棵老槐树下，把看热闹的人轰走，搀着福大爷回到他的小屋。有时，他看福大爷穷得没有下酒菜，用头大蒜或辣椒咂摸味儿，便跑回家，给他拿根黄瓜或几个西红柿过来。

有一年过年，冯爷的爸爸给了他一块钱压岁钱，他愣没舍得花，给福大爷买了一斤猪头肉送过去。大过年的，福大爷正一个人在家里喝闷酒，见冯爷拿着猪头肉来看他，感动得直掉眼泪。

"傻老爷们儿，你福大爷有你这么个朋友，就不知道什么叫孤单了。咱爷儿俩的交情千金难买呀！"他拉着冯爷的手说。

"文革"的时候，福大爷得了势，当时无产阶级领导一切，他从哪儿说，都够得上"无产"，不过，他该"当家做主"的时候，并没跟着闹"革命"，别看他喝了酒便成了仙，其实，不喝酒的时候脑子很清醒，他知道自己吃几碗干饭。单位"造反派"让他加入组织，去斗"走资派"，他把嘴一咧说："我是萤火虫儿的屁股，没有多大的亮儿，狗肉上不了台面儿，你们要斗就斗去吧，我得干活儿。"于是他班照上，酒照喝，当了逍遥派。

这天，他又喝高了，在老槐树下唱起了"样板戏"，冯爷陪他唱了一会儿，把他送回家。

大概是扯着嗓子唱了半天戏，把肚子里的酒气散出去不少，那天，他的脑子透着比别的时候酒后清醒一点儿。他让冯爷坐在木板床上，转过身，从每天上班拎着的破人造革包里掏出一个大纸包，嘿然一笑说："傻老爷们儿，今儿你算来着了，我呀，在西单食品商场，买了只烧鸡，咱爷儿俩解解馋。"

冯爷心里一热，迟疑了一下道："您到酒铺儿喝酒的时候，不拿出来把它吃喽，是不是单等着我呢？"

福大爷笑道："还是傻老爷们儿聪明，你福大爷眼面前就你这么一个知心的亲人，有口儿好吃的可不得留着给你吗？"

冯爷急忙摆手道："别别，还是给您留着下酒吧。"

"那是干吗？爷们儿，谁让你赶上了呢？跟我，你还客气吗？"福大爷打开那个纸包，用黑了巴唧像炭条似的手，拿起那只烧鸡，撕巴撕巴，就要往冯爷嘴里塞。

冯爷把他的手给摁住了，他的"阴阳眼"突然冒出了两道贼光，像老鹰捉小鸡似的，伸手抓起了地上的那张纸，那只小眼射出惊异的光亮。他差点儿没喊出声儿来。敢情那张纸是一幅被撕成两半的山水画儿。

他把这半张画儿拿起来，走到灯前看了看，不禁大吃一惊，原来这是张大千的画儿，可惜已经让福大爷扯了一半去。

"你看它干吗？吃呀。"福大爷被他弄得有点儿莫名其妙。

"福大爷，这纸是您从哪儿找的？"冯爷纳着闷儿问。

"嗐，我在造纸厂上班，还愁找不着纸吗？"

"不不，这可不是一般的纸，这是画儿呀！"

"画儿？什么东西到了我们那儿都会化成纸浆的。你懂什么

福大爷喝姜了二十三傻老三爷们儿啊俩的交情是没的说金钱也买不来的。

呀？造纸得用纸浆知道吗？这样的画儿，那些红卫兵每天成车成车地往我们那儿拉，有的是。我们两班倒，打纸浆都忙不过来。"

"真的？"冯爷的心快要从嗓子眼蹦出来。

"那还有假吗？不信你明儿跟我到我们厂子去看看。来呀，咱俩把这只烧鸡给吃喽，留着它，明儿可就飞了。"福大爷脑子里光惦记这只烧鸡了，并没注意冯爷脸上的表情。

"好，咱们说定了，我明儿跟您一块儿到厂子去玩儿。"

"那敢情好，有你陪着我，我不闷得慌了。"福大爷嘿然一笑，随手撕下一个鸡腿，有滋有味儿地嚼起来。

第二天一大早，冯爷跟着福大爷踩着钟点去上班。到了造纸厂的制浆车间一看，冯爷简直晕了。原来当时全北京城红卫兵破"四旧"抄家抄出来的大量古旧书籍、字画以及各种文件、资料，还有撕掉的大字报什么的都被送到这儿化浆造纸。那些纸啦书啦画儿啦堆得像小山一样。

冯爷在烂纸堆里随便一翻，就拣出几张名人书画，他问福大爷："这些纸我能拣点儿喜欢的拿回家吗？"

福大爷笑道："再好的东西到了我们这儿都成了烂纸，你看看这些化纸浆的池子，还看得出来它原来是什么东西吗？甭看了，你的'阴阳眼'再添两对，也看不出来。这儿的东西，你看着好随便挑、随便拣，反正你不拣它也会化成纸浆。"

冯爷问道："别人发现不会说我吗？"

福大爷笑了："说你？有我在这儿，谁敢？傻老爷们儿，你福大爷从学徒的时候就在这儿，干了小二十年了。这个车间我不能说是大拿①，也得说是小拿。你看着什么可心，就放心大胆地捡你的，拿不了，我帮你。不会有人说你的，哈哈。"

有福大爷这句话，冯爷心里踏实了。他对福大爷说："这么多烂纸，我一天可挑不过来，您能不能天天让我到这儿来，我挑过的纸，您再往化浆池子里倒。"

"噫，我的傻老爷们儿，你倒当我大拿了。行，爷们儿，我听你的，你说怎么着，咱就怎么着。"

冯爷听了，心里乐开了花。他的心眼多，让福大爷给他找了十几个大纸盒子，凡是挑出来的字画，他都放在盒子里收起来，隔三岔五地让福大爷骑车给他拉回家，晚上他请福大爷到小酒铺喝酒。第二天早晨，接着去"上班"。

冯爷在这儿可真开了眼，他一连气在这儿拣了一个多月。您算算吧，他能拣出多少名人字画来？当然这件事到现在还是一个谜。只是二十多年以后，有一次冯爷在跟几个外地玩画儿的朋友喝酒聊天时，一不留神说走了嘴。他说"文革"那会儿，跟福大爷在造纸厂拣宝，光吴昌硕的画儿就拣了十几幅，从他说话的语气上看，不像是神侃，他也很少跟人神侃。您想想吧，光吴昌硕的画儿，他就拣了十几幅，那其他人的画儿呢？您琢磨琢磨吧。

有一幅画儿是他公开承认的，那就是元代倪瓒的设色山水《山阴丘壑图》。这幅图是福大爷送给冯爷的，他说是在一大卷子发了霉的旧书画里挑出来的。

您会问了，怎么福大爷也帮着冯爷拣上了画儿了？敢情"文

① 大拿——北京土话，指干事的主管人或负责人，由他拿主意并张罗派遣人手。

革"初期，红卫兵几乎把所有过去的老物件都当成了"四旧"，抄家抄出来的字画、古籍等等都往造纸厂送，没过几个月，此事引起中央领导的重视，赶紧下达指示，抄家的文物一律先送到文物局。

当时的文物局紧急从文物商店和博物馆调集了一批老人，对这些抄家没收的物件进行鉴定，然后进行保存，这么一来，送到造纸厂的旧书旧画儿就少了。同时造纸厂这儿也有人盯上了，如果冯爷还照先前那样可着劲儿地挑拣，福大爷担心会有人找麻烦，就让他回了家。

当时京城已经乱成一锅粥了，虽说上边有指示，抄家抄出来的物件要交到文物部门，但那些抄家抄得红了眼的红卫兵小将，哪儿管什么文物不文物。只要是沾纸的旧东西，照样往造纸厂送。冯爷嘱咐福大爷，只要有字画儿，就给他留着。这样，福大爷每天就替冯爷捡画儿了，他对书画儿一点儿不懂，只要是裱过的字画儿他都拣出来，然后用废大字报纸包好，骑着车往家带。每天晚上，冯爷到他那儿去取。这幅倪瓒的设色山水画儿，就是这么来的。

倪瓒的名号及身世，冯爷在七八岁记历代画家名录时，早已背得滚瓜烂熟。他原名倪珽，字元镇，号云林，史书上称他："性好洁而迁僻"，故人称倪迂。倪瓒擅长山水画儿，中国画里的"折带皴"写山石的画法，就是他首创的。倪瓒与黄公望、王蒙、吴镇，号称"元四家"。元代的画家除了赵孟頫和赵孟坚这哥儿俩，就得说这四个人了。王蒙是赵孟頫的外孙子，他的画儿融诸家所长，独创一格，画境以茂密、幽雅、秀丽见长，用笔于繁密之中见清逸。黄公望重视写生，每出必袖携纸笔，凡遇景物辄为模记，他的山水，笔墨技法多种多样，"披麻皴""豆瓣皴""虬点皴"等均为他独创。他的画儿景物无穷，气势雄秀。倪瓒的画风跟王蒙、黄公望不同，他的画儿以简取胜，构图大都是平远山林、枯木竹石，笔墨十分精练，画面上流露出一种萧瑟之感。在元代的文人画中，倪瓒的画儿个性鲜明，疏朗的几笔，便能展现出幽深澹远之趣，表现出他内心的清高。每幅画儿上都有长长的题跋，这对后世影响很大。因为宋代的画儿有题跋的很少。倪瓒的画儿还有一个特点是，绝不在山水中画人物。有人问他为什么不画人物，他说："今世哪复有人？"由此可见他的画命意之深。

倪瓒的画儿以水墨为主，设色山水极少，所谓设色，就是带颜色的。冯爷早就知道倪瓒的设色山水画儿存世的只有一幅，在上世纪三十年代故宫国宝南迁时被带走，现藏于台湾故宫博物院，所以他见到这幅设色山水《山阴丘壑图》，差点儿没乐疯喽。他简直不敢相信自己的那双"阴阳眼"了。

这幅画儿在他手里焐了七八年，一直不敢拿出来让人看。大约在上世纪八十年代初，冯爷从一位在博物馆上班的朋友那儿得知，有位在文物商店工作的老古玩商，"文革"初期，被调到文物局对查抄文物做鉴定，老爷子在一堆烂纸中发现了一幅倪瓒的设色山水《水竹居图》，最初有人怀疑这幅画儿是赝品，后来一查古籍，在明代张丑的《清河书画舫》里有著录。又经几个专家的掌眼，断定此画为倪瓒真迹，后来这幅画儿被博物馆所收藏。

冯爷得到这个信儿，心中暗喜，专门到博物馆看了这幅《水竹居图》，跟他手里的这幅《山阴丘壑图》风格一致，随后，他又到图书馆查了明代张丑的《清河书画舫》、明代汪珂玉的《珊瑚网》、清代卞永誉的《式古堂书画汇考》、清代吴升的《大观录》，还有

《石渠宝笈重编》等十多部古籍，发现这些书里都提到了倪瓒的设色山水《山阴丘壑图》，不过，这些古籍上都著录着"早佚"二字，也就是说它早就散失于民间，找不到了。

冯爷细看了这幅画儿上倪瓒的题跋和钤印，左上角的元代释良琦的题跋，裱边还有元代几位名家的题跋以及项子京等十五位收藏鉴赏印十五方，自认为它就是倪瓒的真迹。之后，他找过国内几位书画鉴定大师掌眼，也没提出疑义。当然也有几位大师级鉴定家认为这幅画儿是伪作，但冯爷认为大师也有走眼的时候，别瞧他们是大师，眼力还不如他呢，所以只是"姑且听之，但不信之"。他只相信自己的眼力。

这幅画儿，他不掖着藏着，经常拿出来让人看，这倒不是他向人显摆什么，而是为了找到这幅画儿的本主儿。

他头二十年就对收藏圈儿里的人发了话：如果有谁能拿出证据，证明这幅画儿，是他的或者是他们家的，他当场奉还，分文不取。拿不出证据，也别来蒙事儿。当然，直到现在还没有人斗胆找上门来，跟他索要这幅画儿。倒是有两位香港、台湾的大收藏家相中了这幅稀世珍品，一个要出九百万港币收他的这幅画儿，另一个出的价儿更高，一千万！这是十多年前的事儿。那会儿这可是一个让人心惊肉跳的大数儿。

但冯爷听了没心惊，也没肉跳，他对此付之一笑："这幅画儿，我压根儿就没打算卖，找得着本主儿，我就还给人家。找不着，我就拿它当镇宅之宝了。"

错来，头些年，冯爷卖过不少画儿。他手里的藏画儿太多了，不卖出点儿，他感到压手。他的藏画儿，一是当年从造纸厂捡的

"漏儿";二是在上世纪八十年代到九十年代,当代画家的画儿价位最低的时候,他掏钱买的;三是从他二大爷冯子才那儿继承下来的祖传遗产。

冯子才在"文革"前,刚刚从大学退了休,也多亏了他刚退休,哪边都不靠,既躲开了学校红卫兵的视线,也躲开了街道上红卫兵的骚扰,否则的话,他受冲击是必然的。因为解放前,他在国民政府的教育机构做过事儿,仅凭这一条,就够他喝一壶的。

躲过了红卫兵的视线,当然家里的藏画儿便没受到伤耗。他是一九七五年去世的。咱们前文说了,他没儿子,三个闺女都不喜欢书画儿,而且当时"文革"还没结束,人们还把老的字画儿当"四旧"看,谁拿它当回事儿?所以冯子才决定把他所有的藏书藏画儿传给冯爷。冯爷是子才先生亲手培养起来的,而且是他的亲侄子,由他来继承自己的家产,也是应当应分的,因为子才的藏画儿很大一部分,也是从他父亲手里继承过来的。

子才先生是个明白人,虽然当时还处在"十年动乱"之中,小和尚打伞,无法无天。但他还是在临"走"前写了份遗嘱,让冯爷继承他的藏画儿名正言顺,免得三个女儿将来找后账。他知道这些字画儿传给冯爷,他不到万不得已不会把它卖了。

不过,在咽气之前,还是叮告了冯爷一番。这些字画儿,后来冯爷还真是一张没动,他出手的字画儿都是自己淘换的。

不知道是命中注定该走这一步,还是脚下的路自己没走好,让石头绊了一下,冯爷在继承这笔遗产不久,便走了月白运[①]。说起来,还是没离开画儿。

———————————

① 月白运——北京土话,倒霉、噩运、背运的意思。

第十二章

　　算起来，冯爷和钱小湄都属于"六九届"初中毕业生。他们这届学生不走运，小学六年级正准备考初中，赶上了"文革"，停课"闹革命"。一九六八年复课"闹革命"，他们才一律就近入学，上了初中。在中学，人头儿刚混熟，上课的椅子还没坐热，发的书没翻几篇儿，转过年，便大拨儿轰，整班整班的学生，一个不能落，都奔了东北或内蒙古生产建设兵团。

　　这届学生，除了后来自学成才，或恢复高考以后，自己考上大学的以外，满打满算，只有小学六年级的文化水平，要不怎么钱小湄把齐白石的号"寄萍老人"给看成了"霄巨老人"了呢。

　　冯爷本来也应该到东北生产建设兵团去"战天斗地"，他也属于大拨儿轰里的一员，可他是另类。

　　怎么说他是"另类"呢？中学，他只点了个卯①，便再没去学校。那会儿的中学走的是军队编制，分成了连、排、班，一个班算

_____

① 点卯——报到的意思。

一个排。排长挺负责，到冯爷家“请”了他几次，他根本不扽这根弦儿。后来班主任亲自出马，冯爷照样给了人家一个后脑勺。不过班主任应该知足，冯爷没动用他的“阴阳眼”烫他，算是给了他面子。

为什么不上学呢？冯爷看破“红尘”了。上学无非也是搞大批判，批老师斗老师，搞阶级斗争，要不就是学工学农，改造世界观。他对这些人玩人的运动压根儿不感兴趣，不愿当“愤青”，索性独往独来，当了“社青”，即社会闲散青年。

不过，这儿得跟您找补两句。其实冯爷并不是不爱念书的孩子。他的智商，要照现在的说法不算“神童”，也得算“奇童”。上小学一年级的时候，他觉得不解渴，把他二哥用过的课本要过来，把三年级的书都念下来。上小学二年级的时候，他已经把六年级的课自己学完了。上学的时候，他从来没正经听过课，而且经常迟到旷课，但是几乎每次考试都是满分。只有上三年级的时候，期末考试，算术得了九十八分，他当场把卷子撕了，让老师重新出题单考他。当时没有“跳级制”，有的话，他会直接去念高中或者去考大学。

冯爷喜欢画儿，他从小就立志考中央美院的绘画理论专业，这辈子就吃书画这碗饭了。但是“文革”一来，他的理想成了肥皂泡儿。他不想再跟“肥皂泡儿”较劲，心一灰意一冷，干脆自己玩吧。别人怎么“革命”，怎么折腾，他不管。他有自己的主意，而且他还有一身的爷劲儿，谁招惹了他，他的爷劲儿上来，爱谁谁，他不论秧子。

没上学，但学校并没把他除名，大拨儿轰的时候，还是有他的人头份儿，把他分到了东北建设兵团。

钱小湄一看公布的名单，冯爷跟她分的是一个地方，便去找冯爷，动员他一起"打起背包就出发"。

冯爷看小湄的热情很高，不想给她泼凉水，但他玉碎不改白，竹焚不改节。一口咬定，坚决不去。不当"愤青"，也不当"知青"了，就当"社青"了！到了儿，小湄的热情也没能感化他。

"你呀，谁拿你也没辙！"小湄眼泪扑簌地说。她只好跟着"大拨儿"去了东北，冯爷则成了编外。

当时，每个中学生都有档案，这个档案是跟着人走的。冯爷没去东北，也算他中学毕了业，档案便转到了街道。他呢，也成了没有单位、没有组织的无业青年。

那会儿，"无业青年"跟"无业游民"差不多，名声并不好听。冯爷却不管这一套，敢吃肉就不怕嘴油，别人爱叫什么叫什么，他照样玩他的。

可是他忘了人生没有避风港这句话。人离不开社会。离不开社会，就离不开人的眼睛。您忘了有这么一句话：邻居眼睛两面镜，街坊心头一杆秤。可是这两面镜和一杆秤，在不同的时代却有不同的照法和称法。冯爷这儿我行我素了，殊不知他的行踪已入了别人的法眼。

说这话是一九七五年的事儿。家住东城的程立伟来找冯爷，对他说他有一个亲戚从美国来北京探亲，想买两幅老画儿，但是到琉璃厂荣宝斋和文物商店转了转，觉得价钱太贵，而且走正规渠道，清康熙以前的画儿也不让出境，问冯爷有没有老画儿想出手，人家给的是美元，价儿不会太低。

冯爷当时看准了近代画家的画儿价钱很低，打算买一批，手头正需要钱。他一听这话便动了心。

程立伟比冯爷小五岁，所以管冯爷叫三哥。冯爷跟程立伟是当年在西单换纪念章的时候认识的，以后成了朋友，相互之间也常交换一些物件。那会儿程立伟已经开始玩邮票了，他对书画是外行，知道这里的水太深，没敢往里迈腿，但他认识的人多，路子比较野。

冯爷了解他，知道他的话里往往掺着水。果不其然，跟他说的那位"亲戚"见了面，冯爷细一问，哪儿是程立伟的亲戚呀，是他拐了两个弯儿认识的一个香港人。这位香港人，有四十多岁，个儿不高，方脸盘儿，大眼睛，戴着一副金边眼镜，显得挺儒雅，他起了个中不中洋不洋的名儿，叫皮特陈。

皮特陈的父亲是香港有名儿的大收藏家。子承父业，他二十几岁便跟着父亲玩书画儿，对中国的书画不但懂，而且有点儿眼力。

皮特陈在香港报纸上看到大陆搞"文革"，古代的名人书画被当成了"四旧"，毁了一大批，当然也会在民间流失一批，便跟他父亲商量，要来大陆淘宝。他父亲原本是老上海的古玩商，当然晓得时局动乱是玩家捡漏儿的大好时机，极力撺掇皮特陈到大陆走一遭。

但是在上世纪六十年代，香港还属英国管辖，您去趟香港，跟出趟国一样。自然，香港人到大陆来也得绕俩弯儿，签证很难办下来，当然"文革"初期，大陆的红卫兵"造反有理"，各派组织文斗，大字报满天飞；武斗，动了枪动了炮。皮特陈一看这阵势，胆儿小了，毕竟命比画儿重要，一直等到"文革"后期，局势稍稍平静一些，他才找到机会，绕道东南亚，从新加坡来到北京。

不过，这时候，红卫兵拿字画儿当"四旧"烧的镜头已然过去了。皮特陈没来北京的时候，想象着在北京的大街面儿上，一低脑袋就能捡到书画儿呢。到了以后，他才知道敢情这是幻想天上掉馅饼的事儿。人们虽然还在搞阶级斗争，但已经意识到那些古代的名画不是"四旧"，是好东西了。

他在北京的四九城转了几天，别说在大街上捡不到字画儿，就是在文物商店也见不着什么字画儿。难道北京人知道我皮特陈来了，把字画儿都藏起来啦？他心里绕不过这个弯儿来。

皮特陈在北京有一个远房的舅舅，叫杜之舟。老爷子六十多岁了，是个集邮迷，从上世纪三十年代就开始玩邮票，藏票颇丰。北京人玩邮票很早就有几个活动圈儿，所谓"圈儿"，就是一帮玩邮票的人凑到一块儿，互相欣赏，相互交换。在玩邮票的"圈儿"里，他认识了程立伟。杜之舟听自己的外甥说，他大老远地从香港来，在京城转了六够①，没淘换到好画儿，便找到程立伟，请他帮忙。于是程立伟想到了冯爷。

冯爷不是见着佛爷就烧香的人，既然想出手自己的字画儿，他先得弄明白是怎么回事，看准了兔子再撒鹰。见皮特陈的头一面，他便放出条长线儿。放长线儿才能钓大鱼嘛。冯爷的精明就在这儿呢。

怎么说他放出的是"长线儿"呢？就是老拿食儿在他眼面前晃悠，勾引着他，馋着他，等把他的胃口和欲望都调动起来了，他才下竿儿。

_____

① 六够——北京土话，过度、过甚、很多的意思。

冯爷先告诉皮特陈，他手里的藏画儿很多，想要古代的，他有古代的，想要近现代的，他有近现代的，总之都是大名头画家的画儿。可就是不让皮特陈看，只跟他聊这些画儿的艺术价值和收藏价值。皮特陈当然也懂画儿，俩人越聊越投机，越聊越知己知彼。一连十多天，皮特陈几乎每天请冯爷吃饭，今儿"全聚德"，明儿新侨饭店，后儿"老莫"[1]，京城有名儿的饭店饭庄快吃遍了，冯爷这才让他看画儿。

当然，冯爷只是选了几幅他想出手的画儿让皮特陈上眼，最后皮特陈选了一幅王石谷的山水和两幅吴昌硕的花草。

王石谷是王翚的字，他的号有"耕烟散人"和"乌目山人"等，是清初著名山水画家，与王时敏、王鉴、王原祁并称清初"四王"。"四王"都秉承了董其昌的画风，而且都沾亲带故。王时敏和王鉴是董其昌的朋友，王石谷是王时敏和王鉴的学生，王原祁是王时敏的孙子。"四王"的画儿风格相近，笔墨技法又有区别。王石谷善于临摹宋元名家，以简淡清秀自成一格。他最初是民间的职业画家，被王时敏和王鉴发现，推荐到宫里，曾给康熙皇上主绘《南巡图》，声名鹊起，流传的作品不少。因为他是江苏常熟人，后人把他称为"虞山派"。

冯爷手里有三幅王石谷的画儿，他认为王石谷的画儿带有"摹古味儿"，虽然发展了干笔渴墨，层层积染的技法，使审美趣味的表达更趋精致，但笔墨之中仍显匠气，不如八大山人、虚谷、石涛等大写意画家的画儿有意境。他之所以要出手王石谷的画儿，是他

---

[1] 老莫——北京展览馆的莫斯科餐厅，它是上世纪六七十年代北京最有名的西餐馆。

并不十分喜欢王石谷的画风。

当然，清初"四王"在中国绘画史上名气很大，王石谷的画儿，有很高的收藏价值。皮特陈见到这幅画儿舍不得撒手了，包括那两幅吴昌硕的花草，他都想收。

跟冯爷讨价还价儿，双方拉锯，斗了一番心眼儿，最后这三幅画儿，皮特陈答应给冯爷一个整数儿，六万块人民币。六万，这在当时可是个大数儿。那会儿，工厂的二级工的月工资才三十多块钱。

冯爷的长线儿没白放，钓上来的"鱼"个头儿不小。当然，冯爷不会白让程立伟牵这个线，答应程立伟，只要这笔买卖成交，给他打六千块钱的"喜儿"。

几个人想得都挺美，可是他们偏偏忘了当时是什么年代。三九天儿非要穿背心扇扇子，您想能不着凉吗？没等他们这笔买卖做成，大祸已临头了。

冯爷跟皮特陈的这种交易是私下进行的，属于暗箱操作，双方都按规矩来，不会对外张扬，但没过几天，这件事儿还是走漏了风声。敢情是街道居委会，不，那会儿叫"居民革命委员会"的主任巩老太太发现了冯爷的蛛丝马迹。

冯爷办事儿不喜欢偷偷摸摸，跟皮特陈打交道也如是，斗心眼归斗心眼，但该说的话他都摆在桌面儿上。他讨厌小媳妇见生人，遮遮掩掩。为了让皮特陈看他的藏画儿，他带着皮特陈到他们家来过几趟。

那会儿的北京人穿衣戴帽，男的女的、老的少的，都差不多。说流行蓝色儿的建设服了，您看去吧，满大街都是一片蓝。说流行穿"国防绿"的军装了，满大街都是"国防绿"，也不知道是从哪儿来的。过几年，又流行穿劳动布的工作服了，嗬，男的女的出门都是工作服。皮特陈去冯爷家的时候，京城正流行穿劳动布的工作服，连这位巩老太太身上也架了一件工作服。可是皮特陈是香港人呀，他不会穿这个，人家是笔挺的西装，系着领带，脚底下是锃光瓦亮的皮鞋，手指肚儿上戴着耀眼的翡翠大戒指。您想这身行头，加上他的风度气质，走在胡同里能不招眼吗？

巧儿他爹打巧儿他妈，巧极（急）了。冯爷陪着皮特陈到他们家这几次，都让巩老太太撞上了。其实她的住家跟冯爷的住家隔着几条胡同，她是到这儿来巡视的。

当时，她跟冯爷走了个对脸儿，谁也没打招呼。冯爷和皮特陈走过去以后，老太太拿出了侦察员的本事，转身在后头跟上了梢儿，见冯爷跟皮特陈进了冯家的院子，她才扭脸走了。连着看见皮特陈几次，巩老太太似乎发现了"阶级斗争新动向"。原本她就憋着在冯爷身上找碴儿呢，这回可让她找到了下嘴咬人的机会。

第十三章

巩老太太原本没名儿，叫巩王氏，后来她丈夫老王给她起了名儿叫巩玉珍。老王是建筑工人，"文革"时当了"造反派"的头儿，一时要风得风，要雨得雨，风光无限。后来老王当了"工宣队"的头儿，进驻大学，指导"教育革命"，当时工人阶级领导一切。老王在"文革"当中，最风光的一件事儿是当了代表，到中南海受到了伟大领袖毛主席的接见。据说跟伟大领袖握过的手一个礼拜没洗，当天晚上，巩玉珍先握了握老王的手，她的手也跟着一礼拜没洗，后来两口子的手又握过无数人的手。当然都是根红苗正出身好的人，老王说这叫把领袖的温暖传给阶级兄弟。

您想老王这么风光，巩玉珍能不跟着吃香吗？她当"居民革委会"主任似乎是顺理成章的事儿。由打老太太当上了"官儿"，她可就不失闲了，胳膊上戴着红箍儿，扣着那双"解放脚"①，一走三晃，像鸭子似的成天价在几条胡同转悠，监督那些"牛鬼蛇神"

---

① 解放脚——缠足后又放开，没有形成"三寸金莲"的脚。

皮特陈找冯爷来的这几趟都被巩也三大三撞上了并且在他们身后跟上了梢儿。

和出身带砟儿的人①的一举一动。

本来冯爷不属于她监督的对象，虽说冯爷没有响应伟大领袖毛主席的号召去"广阔天地，大有作为"，成了社会青年，但是冯爷的出身没砟儿，尽管他平时晃晃悠悠的透着散漫，但不干出格的事儿，人们虽然看着他别扭，但也挑不出他有什么毛病来。

巩老太太每天开会学习搞大批判，今儿批这个明儿斗那个的，从早到晚挺忙叨，最初也没把冯爷放在眼里，可是后来出的一档子碴口儿，让冯爷成了老太太的眼中钉、肉中刺。什么碴口儿呢？

说起来，这事儿是从钱小湄身上引起来的。小湄的相貌在胡同里的女孩儿当中，算不上有多水灵，虽说她的眉眼还算周正，皮肤也比较白净，但走在大街上，可就显不出她的姿色来了。北京胡同里的男孩儿管长得漂亮的女孩儿叫"盘儿亮"。小湄的"盘儿"不太亮，但她的身条儿比较顺溜，腿长腰细，留着两条长辫子，走路时体态轻盈，从背后看像是舞蹈演员。

小湄的身条儿吸引了不少男孩儿的目光。"文革"当中爱冒坏的北京的男孩儿讲究在大街上"拍婆子"。所谓"拍婆子"，不是见着漂亮姑娘就上手拍人家，而是上前跟她搭拉话，俩人对上了眼，算是"拍成了"。要是姑娘扭过脸骂你一句，或者根本不搭理你，算是"拍炸了"。

那年冬天，小湄上西单商场买东西，回来的路上，让俩坏小子盯上了。这俩坏小子从背后看小湄穿着一件花格子小棉袄，扭动着腰肢，迈着小碎步，以为她长得有多漂亮，在她身后一直跟着，穿

---

① "牛鬼蛇神"和带砟儿的人——"文革"时，把地富反坏右视为"牛鬼蛇神"，带砟儿的人是指家庭出身有问题的人，所谓"问题"，通常是指"牛鬼蛇神"的子女。

了十条胡同，眼看快到家门口了，俩人才上前去"拍"。这一"拍"，算是"拍炸了"。小湄把他俩臭骂了一顿。

按说"拍婆子"拍炸了，没有再吃回头食儿的，何况住得都挺近。可是偏偏有一个小子觉得伤了自尊心，非要把小湄"拍"到手不可。这小子不是别人，正是巩老太太的儿子王卫东。

从那天起，王卫东缠上了小湄，不是在胡同口儿等着上前搭拉话，就是在家门口堵着，非要跟小湄交朋友，淘米水洗脸，黏黏糊糊，弄得小湄没处躲没处藏的。

钱颗当时正倒着霉呢，小湄知道自己出身有问题，王卫东他妈又是"居民革委会"主任，不敢得罪他，一时心里乱了章儿①，便去找冯爷诉苦。

冯爷听了，顿时那双"阴阳眼"便冒了火："行了，我教训教训这小子。"

几天以后，冯爷在胡同口儿撞上了王卫东。他上去二话不说，一拳头便把他的眼睛给封了，紧接着连踢带打，把王卫东的脸打成了"紫茄子"。临完，冯爷从腰里掏出一把军刺，对他说："以后你要是再缠着钱小湄，瞧见没，我可就拿它说话了。"

王卫东从小就知道冯爷的厉害，让冯爷打成了"紫茄子"，一声也不敢吭，捂着脸跑回家，跟他妈诉委屈。巩老太太也怵冯爷，惹不起砂锅惹笊篱，她本想拿钱家是问，可是一听儿子说了实话，是他先追的钱小湄，她又觉得理亏，只好暂时作罢，但她哪儿咽得下这口气呀？

---

① 乱了章儿——北京土话，即心里没了主意、心烦意乱的意思。

后来钱小湄和王卫东都奔了东北建设兵团，他俩都把这碴儿忘在了脑后，但巩老太太却忘不了这个碴口儿，打狗还得看主人呢，何况冯爷打了她的儿子。现在冯爷要卖画儿，等于撞到她的枪口上了。

巩老太太没念过书，连自己的名儿都不会写，可是您别小看她，她玩别的不行，玩人却有一套。她一时弄不清皮特陈的身份，可单看他的相貌和做派，怎么瞧怎么像日本人，由日本人想到了特务，她把皮特陈当成了“日本特务”。冯爷呢？是个无业人员，跟“日本特务”出来进去的，能有好事儿吗？保不齐在向日本特务出卖情报。

巩老太太躺在床上想了几宿，先给冯爷身上泼了一盆脏水，随后向派出所打了报告。您想巩老太太大小也是个主任呀，她的报告公安分局能不当回事儿吗？何况老太太发现的是涉外重大案情。于是公安分局便派了几个“雷子”①盯上了冯爷。

这天，冯爷把皮特陈和程立伟约到西单食品商场的二楼咖啡厅，商量如何验货交钱。仨人正说着呢，进来五六个便衣警察。当场把这三个人给摁住了。皮特陈不知道怎么回事儿，但他是香港人，知道遇上了警察不能反抗，便乖乖儿地束手就擒。程立伟也机灵，知道“雷子”没逮着实物，只要咬紧牙关，不会把他怎么着。

只有冯爷火气大，爷劲儿来了。警察过去揪他的时候，他抄起桌上的热咖啡朝一个警察的脸砸过去，紧接着飞起一脚又踢倒了一个。三四个警察向他扑来，他一下把桌子给掀了，抄起一把椅子

① 雷子——便衣警察。

跟警察打起来。俗话说好拳难敌众手，何况便衣警察也是经过训练的，多少有点儿功夫。您想四五个人还打不过冯爷吗？没过几招儿，冯爷便被摁倒在地，一个"便衣"给他戴上了"手捧子"①。"你们凭什么逮人？爷爷我就是不服！"冯爷破口大骂，被押上了警车。

您想冯爷这种性情，进了班房能有好果子吃吗？警察一进去就给他上了刑，名曰"收收他身上的野性"。把他打了个半死，可是他缓醒过来，依然不停地大声喊冤，破口大骂。等着他的又是一顿臭揍，打得他门牙掉了，肋骨折了几根，他照样不肯低头。

"爷爷我一没反对党，二没打砸抢，三没'前科'，你们凭哪一条抓我？你们打吧，我的眼睛闭一下，就他妈不是爷啦！跟你们说吧，命没了，骨头在！"他的那双"阴阳眼"能蹿出小火苗，烫得对他动刑的人手直发软。

后来，有个姓孙的警察偷着对他说："兄弟，识时务者为俊杰。你知道你现在待的是什么地方吗？老百姓管这儿叫'局子'，实际上它是无产阶级专政机关。你已经被专政了，知道吗？"

"我凭什么被专政？"冯爷反问道。

姓孙的警察告诉他："有人举报你跟特务有勾结，我想这准是诬告，你听我的，别跟他们较劲，跟他们拗着来，有你什么好？只能身体受委屈。你先别言声，什么也不说，说你是特务，他们得取证，找不出证据来，他们也不会把你怎么着。你忘了那句老话：不怕红脸关公，就怕抿嘴菩萨。你在这儿就只当自己是哑巴了，明白吗？"

---

① 手捧子——北京土话，手铐之类的刑具。

原来这位姓孙的警察跟冯爷的大哥是朋友，算冯爷有运气，碰上好人了。冯爷听他这么一说，爷劲儿才收敛一些，当然他从老孙这儿也明白了自己为什么进来。准是有人看见了他和皮特陈在一块儿，误把皮特陈当特务了。

他琢磨了两天，觉得老孙说得有道理。再过堂，他什么话也不说，真当了"抿嘴菩萨"。

老孙挺够意思，见冯爷被打得皮开肉绽，在药店买了不少药，背着人给他送去，叮告他沉住了气，上边对这个案子很重视，很快就会有结论。当然在处理冯爷这个案子时，老孙也在暗中使了劲儿。

其实，冯爷刚进来的时候，警察对他动刑，不过是看他闹得那么凶，煞煞他的爷劲儿，真对他做出处理也得考虑一下他到了儿犯的是什么罪。

冯爷"进来"①以后，公安部门把他当成了大案，可是一调查才知道巩老太太是谎报军情，哪儿有什么"日本特务"呀？皮特陈不过是一个香港商人，他跟冯爷的交往也不过是倒腾字画，量刑的话，充其量不过是投机倒把、走私文物，算不上大罪。何况他们并没有成交，量刑的话，也找不着依据。皮特陈亮出了自己的证件，又经过他舅舅杜之舟的说明，在班房里蹲了两天，就放了出去。程立伟进来之后，只说他认识冯爷和皮特陈，他们交易什么，他一概不知道。分局的人本来想再从他的嘴里抠出点儿新情况，但程立伟的父亲是大使馆的厨师，托人给分局领导打了几个电话。分局看程

---

① 进来——民间对被拘留或被捕入狱的一种说法，即进了大狱的简化，同样的说法还有"进去""出来"等。

立伟没有"前科",又在他身上找不到犯罪的证据,也把他放了。只有冯爷,因为捕他的时候,打伤了两个警察,而且又是"主犯",所以给留下了。

巩老太太让专政机关虚惊一场,但是一个没文化的街道老太太报的信儿,公安分局也不会拿她怎么着。由于老孙暗中帮助,说了不少好话,本来分局打算收收冯爷的野性,判两年"劳教"就算了。没想到半路杀出个程咬金,钱大江会落井下石,一下又把冯爷的案子弄复杂了。

俗话说,一家出事伤脑筋,四邻不安咬舌根。冯爷进了"局子",在胡同里大小也算是个新闻,自然会引起人们的猜测和议论。当时钱大江已从东北回到北京,正在上大学,平时住校,礼拜天回家,得知冯爷被抓起来了,他嘴上没说什么,心里却拍了巴掌。北京人管这种幸灾乐祸叫称愿,"称"读"趁"。冯爷跟钱大江的父亲走得那么近,把亲儿子钱大江给闪到一边儿。您想他能不记恨冯爷吗?

错来,您称愿就称愿吧,人都掉井里了,您不去捞,偷着乐去吧,就别往井里扔石头了。不行,钱大江觉得称愿不是如愿,不往井里扔块石头,他不解气。

这块石头正砸到了冯爷的脑瓜儿顶上。冯爷进去以后,钱大江一打听,敢情是因为他倒卖字画儿。钱大江心里琢磨,冯爷哪儿来的字画儿?他一天到晚老上钱家来,老爷子的藏画儿那么多,是不是他偷了老爷子的画儿转手给卖了?

钱大江是"气迷心",越琢磨,冯爷越可疑,越可疑越想往井里扔石头,到最后弄得他手心直痒痒。他动笔给公安机关写了封举报信，说冯爷一贯道德败坏，思想品质恶劣，利用"文革"，偷走了钱家大量书画，进行非法买卖，投机倒把等等。

光写信还不行，他还玩了一手绝的，这封信是以钱颢的名义写的，署的是钱颢和他的名字，为了证明这封信的真实性，他偷着盖上了钱颢的图章。

正是这封信把冯爷给害了，公安分局接到这封信以后，又去街道"居民革委会"调查，接待警察的恰恰又是巩老太太。您想她能说冯爷好话吗？

巩老太太又把冯爷打她儿子的旧账翻了出来，添油加醋，给冯爷"炒"了两盘"好菜"：流氓成性，经常打架斗殴，危害社会治安。正赶上当时京城开展巩固"文革"成果，严厉打击反革命分子和危害社会治安的坏分子行动。冯爷成了"活靶子"，偷窃、打架斗殴、投机倒把、流氓成性，再加上捕他的时候，打警察，骂警察，对抗无产阶级专政，这几条"罪状"捏鼓到一块儿，您说还不够他喝一壶的①？到这份儿上，别说是老孙了，就是孙悟空来了，也救不了冯爷了。

"严打"嘛，当然得雷厉风行，速战速决。分局很快就在西单体育场召开了批斗和宣判大会，冯爷跟二十多个"现行反革命"和"坏分子"一起戴着手铐脚镣，被押上了审判台。挨着个儿地批判一顿以后，当场宣判结果，冯爷被判了十五年大刑。转过天，这些犯人就被押上火车，发配到千里之外的新疆劳改农场了。

说起来，冯爷真够冤的，可"十年动乱"当中，像他这样的

---

① 够喝一壶的——北京土话，够戗、够受的意思。

冤案冤情实在太多了，跟那些迫害致死的人比起来，冯爷还算"幸运"的呢，起码他的命没丢了呀。

不过，他的命保住了，另外两条命却搭进去了。谁呢？

一位是冯爷的老父亲冯子卿，冯爷发配到新疆不久，老爷子觉得儿子冤枉，咽不下这口窝囊气，一口痰没上来，脑溢血"走"了。

另一位是那位"酒腻子"福大爷。由打冯爷进了"局子"，福大爷觉得自己住的那个小屋塌下半边天去。冯爷在的时候，他不觉得孤单。他每天喝够了酒，唱够了戏，或者醉卧街头，都是冯爷搀着他回家。在他的小屋，爷儿俩能心碰心地聊会儿天儿。

每到这时候，他会觉得自己憋闷的心缝儿打开了，心里亮堂了，因为在这冷漠的世界上，他孤独，他寂寞，他被人看不起，他被人取乐儿，但还有这么一个人在关心着他，给他冰冷的心带来一丝暖意，让他有了活下去的勇气和希望，他是多么需要冯爷呀！

但是冯爷坐了大牢，而且是不明不白地进去的。他不知道冯爷被关在什么地方，也不知道冯爷能不能活着出来，自己还能不能再看见他。他想去救冯爷，却又觉得自己很渺小，无能为力。

看不见冯爷了，再喝醉了酒，没人搀福大爷回家了，他苦闷的时候，没人陪着聊天了，他觉得心里一下子空荡荡的，天黑沉沉的，见不着一点儿亮光了。

亮光在哪儿呢？见不着冯爷，他只能找"酒爷"了。酒入愁肠化作相思泪。一醉解千愁。但是酒消不了他的愁，只能更让他添愁。他每天喝得酩酊大醉，时常醉卧街头，但没有人知道他内心的苦闷，照样拿他取乐儿，拿他当猴儿耍。

在沉醉中，他经常恍恍惚惚地看到冯爷坐在他身边。冯爷的那双"阴阳眼"变了，变得温柔了，变得随和了。冯爷拉着他的手，跟他说着体己的话，他觉得心里涌起一股暖流，让他感受到一种幸福的快意。他轻轻地摸着冯爷的头，叫他："噢，这傻老爷们儿！"可是当他酒醒了，明白过昧儿来，去找冯爷的影子时，他的心又凉了。

冯爷入狱以后，福大爷喝醉了酒，脚踩着云，来到胡同里的那棵老槐树下，再也不唱戏了，他两眼直勾勾地望着天上的星星，好像在寻找什么。找什么呢？他在找冯爷。天上的月亮和星星，仿佛是冯爷的那双"阴阳眼"，他嘴里不停地嘟啵着，像是在跟冯爷对话，但没人能听得出他叨咕的是什么，只当他是在撒酒疯。

如果有人来一嗓子："福大爷，来一段样板戏嘿！"他会两眼死死地盯着这个说话的人，然后从嗓子眼里冒出一句："唉，八年啦，别提他了！"这是样板戏《智取威虎山》里李勇奇念的一句道白，但没人知道他说这句话是什么意思。

冯爷在体育场被批斗宣判的当天晚上，福大爷坐在小酒铺里的老地方喝闷酒。酒铺里还有几个"酒腻子"，他们一边喝着酒，一边聊着天，屋子里烟气、酒气掺和到一起，使人昏昏欲睡。

不知是谁聊起了当天上午的宣判大会："我看这二十多人里就数冯家的三小子冤，判了十五年。"

开酒铺的老程头儿接过话茬儿说："是呀，十五年，出来快成小老头了。"

"这孩子原先老上这儿打酒来，虽说长得寒碜，可看着挺仁义、厚道的，怎么成了流氓坏分子了？"

另一个"酒腻子"说："嗐，这年头，知道谁是怎么回事儿呀？听说他跟'特务'勾搭上了。"

旁边的一个"酒腻子"说："哪儿有什么'特务'呀，我儿子参加宣判大会了。他回来说冯三儿是流氓罪，他偷了人家的画儿。"

头一个说话的"酒腻子"道："他会偷东西？不可能，冯子卿的家教多严呀，他会教育出一个贼来？没有的事儿。流氓、坏分子，找这么一盆脏水还不容易？他指不定得罪谁了呢。"

开酒铺的老程头儿叹了口气："唉，现如今，得罪谁，也别得罪胳膊上戴红箍儿的。"

"南京的沈万三，北京的枯柳树，人的名儿，树的影儿，怕得罪谁呀？咱们不过是个草民，人民群众！喊。"刚才说话的"酒腻子"咧着嘴说。

另一个"酒腻子"把他的这句话接过来说："得了嘿，咱别看《三国》掉眼泪，替古人担忧了，来吧，还是喝咱们的酒吧。"

福大爷一边喝着酒，一边听这些人闲聊，听着听着他沉不住气了，凑到一个老酒虫儿赵五身边，乍么实儿地问道："五哥，你们这儿判了判了的，说谁呢？"

赵五仰起脑壳说："说冯家的老三呢。怎么，您不知道吗？他给判了。"

"判了？他判了？判什么了？"福大爷愣怔地问道。

"没喝高吧？福大爷！判什么了？判了十五年大刑！"赵五撇了撇嘴说。

"啊？他判了十五年大刑？"福大爷吃了一惊，倒吸了一口凉气说，"真呐，他给判了十五年，十五年，他怎么给判了十五年呢？十五年，我上哪儿找他去呀？"他语无伦次地嘟囔着。

那天晚上他喝了一斤多老白干,喝到小酒铺的那些"酒腻子"都走了,他还跟开酒铺的老程头儿要酒喝呢。

"别喝了!再喝,我不叫您大爷,叫您爷爷啦!"老头儿把他的酒杯收了起来。

"我说老掌柜的,你干吗不让我喝了?喝,我还没喝够呢,不信你问冯家老三去,我喝高了吗?待会儿他准来。"福大爷迷迷糊糊说着醉话。

老程头儿苦笑道:"他上哪儿来去?已然判了十五年!您呀,说什么也是吊死鬼说媒,白饶舌。回家睡觉吧,您瞧都一点多了,明儿您不得给人上班去吗?"

"我……我……"福大爷晃荡着身子站了起来,抓住老程头儿的胳膊,嘴里磨磨叨叨地说:"这条街上的人,就是三儿疼我呀!这傻老爷们儿!老掌柜的,你说句实在话,他是真判了还是假判了?"

老程头儿见他喝成这样,不忍再伤他的心,随口编了个词儿:"他们蒙您呢,判什么呀判?他盼着您赶紧回家睡觉呢。"

"哎,你这句可是真话,盼?他盼着我赶紧回去,让我给他唱太平歌词呢。这傻老爷们儿呀!哈哈哈。"福大爷突然傻笑起来,笑得老程头儿身上直发毛。他扶了福大爷一把说:"我的爷爷耶,我送您回去吧。"

"别别别,老掌柜的,我没喝多,我真的没喝多。这会儿几点了?"

"几点?天都快亮了!"

"你别跟我说酒话,天亮我不喝酒。你告诉我,对了,你告诉我,这会儿三儿在哪儿呢?要来,他该来了。"

"这会儿，他来不了啦。"

"为什么，为什么来不了呢，你说。"

"他呀，在玉渊潭逮蛐蛐儿呢。"

"玉渊潭？他在玉渊潭？逮蛐蛐儿？哈哈，他是怕我闷得慌，逮个蛐蛐儿给我解闷儿对不？"

"对，给您解闷儿。得了，回家吧您哪。"老程头儿搀扶着福大爷出了小酒铺，一直把他送到胡同口儿。

"玉渊潭逮蛐蛐儿……玉渊潭……"福大爷踉踉跄跄到了家门口，"咕咚"一下瘫在地上，闭上眼睛睡着了。

在梦里，他恍惚之间看见了冯爷，冯爷在玉渊潭的河边，手里拿着刚逮的蛐蛐儿冲着他笑呢，他那双一大一小的"阴阳眼"，变成了一双非常喜兴的明亮大眼，朝他走过来。"福大爷，有我在呢，您永远不会孤单，谁也不会欺负您，您是天底下最好的人！"

他隐约听见冯爷拉着他的手说，可再一看，冯爷不见了。他猛然睁开了眼睛，周围漆黑一片，昏暗的路灯下，几个蛾子在飞，他的头昏昏沉沉，口干舌燥，酒劲儿还没过去，小风一吹，他似醒非醒。

"玉渊潭，三儿在玉渊潭等着我呢。"他从地上爬起来，嘴里不停地磨叨着。

玉渊潭离他的住家不远，夏天他常到那儿游泳。他鬼使神差地迷迷糊糊奔了玉渊潭。

天亮以后，人们在玉渊潭水闸附近的水面上，发现了一具尸体，捞上来一看是福大爷。

这个时候，冯爷正坐在发配新疆的火车上。

第十四章

判了十五年，这得说是大刑了。人生有几个十五年？冯爷要是真坐十五年牢，就不会有后头的故事了，当然也就没有这本书了。

宣判的时候，冯爷听得真真儿的，十五年徒刑，但他由打上了发往新疆的火车，就没打算把自己的青春撂在那儿。

他记住了老孙给他开的"药方"，当抿嘴菩萨。他知道自己当不了菩萨，但是当哑巴却谁也碍不着谁。从判了刑的那一天起，他逼着自己当了哑巴。甭管是谁，任凭你拿着大把儿钳子，也掰不开他的嘴。跟他说什么，他都摇头不算点头算。他想让所有的人都把他当傻子、聋子、疯子看待。

装聋作哑，装疯卖傻，一天两天行，十天半个月装下去，那可就难了，冯爷愣装了两年多。您想他本来生就了一对"阴阳眼"，面目可怕，再加上一声不吭，表情木然，您打他两拳，骂他几句，他依然用那双"阴阳眼"直勾勾地看着你，谁不心里犯嘀咕？

在劳改农场，从"管教"到犯人都以为这位爷有病，不是神经病就是痴呆症。不过，他在干活上并不偷懒。劳改嘛，犯人们干的活儿非常苦。背土垒窑，凿石挖沙，他的手磨出了血泡，背上勒出一条条血印子，他咬着牙愣扛，不带皱一下眉的。渐渐地人们把他当作了呆傻痴茶的人，当然也拿他不当一回事儿了。

其实冯爷要的就是给人留下这种假象，外表看他又傻又茶，风平浪静，心里却电闪雷鸣，风雨交加。他像一只困兽，时时盘算着如何寻找机会，逃出牢笼。

冯爷心里不踏实的是他的那些藏画儿，他是有心计的人，他的藏画儿可真称得上是藏画儿，都让他给藏起来了。

他的所有藏画儿都放在了四个大铁皮箱子里，所谓铁皮箱子，就是木头箱子外边包了一层铁皮。这些箱子是他爷爷传给二大爷冯子才，他由二大爷那儿继承过来的，箱子带着暗锁，铁皮已锈迹斑斑。他把四个大铁皮箱子放在院子里的防空洞。

您也许知道，上世纪六十年代末，中国和前苏联的关系一度紧张，发生了"珍宝岛事件"后，战争的阴云一时间密布全国，都以为要打世界大战。当时的北京男女老少齐动员，挖了许多防空工事，俗称防空洞。冯家住的院里也挖了一个防空洞，能直接通到大街上的防空掩体。后来仗没打起来，这些防空洞便闲置起来。冯爷把它当成了藏画儿的地方。

防空洞的确挺隐蔽。冯爷被抓以后，巩老太太带着警察到冯家查抄了几次，也没发现冯爷的藏画儿。但是冯爷心里却不消停。有一天夜里，他做了一个梦，梦见他们家来了一拨儿戴着红袖标的红卫兵，在防空洞里发现了那四个大铁皮箱子，这些红卫兵用老虎钳子把箱子撬开，把所有的藏画儿都拿出来烧了。

这个噩梦，让他心里闹腾了几天，让他有一种不祥的预感，好像他的藏画儿真的遭到了厄运。那几天，他真想身上插上翅膀，飞回北京，看看他的藏画儿。可是回到现实，看着监狱大墙上的铁丝网，心里又凉了半截儿。

这里的监狱设在大戈壁滩的深处，周围是一望无边的大戈壁滩，天上连个鸟儿都看不见，离监狱最近的小镇，开汽车要走两天，人要想活着跑出去，实在太难了。冯爷刚来的时候，听管教干部训话，他说到大戈壁是"死亡之海"之后，讲了几个越狱犯人的例子，犯人跑出监狱五天，没人追捕，最后在茫茫的大戈壁滩上发现了他们的尸体，让所有的犯人听了不寒而栗。

跑？谁敢拿自己的生命当赌注？冯爷却敢赌这一把。他找了一个机会，跑了。

那天，监狱的管教干部开车到小镇拉土豆和西红柿，让他和另外两个犯人跟车装卸，当然怕他们跑了，随车的还有一个拿着枪的武警。

正是干燥炎热的七月，装满蔬菜的带篷卡车，在戈壁滩上行驶，车后扬起弥漫的沙尘。车走了有一百公里路，几个犯人和那个持枪的武警坐在车篷里昏昏欲睡，冯爷却张着神，他的"阴阳眼"始终瞄着那个武警。

那个小战士上了车一直打盹儿，冯爷抓住了这个千载难逢的机会，在卡车遇到一个上坡减速的一刹那，他突然翻身跃起，用囚衣裹着二十多个西红柿，顺势一纵身，跳下了卡车。车上的人愣没有人发现他跳车，继续往前开。

冯爷倒在地上打了几个滚儿，然后趴着没动，揉了揉他的"阴阳眼"，看着那辆车消失在茫茫的大戈壁滩上。他脱了囚衣，包上那些西红柿，不顾一切地往前跑去，大约跑了几里地，他听到空寂的戈壁滩上回响着几声枪响。

他心里明白这是车上的人发现他跑了，那个战士在冲天上鸣枪示警，他们不会开车回来找他的，因为断定他不会活着跑出这茫茫无际的大戈壁滩。

真的令人难以置信。连冯爷后来回想起当年"越狱"的事儿，也难以相信自己能活着回来。他在戈壁滩上走了整整五天，没吃一口饭，没喝一口水。是那二十几个西红柿，把他救了。

人在戈壁滩上行走，跟在大海里漂浮差不多，很难辨别东南西北，也许走了一天，最后又走回了原来的老地方。冯爷是靠着夜里天上的北斗星来辨别方向的。白天，阳光照射非常强烈，火烧火燎地照在脸上、身上，皮肤很快就灼伤了，爆起一层皮。

后来，他索性白天在戈壁滩上找个小沙窝，刨出一个小洞，把头伸进去，蜷缩在沙窝里，养足了体力，夜里走。

走到第六天的时候，他再也走不动了，饿还能扛，渴却让人受不了。头两天有西红柿，解解渴。后两天，西红柿吃完了，渴了还能喝自己的尿。再后来，连自己的尿都没得喝了。他已经精疲力竭，到了生命的极限。别说拿腿走路，连爬着走的力气都没有了。他看了一眼天上白花花刺眼的太阳，那双"阴阳眼"直勾勾地看着远处的地平线，绝望地张开裂开血口子的嘴，大口大口地喘着气，等待着死神的降临。

也许是老天爷不想让冯爷把自己的小命交待在这大戈壁滩上，就在他完全失去了活下去的勇气，马上就要踏进"鬼门关"的时候，他的"阴阳眼"突然看见很远的地平线上出现了一个黑影，那黑影微微摇晃着，渐渐地由小变大。

啊！是一辆卡车！他在绝望之中神经猛然一震，腾的一下从沙堆里站起来，但是他连站起来的力气也没有了，身体晃了两晃，咕咚一下，摔倒了。

他趴在沙子上，拼命地喘着气，把脑袋贴在沙子上，隐隐约约地听见从远处传来汽车发动机的声音。突然他灵机一动，把身上的囚衣脱了，用手拿着朝那辆卡车的方向摇晃起来。当他看清楚那辆卡车是朝着他开过来时，一种求生的本能，让他产生了超出常人难以想象的毅力，他摇摇晃晃地站了起来。

这个时候，即便那辆卡车是来捕他的警车，他也顾不了啦。只要能给他一口水喝，再让他死，他也干了。

真是命不该绝，那辆卡车的司机看见了在戈壁滩上垂死挣扎的冯爷。司机是四十多岁的维吾尔族人，动了恻隐之心，把车开过来。冯爷在沙子上打了几个滚儿，爬着冲他招手，他连张嘴说话的力气都没了。

这个维吾尔族司机显然明白他是越狱逃出来的犯人，把车停下，从车上拿出一个军用水壶扔给了冯爷。冯爷像饿狼一样，扑向这个水壶，拧开盖，咕咚咕咚，一口气把这壶水喝下去。

"带我出去吧……"冯爷重新焕起了求生的欲望，扑通给他跪下了，用乞求的目光看着他说。

"走吧。"维吾尔族司机并没问他什么，把他搀上了汽车。

汽车在戈壁滩上走了十几个小时，一路上，冯爷跟司机并没说话，司机给了他一个馕，他狼吞虎咽地吃了。傍晚时分，汽车终于来到一座小城，司机还要开车往前走，让冯爷下了车。

冯爷知道只要离开了大戈壁滩，就等于这条命保住了。他望着自己的救命恩人，又一次跪下了。这个时候，让他把心掏给这个司机，他都舍得。

那个维吾尔族司机没说什么话，临走时，给了他一块钱，便开车走了。好像他是老天爷派来的使者，专门来救冯爷似的。

这一块钱让冯爷在这个小城吃了一顿饱饭。他不敢在这座小县城多待，他的"阴阳眼"比任何人都好辨认。警方的通缉令，会让他束手就擒。他吃饱喝足，趁着夜色，扒上了一辆运货的卡车，随它奔哪儿开吧，只要远远地离开沙漠就行。

第二天，他又来到另一座小县城，在这座小城，他靠在小饭馆捡剩饭剩菜吃，又挨了两天。到这会儿，他完全像一个叫花子了。他的脸已经让大戈壁滩上的太阳暴晒，脱了一层皮，露出了白肉，风吹日晒，好长时间不洗，脸上一块黑一块白，加上那双黯淡下来的"阴阳眼"，还有又脏又破的衣服，他已经脱了形。

他在小县城找到了火车站。在他看来，拉煤的火车上最好隐身，他扒上了一列运煤的火车，又走了两天，到了一座城市。

简短截说吧，冯爷就是靠着白天要饭，夜里扒火车走了十天，到了甘肃和陕西交界的一座城市。冯爷在这儿又有一段奇遇。

他在火车站遇到了一帮叫花子，也就是专门行乞的"丐帮"。当时已是深夜，冯爷在车站找了一个避风的地方，正打算席地而睡，突然听到远处传来一个女孩儿的哭叫声。

冯爷正在被通缉之中，不想招事儿，可是那声音听起来十分凄惨，他实在忍不住了，便爬起来，循着小女孩的哭声跑过去。到了跟前一看，这帮叫花子正欺负一个十六七岁的小女孩儿。

小女孩儿衣衫褴褛，脸上身上脏得不成样子，被叫花子扒掉了裤子。摁在了地上，有两个叫花子也脱了裤子，正准备施淫。

冯爷哪儿受得了这个，随手从地上捡了一块砖头，大喝一声："兔崽子们给我住手！"

那些叫花子被这声吼吓得大惊，还没等他们明白是怎么回事呢，冯爷的砖头已然拍在了一个乞丐的脑袋上，他的脑袋顿时成了血葫芦。其他叫花子见状，立马儿作鸟兽散。

冯爷冲过去，揪住一个跑得慢的，三拳两脚把他打躺下了。转过身，让那个小女孩儿穿上裤子，拉着她撒腿就跑，跑了有七八条街，他们才在一个小巷子里站下。

冯爷见小女孩儿目光呆滞，神情恍惚，问她是哪儿的人，到哪儿去？小女孩儿已经被刚才那一幕吓糊涂了，嘴里嘟嘟囔囔，冯爷听了半天也没听清。他知道火车站一带"丐帮"的厉害，这帮人挨了打，不会善罢甘休。

冯爷深知自己的处境，不能因小失大，得赶紧离开这座城市，便要跟小女孩儿分手，搭当天夜里北上的货车走。小女孩儿遇到冯爷像见到救星，死死拉着他手不肯松，说他上哪儿去，就跟着他去哪儿。

冯爷见她说出这话，转念又一想只要自己离开这儿，小女孩儿还是逃不出这群"丐帮"的手心，他不忍心让她再入魔爪，便带着小女孩儿偷偷爬上一列货车。

这列货车走了一夜，天亮的时候，停在了河南的新乡。冯爷在火车站看了看地图，知道到了新乡，离北京就不远了，他长长地出了一口气。

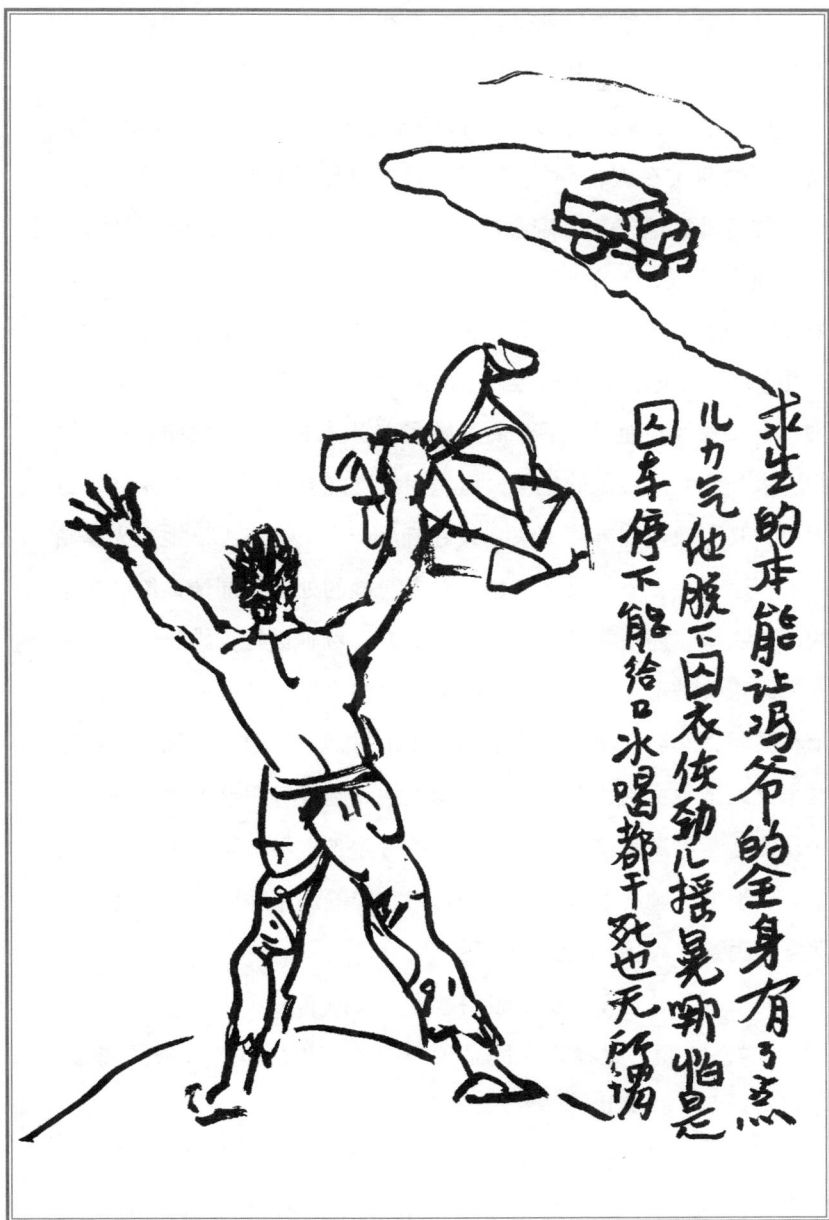

求生的本能让冯爷的全身有了点儿力气，他脱下囚衣使劲儿摇晃，哪怕是囚车停下给口水喝都干死也无所谓

到这会儿，他突然觉得自己是个在逃的犯人，身边跟着一个小女孩儿，遇到特殊情况，跑起来是个累赘。

小女孩儿跟他说了实话。敢情她是北京人，她的小名儿叫石榴。她的命实在太苦，她三岁的时候，母亲跟父亲离了婚，后来母亲带着她嫁给了一个副食店售货员。在她上小学二年级的时候，父亲犯了错误，被单位开除，带着一家人到河北农村落了户，后来，她母亲得病死了，她继父又娶了一个后妈。这个后妈是带着两个儿子嫁过来的，常虐待她，平时对她非打即骂，还不让她上学念书，十几岁就到地里干活。后来她实在忍受不了啦，便偷着从家里跑出来，到北京找她的生父，可是生父已经自杀了。她在京城举目无亲，又不敢再回继父那里，只好流浪街头。有一天，她在火车站碰上一个三十多岁的女人，这个女人对她的处境很同情，给她买吃的，买衣服，还说要带她到好玩的地方，对她挺好。她听信了这个女人，跟着她上了火车，坐了一天一夜的火车，她们来到陕西的一个小县城，然后又坐汽车到了一个小山村，到了地方，她才知道让这个女人把她卖给了村里的一个老光棍。她没等跟这个老光棍进洞房，便趁着天黑跳窗户跑了出来，跑呀跑呀，不知跑了多少天，走了多少地方，她终于到了陕西和甘肃交界的那个城市，后来遇到了那群"丐帮"，再后来遇到了冯爷。

冯爷听了她这番经历，眼泪差点儿没掉下来。

"唉，咱俩都是在逃，同是天涯沦落人呀！是老天爷的安排，让咱俩碰到了一块儿。"冯爷感慨道。

话都说到这份儿上，冯爷怎么忍心把石榴扔下不管？他决定先带着她回北京，然后再给她找个落脚之地。可是当时冯爷身无分文，回北京也只能偷偷摸摸，冒险去扒火车。

那天夜里，他俩在新乡火车站的货场，偷吃了不少水果，耗到两三点钟也没找到北上的货车。他俩便在卸货的站台上，找了个旮旯迷迷糊糊睡着了。大约三点多钟的时候，冯爷被大地猛烈的震动给摇醒了。他不知道出了什么事儿，只见卸货的站台上，有人慌乱地在跑。直到天色大亮，他才听见有人在说河北唐山发生了大地震。

这次地震的动静太大了，整个唐山几乎夷为平地，死了二十多万人，大震之后，余震不断，弄得人心惶惶，往北去的铁路也中断了几天。不过，这种乱劲儿，倒让冯爷借了光，当他带着石榴扒着运煤的车回到北京时，人们以为他们是从地震区逃出来的呢，不但没对他们起疑，反倒多了几分同情。

那些日子，京城的老百姓也乱了营。虽说大地震波及到京城，没死几个人，但人们担心大的余震会发生，不敢在屋里待着了，纷纷在街面儿上开阔一点儿的地方，搭起了防震棚，后来街上的防震棚住不下那么多人，便舍远求近在院子里搭上了。

冯爷到家的时候，他大哥和几个朋友正在院里搭防震棚，他们没想到冯爷会在这个褃节儿上跑回来。当然他们看到冯爷时，如果不是那双"阴阳眼"，简直认不出他来了。这两年多的牢狱生活，加上一个多月在路上的颠簸流浪，冯爷已然瘦得像个干儿狼，用形销骨立来形容都不过分。好在他的精神头儿没丢，还能撑得起这副骨头架子。

您也许能想象出来，冯爷到家的头一件事是干什么。到防空洞里看他的藏画儿。没错儿，当他看到那四个大铁皮箱子原封不动地还在老地方，他才长长地舒了口气。

当天晚上，大哥告诉冯爷，他走后父亲和福大爷去世的事儿。冯爷听了，愣在那里半天没说话，半夜三更他独自一人跑到玉渊潭大哭了一场。

虽说当时地震弄得人们心神不安，但冯爷也不敢恋家，因为"文革"还没结束，街坊四邻的眼睛太杂，他怕有人知道自己越狱潜逃，会向公安部门举报。所以他大哥劝他先找个地方避避风头，当然他的身子骨儿也需要静下心来养一养。大嫂的一个叔伯大爷在门头沟山区，于是冯爷在家里住了几天，便奔了门头沟。

临走前，他把怎么遇到石榴的经过和她的身世跟大哥大嫂说了。这两口子对石榴的遭遇挺同情。本来石榴执意要跟冯爷去门头沟，冯爷告诉她自己的处境，劝她留在冯家，大哥大嫂会好好照顾她的。石榴只好依依不舍地跟冯爷暂时分了手。

冯爷在门头沟山区的一个小村，一直待到头春节才回自己家。这几个月，他把心装在自己肚子里，什么闲淡事儿也不想，每天跟大嫂的叔伯大爷在山上放羊，挖野菜，找草药，有时拿着气枪去打山鸡和野兔子。虽然生活苦点儿，但他心情恬淡了，身体也渐渐地还了阳。

一九七六年，是中国历史上动荡不安和大转折的一年。

国家的大事一多，老百姓的心气儿当然都得跟着大事儿走了，小事儿便顾不上了，所以判了十五年大刑的冯爷怎这么快就回来了，街坊四邻的也就没有多少闲工夫嚼舌头根子了。

当然"四人帮"一倒，"文革"宣布结束，许多冤假错案的平反昭雪也浮出了水面。冯爷稀里糊涂地被判了十五年，本来也属于冤案，后来，连那个巩老太太见了他，都躲远远的，不敢跟他走对脸儿。"四人帮"倒台后，她的那个当"造反派"的丈夫也跟让霜打了的茄子似的耷拉了脑袋。他这号人耷拉了脑袋，冯爷也就该抬脑袋了。

冯爷从门头沟回来的当天晚上，大嫂见石榴陪着她的女儿小琴在南屋织毛活儿，把冯爷叫到了西屋。

"三儿，嫂子告诉你一个秘密，你听了可别那什么……"大嫂对冯爷压低了嗓门说。

"什么事儿呀？您这么神神道道的？"冯爷纳着闷儿问。

大嫂把屋门掩上，转过身对冯爷道："你知道吗，石榴敢情是那个老酒鬼福大爷的女儿！"

"啊？"冯爷听了吃了一惊，连忙问道，"她怎么会是福大爷的女儿？您是不是弄岔了？不可能呀，她怎么跟福大爷安到一块儿了呢？"

大嫂咽了口气道："可说呢，我一开始也不相信，她不是你从那叫什么地方救过的女孩儿吗？怎么成了福大爷的女儿呢？你走了以后，我天天跟她聊天儿，越聊越觉得她说她爸爸的事儿越像福大爷。我就带着她到福大爷原来住的地方去认门儿，她说这就是她爸爸住的地儿。让她这么一说，我才发觉她长得很像福大爷。你说这事儿巧不巧吧？"

"她要真是福大爷的女儿，那可太巧了！不过，我怎么听着跟说书似的。"冯爷对大嫂的话将信将疑，他做梦也不会把石榴跟福大爷连到一块儿。

第二天，他跟石榴聊了聊，没想到还真让大嫂说对了。石榴说出了她亲生父亲潘来福的名字，石榴是她的小名儿，她原本叫潘艳红，跟着母亲嫁人后才改的姓儿，叫王卫红。

石榴在冯家待了几个月，这会儿养得已经能找到本色了，脸上有了水气儿。冯爷的"阴阳眼"来回翻动了几下，小眼微闭，大眼眨了两眨，仔细端视着她，像品一幅画儿。

他这会儿才发现石榴长得并不难看，鹅蛋形的脸上，嵌着一对大眼，鼻子和嘴长得也很周正。这双眼睛以前看是呆滞的，现在看是清纯的，像刚擦过的玻璃，那么透明，略显含蓄，又流露着几分梦一般的迷茫。石榴的额头微高，带出点儿任性的样子，而看人的眼神里，温柔之中含着幽怨、羞涩、沉静的光亮。她不敢跟冯爷的"阴阳眼"对视，当感觉到冯爷在看她时，眼睛不由自主地垂了下去。

冯爷在这一瞬间，突然觉得这个女孩儿挺可人，但他没有任何非分之念。只是感到一种欣慰，他分明在石榴身上找到了福大爷的影子。

俗话说，水从源流树从根。找到根儿，就能找到藤。石榴说到根儿上，是潘家的人。她爸爸死了，她二大爷剃头匠潘来喜还在。冯爷跟大嫂合计半天，决定带着石榴去找潘二爷。

冯爷见了潘二爷，才知道老爷子头年得了脑血栓，差点儿没要了老命，老命保住了，却弹了弦子①，谁承想当年有说有笑、一手绝活儿的老剃头匠，会有塌了中的一天，这会儿他已经口歪眼斜，连句整话都说不利落了。

潘二爷见了石榴，老泪纵横。火烧旗杆，长叹（炭）。敢情石

---

① 弹了弦子——北京土话，对半身不遂的戏称。

榴从家里逃出来以后，她的后爸来北京找过潘二爷，石榴的那个后爸咧子轰轰①地跟他要人，被他的儿子给骂了出去。

石榴是潘家的苗儿，这没错儿，潘二爷也挺可怜这孩子，可是老爷子眼下这种状况，连自己都顾不了啦，怎么还能管石榴呢？冯爷一寻思也是，他不想给老爷子添堵，既然当初把石榴从叫花子手里救了出来，那就管到底吧。

石榴那当儿才十六岁，年纪轻轻的，总得给她找个营生。冯爷琢磨来琢磨去，想到了福大爷生前是造纸厂的工人，这事儿得找造纸厂。

他大着胆子去找厂子，厂子的工会主席老邱当年给福大爷收的尸，整个后事也是他张罗办的，当然对福大爷有印象，他听了石榴的遭遇，动了慈悲之心，愿意帮这个忙。但石榴的户口在河北农村，想来北京工作，有七八道坎儿等着她。

冯爷前后跑了一年多，才把石榴的户口从河北农村迁出来，在造纸厂按集体户口落了户。老邱帮了大忙，他按当时的"子女接班"政策，帮着石榴在造纸厂找到了一份工作，这样石榴才算有了着落。不过，她舍不得离开冯爷。白天到造纸厂上班，晚上仍然住在冯家，她把冯爷当成了自己的保护神，理所当然地成了冯家的人。

---

① 咧子轰轰——北京土话，说话带着脏字、不讲道理的意思。

第
十
五
章

咽喉深似海，日月快如梭。眨眼之间，七八年过去了。胡同里的人发生了很大变化，钱家落实了政策，不但把原先被人挤占的几间房腾退给他们，而且"文革"当中抄走的书画儿和一些古董，也都退还了。钱老爷子恢复了职务，又当上了政协委员。大儿子大海在兵工厂当了高工，小儿子大江大学毕业留校当了老师，大女儿小汶和二女儿小渭也都成了家，有了孩子，小女儿小湄从东北回来，在街道办的针织厂也找到了工作。儿女们个个还算有出息，当然他也透着风光。

"文革"如同一场突如其来的暴风骤雨，现在雨过天晴，艳阳高照，草木复苏，一切又都恢复了以往的生机，而且经历过这场狂风暴雨，人们仿佛活得明白了，知道什么叫活得有滋有味儿了。但是天上的阴云散了，人们心里的阴云却不可能这么快就散去，尤其是心灵上的伤口，愈合起来并非易事。所以平静的生活，依然会有喧嚣，平淡的日子，依然会有浪花，就像波平如镜的水面，人们往往很难想象在它宁静的表层下面，藏着漩涡，同时鱼虾之间也在相互争食。

　　钱家的日子就像这平静的水面，从钱颢到他的每个孩子，大面儿上看都关系挺好，虽说除了小湄各自成了家，平时工作忙，每个礼拜天都能到老爷子这儿吃顿团圆饭，饭桌上儿子儿媳和姑娘姑爷，也能相互谦让着敬酒搛菜，有时还说点儿社会见闻，讲个小笑话，调节一下气氛，外人看了，谁能说钱家的子女跟老爷子不和？

　　其实呢，在他们的内心世界，每个人都有自己的小九九①。您琢磨去吧，当年老爷子被抄家，让红卫兵给打个半死，谁管他了？现在他们上赶着巴结他，那是真孝顺吗？老爷子不糊涂，他心里明镜一般。擦桌子的抹布看上去很干净，其实最脏的是它。这些孩子是冲着什么来的？他有房产，有落实政策补给他的一笔钱，还藏着那么多书画，谁看了能不眼热呢？退一步说，假如这会儿老爷子身无分文住在寒窑里，他们能来吗？

　　"文革"的劫难，老爷子挺过来了，可是留给他心里的创伤时不时地在作痛。诚然，他作为长辈，心缝儿应该宽一些，毕竟是自己的孩子，该原谅他们的得原谅，但是他时时在想一个人能原谅自己的良心吗？良心都没了，那剩下的只能是寒心了。不过，老爷子是有修养的人。心里的这些疙疙瘩瘩的事儿，从来不流露在脸上。孩子们来了，他该说就说，该笑就笑，只是心里藏着眼睛，留神观察着他们的一举一动。

　　钱颢被落实政策，恢复原来的职务以后，只干了两年，便办了退休手续。当时他已经六十五岁了，他得给年轻人腾地儿。那会儿

———————————

① 小九九——北京土话，心里有小算盘的意思。

像他这样的老银行家，金融系统比较缺，人退休了，仍然聘他当顾问，但这不过是个虚衔儿，他不用每天按时上下班了，难得有这样的闲日子，他把精力都放在了玩书画儿上。除了买画儿，整理他的藏画儿，兴趣来了，他也泼墨挥毫画两笔。当然这纯属自娱自乐，陶冶性情，他以为自己的画儿拿不出手。

那一段时间，冯爷成了钱家的常客。老爷子不会忘了冯爷在"文革"时救过他的命。冯爷的为人和对书画的理解，让他们成了忘年交和无话不谈的莫逆知己。

当时小湄刚从东北回来，在街道工厂上班，还没找到对象。钱颢把小湄留在了身边。她尽心尽力地照顾老爷子。有时冯爷来了，跟钱颢谈书论画，小湄听不懂，便在一边织毛衣，给他们端茶递水。当然，冯爷有时也会跟小湄扯几句闲篇儿。钱颢知道冯爷一直耍着单儿，见他跟小湄挺谈得来，而且他打心眼里喜欢冯爷，便动了念想，有心想成全他们俩，让冯爷当自己姑爷。他心里琢磨着如果真能成，自己的这些藏书藏画儿也就有人传承了。

他把自己的想法跟小湄念叨了两次，小湄虽然嘴上没说出来，其实心里早有此意。她跟冯爷是"发小儿"，说不上是青梅竹马，也得说是两小无猜。虽说冯爷长得寒碜，而且那双"阴阳眼"也挺吓人，但是她觉得冯爷是世界上最善良的人。小的时候，她心里有什么委屈，总愿意找冯爷念叨，冯爷不但细心地呵护她，还常常为她打抱不平。当然让她一辈子都忘不了的是"文革"时，冯爷冒着风险，救了父亲的命。

她从心里喜欢冯爷，虽说这种单纯的喜欢，跟爱情是两码事儿，但是当父亲把"婚姻"俩字说出来以后，她的心头猛然一热，像是火石摩擦溅出的火星，让老爷子一点，冒出了火苗。

说老实话，小湄长得并不出众，虽然在东北建设兵团时，也有小伙子追过她，但她都觉得不可心。当然有才有貌的帅小伙也不会看上她。所以在婚姻上，她处于高不成低不就的心理状态，加上她有先天性心脏病，她又不想隐瞒，所以，从东北回来以后，亲戚朋友给她介绍了几个男友，一直没成。眼瞅二十七八了，一朵花还没开，就快要凋谢了，她心里难免会起急。现在父亲有心成全她和冯爷，她当然心里挺高兴。

自然这种事儿，她自己张不开嘴。

"您看着满意就行，我没意见。"她对父亲说。

"好吧，我会找机会跟他说的。"老爷子明白了女儿的心意。

可是钱颢是个文化人，跟冯爷聊书画的事儿，他总有的说，谈儿女情长的婚姻大事，他却一时不知从哪儿说起了。他感到冯爷一身的爷劲儿，对女人并没兴趣，直截了当跟他说小湄想嫁给他，实在觉得怪难为情的。所以老爷子面软，几次想说，话到嘴边又咽了回去，一直没把自己的心里话跟冯爷说出来。

可没等钱颢捅破这层窗户纸，钱大江却沉不住气了。

大江结婚以后，学院在海淀分给他一套房，他和媳妇平时在海淀单过，只是礼拜天过来看看老爷子。但那段时间，他正在写中国艺术史的教材，他知道父亲藏书藏画儿多，所以平时也常回家，让老爷子拿出藏画儿，他拍照下来，作为教材的参考。

自然他回家的时候，短不了能碰上冯爷。冯爷不爱搭理他。他一来，便跟小湄到她住的南屋聊天儿。一次两次没什么，这种时候多了，大江便起了疑。

他这个人不但心缝儿窄，小肚鸡肠，还爱较劲，一旦对什么事儿起了疑心，便开始瞎琢磨了。

心里琢磨事儿，没人拦着您，可是您倒是把人往好的地方琢磨呀！不，他专爱把人往坏的地方琢磨。本来是胳膊上有个小包，不疼不痒，他越琢磨越严重，最后能想到它是皮肤癌。本来冯爷和小湄在一块儿只是聊聊闲篇儿，他却把这二位琢磨成偷情，搞对象。

怀疑两人搞对象倒也没什么，一个是大男，一个是大女，俩人又是从小一块儿长大的，背着人，单独坐在一起，倒也容易让人产生误会。可是大江的思维活动具有穿透力，他不光琢磨表面现象，往往是透过表面，往深里琢磨。这一往深里琢磨，您想能不琢磨出事儿来吗？冯爷为什么要缠着小湄，难道不是想插到这个家里来吗？插到钱家来是什么目的？那还用说吗？还不是看上了老爷子的藏画儿和房产？他是个"画虫儿"，当然知道这个家什么东西最值钱。

琢磨到这儿，再看冯爷跟小湄躲在"闺房"里嘀嘀咕咕的，能有什么勾当呢？一准是在密谋如何算计他和两个姐姐，早日成双成对儿"威儿啦哇"[①] 了。弄不好小湄已经上了冯爷的套儿，早就以身相许了。

他越琢磨，越觉得这是和尚脑袋上的虱子，明摆着的事儿。自然，他越琢磨，心里越蹿火苗子。最后，妒火中烧弄得他夜里睡不着觉了，于是又接茬儿往更深处琢磨。

这一往深处琢磨，大江可就冒了坏。北京人管算计人叫量肠

---

① 威儿啦哇——北京土话，结婚成亲的意思，威儿啦哇是办喜事时吹喇叭的声音，以此借喻。

子。对，大江不但善于量肠子，还善于上捻儿。上捻儿也是一句北京土话，就是当面不说，背后给人使坏。这个词儿倒是真形象，捻儿就是点爆竹的捻儿，您想在背后给您上一个爆竹捻儿，您哪儿知道呀？它指不定什么时候响呢！

大江找谁给冯爷上捻儿呢？找他俩姐姐。给人上药捻儿能有好话吗？大江把他看到的和心里琢磨的糅到了一块儿，说冯爷设了套儿，骗取了小湄的感情，俩人捏鼓到一块儿想霸占老爷子的产业和字画儿，现在俩人已经上了床，老爷子还蒙在鼓里。您瞧这捻儿上的，谁听了不得来气儿呀！

大姐小汶原本就不待见小湄，当然她对冯爷更是怎么看怎么不顺眼，听了大江说的这些，当时就蹿了秧子[1]："这不是欺咱们钱家没人了吗？太过分了！小湄也不要脸，怎么能找个'阴阳眼'呢？她是真嫁不出去了还是怎么着？"

二姐小涓倒是比大姐显得沉稳一些，她把气儿撒在了冯爷身上："这也不能怪小湄，冯家的那个老三长着一对'阴阳眼'，我从小就看他不是什么正经人。你也不想想好人能去蹲大狱吗？咱爸也是老糊涂了，怎么会跟这种人来往呢？"

大姐想了想说："他的鬼点子多，能蒙人呗。不知道他给老爷子喝了什么迷魂汤，弄得他见天往咱们家跑。"

二姐道："有小湄勾着呢。"

大姐说："小湄勾着他？我看他就是冲着老爷子的画儿去的。"

大江见把两个姐姐的火儿给拱起来了，不失时机地说："咱们

---

① 蹿了秧子——北京土话，发火的意思。

别光在这儿嘀咕了，得想什么招儿先把他们俩给拆喽，一旦木已成舟，再说什么也晚了。"

俩姐姐一听，觉得大江说得有道理，无论如何也不能让冯爷的"野心"得逞。姐仁儿坐在一起捏鼓了半天，想出了一条"双管齐下"的点子。

哪"双管"？一"管"是由大姐亲自出马，找小湄的工作单位，让组织出面，拦住小湄的去路。一"管"是二姐主动寻亲，赶紧给小湄张罗一个对象，断了冯爷的后路。

"好，让他打不着狐狸，惹一身臊。"大江当下就对这两招儿拍了巴掌。

姐儿俩紧锣密鼓，说干就干，使出浑身解数，很快就把水给搅浑了。

大姐这边找到针织厂的头儿，说小湄跟一个劳改犯鬼混，还想霸占人家的家庭财产，搅得一家人不得安定，希望领导好好儿教育小湄，赶紧改邪归正。不然，家里人就要找派出所了。

接待大姐的是位女干部，一听这话，能不起急吗？单位职工跟劳改犯在外头胡搞，让人给告到派出所，她这个当领导的面子往哪儿搁呀？

大姐前脚走，这位女干部后脚就去车间找小湄。偏巧那天小湄是夜班，这位女干部还挺负责，立马儿骑着车奔了小湄家，见她老父亲在家，女干部不便直说，把小湄叫到厂子里，劈头盖脸地数落了她一顿。

小湄乍一听，没明白怎么回事儿，听到后来，她的脑袋顿时大了。冯爷怎么成了劳改犯？她怎么跟冯爷一起想算计老爷子的画儿了？这是哪儿的事儿呀？她喜欢冯爷，这没错儿，可是到现在也没跟他表白爱意，挑明自己想嫁给他呀？

小湄当然受不了这种诬告，当时便跟女干部蹩了秧子。她这儿一发火，可就坏了菜，把那位女干部给激恼了。这位女干部三十出头，刚当副厂长没几天，自视颇高，正是想方设法提高自己威信的时候，哪儿能容忍下面的职工跟她顶嘴？

女干部眼睛瞪得像核桃，"啪"的一声，拍了桌子："钱小湄同志，你什么话也别说了，限你三天写出检查，并且跟那个劳改犯断绝关系。否则的话，厂里的领导班子将研究处理你的意见！"

小湄听了，委屈得呜呜哭起来："我犯了什么错儿，你们这么整我？"

女干部还要施威，被闻声赶来的厂长给劝住。厂长是个五十多岁的老头儿，处事比较冷静，但他是老好人，谁也不得罪。听了女干部把小湄的"罪状"抖搂出来，又听小湄诉完委屈，他对小湄说："群众的眼睛是亮的，世上没有无缘无故的爱，也没有无缘无故的恨。既然人家来检举揭发，肯定你有什么短儿让人给抓住了。男女之间的事儿越抹越黑，你也不要争辩了，回去认真反省一下。不是让你写检查，让你写一下事情经过嘛，回头我们再研究一下如何处理，但你还是应该跟那个劳改犯断了来往。犯人嘛，肯定是有罪的人，跟犯了罪的人搅和到一起，对你能有好的影响吗？对厂子的影响也不好。希望你不要把这件事闹大，弄得越来越复杂。"

厂长说得非常圆滑，小湄听了，像嗓子眼卡了根鸡骨头，咽不下去，又吐不出来。

反省什么呀？我到底犯了什么错？小湄无论如何也想不明白。

可是没等她想明白呢，她跟劳改犯胡搞的事便在厂子里传开了。她所在的厂子本来就是街道办的，当然这件事很快就传到街道上了。一时间，弄得满城风雨。

您知道"三人成虎"这个成语吧？本来这个地方没老虎，一个人说有虎，听的人得琢磨琢磨；两个人说有虎，听的人不会有什么疑问了；三个人说有虎，听的人就会认为真有虎了，不但他信有虎，还得跟着告诉其他人。这就叫"众口铄金，三人成虎"。

到小湄这儿，不但三人成了"虎"，而且还三人成了"精"。

怎么成了"精"？敢情这男女之间的荤事儿最容易让人茶余饭后当话把儿，而且传来传去的难免会添点儿作料。最初传出去是小湄跟冯爷胡搞。光胡搞哪儿行？得有"彩儿"，于是有人说小湄打过一次胎，现在还怀着孕，传到第一百零一个人那儿，小湄已经打过三次胎了，传到第一千零一个人那儿，小湄和冯爷的私生子都出来了。您说是不是成了"精"？

干脆这么说吧，传到后来，把小湄和冯爷糟改成潘金莲和西门庆。小湄走到哪儿，街坊四邻见了都戳她后脊梁。她简直没脸见人，恨不得找个地缝钻进去。

当然这事儿也很快传到了钱颢和冯爷耳朵里。老爷子听了这些流言蜚语，气得血压升高，差点儿脑溢血。冯爷听了以后也气得鼻子歪了翅儿，"阴阳眼"翻上了天。

"姥姥的！这不是杀人不用刀吗？"他见小湄哭得像泪人，劝慰道，"小湄，甭往心里去，这种事儿唱戏的打架，伤不着人。人嘴两张皮，让他们说去吧。不过，这些扯臊的话是从哪儿来的？我得弄清楚，找着根儿，我跟他没完！"

　　其实，这档子事儿最冤枉的是冯爷。他跟钱颢和小湄交往，心里绝对是干净的，没有任何贪心和邪念。您想，他如果有私心，还能等到这会儿才动心眼吗？"文革"当中钱家那么危，他要是贪心，别说十幅画儿，找个机会，都把它卷了不跟玩儿似的。对小湄，他更没非分之想，尽管钱颢老爷子有心让他做姑爷，小湄也喜欢他，但他知道自己的模样儿配不上她，再说他痴迷的是书画儿，对婚姻压根儿没走过脑子。他从小就知道自己先天不足，老天爷让他生就了一对人见人怕的"阴阳眼"。他这副模样儿大人见了提溜着心，小孩儿见了胆儿小，不会招任何女人待见，即便凑合成了家，妇道人家也不会整天看着他这副面孔过日子。所以他已然抱定终身不娶的念想，一门心思玩书画了。谁承想有人往他身上泼这种脏水，这不是洗脚盆里的水和面，脏不脏的腻歪人吗？

　　小湄更是堵心，她让那些风言风语弄得一会儿哭一会儿笑的快成了魔怔，在家躺了三天，饭不吃，脸不洗，头不梳，眼瞅着身上往下掉肉，那张小脸干巴得快成搁了一个礼拜的窝窝头了。

　　总在家眯着也不是个事儿。这天早晨，她寻思着得到厂子去一趟，迷迷瞪瞪地刚拿起挎包要出门，二姐小涓脚踩风火轮似的来了。

　　二姐天生是当演员的料儿，家里因为小湄和冯爷的事儿，快闹翻天了，她来了个什么都不知道，假模假式地劝了劝小湄，末了儿，亮出了底牌："嘻，女孩子家年龄一大，再一要单儿，难免让人嚼舌头根子，你说是不是？这些人也是，说你跟谁好不行呀，怎么偏偏把你跟那个'阴阳眼'捏鼓到了一块儿。他是什么材料呀？人不人鬼不鬼的。你忘了，咱们小时候，晚上见了他，让他给吓哭过。这种人，还想找对象？倒给咱一百万，咱也不会嫁他呀！话又说回来，说话你也奔三十了，要是找个正经对象，成了家，踏踏实实过日子，谁会找咱们的麻烦？"

小湄不知她葫芦里卖的是什么药，纳着闷儿问："你说这些干吗？我又不是三岁小孩儿了。"

二姐凑到小湄跟前，一挑眉毛道："说这些干吗？男大当婚，女大当嫁。姐看你一个人日子过得这么孤单，还时不时地招惹闲话，给你找了个对象。"

"什么？你给我找对象？"小湄不解地问。

她心想二姐什么时候这么关心过我的事儿？怎么早不找晚不找，偏偏这种时候要帮我找对象？

二姐脸上挂着笑意，拿出几分亲热劲儿，对小湄说："是呀，这个男的是个工程师，可有才了，长得也好。他爸爸是有名的科学家，高知，跟咱们家也算是门当户对。他今年三十六岁，一直没结过婚，虽说比你大几岁吧，但是男人岁数大，会疼人。现在不是时兴男大女小吗？我们单位有个老技术员都五十多了，找了个十八的，人家过得也挺好嘛，大伙儿都挺羡慕。你听二姐的没错儿，二姐不会让你受委屈的。这个小伙子我见过，人确实不错儿。"

要不说二姐适合当演员呢，三十六岁的人愣让她给说成了小伙子。她见小湄抿着嘴角，半天没吱声，从包里拿出一张照片，对小湄说："小伙子的照片我带来了，你看看，他长得多帅呀，快赶上王心刚了①。"

小湄接过照片，看也没看，往桌上一搁说："二姐，我现在这

---

① 王心刚——当时的电影明星，因长得比较帅，故有此说。

样，跳河的心都有，哪儿还有心情找对象呀？你别再往我的伤口上撒盐了。"

二姐眨了眨眼，笑道："你呀，不是我说你，干吗那么想不开？现在找对象才是时候呢，外人不是说你跟不三不四的人瞎勾搭吗？你找个对象，成呢，咱马上就结婚办事儿，这不正好堵他们的嘴吗？姐是过来人，你听我的没错儿。"

她磨磨叽叽，没完没了，弄得小湄心烦意乱，恨不能找把安眠药当时就吃。

最后她实在受不了，对二姐说："行啦行啦，我见还不行吗？你饶了我吧。"

二姐听她说出这话，觉得已经把小湄说服，又嘀咕了几句，这才踩着风火轮似的走了。

第十六章

　　小湄说的是实话，她当时确实没心思找对象。如果真让她去找，她倒情愿找冯爷。您想即便是外人的闲话说得这么邪乎，让她这么伤心，谁来关心她安慰她？还不是冯爷吗？在她看来冯爷是她在生活中遇到的最好的人，甭管他有什么毛病，她也愿意嫁给他。但小湄没勇气跟冯爷把那个"爱"字说出口，尤其是在这种时候。

　　她心乱如麻，一时间找不着生活坐标了。她这儿正怀里揣着二十只兔子，百爪儿挠心呢，没想到二姐又来磨她，非让她跟那个奔四十的"小伙子"见面。

　　二姐的那片小嘴，像一个小耙子，挠得小湄浑身不自在。但她不敢跟二姐红脸，因为二姐话里话外全是为了她好，最后逼得她实在没辙了，硬着头皮跟那个"小伙子"在中山公园门口见了一面。

　　一见面，让小湄差点儿没把鼻子气歪了。敢情让二姐夸成了"王心刚"的这位是个小儿麻痹后遗症患者，走道儿迤逦歪邪不说，嘴还歪，眼乜斜，说话也不利落，满脸的"车道沟"，胡子见了白茬儿，而且这位"王心刚"还有点儿缺心眼，跟小湄没说两句整话，便眉眼鼻子凑到了一块儿，上手就要拉她胳膊。

"姐，我谢谢你了！"小湄气得嘴直哆嗦，一扭脸，回了家。

她没想到二姐会这么对付自己，更没想到二姐会跟着她回了家，数落她不该这样对"王心刚"没礼貌，撺掇她再见第二面，气得她把门一关，任二姐怎么敲门，她死活不再理她了。

她们这是要把我往绝路上逼呀！小湄这时还不知道这出戏是她的两个姐姐一手导演的，但是单冲二姐给她找的这位"王心刚"，她已经心灰意冷了：我想爱冯爷，她们骂人家是"阴阳眼"，人不人，鬼不鬼。难道我只配嫁给这种人吗？

正当小湄感到绝望的时候，冯爷带着气儿来了。原来"泥鳅"郭秋生的四哥郭春生跟小湄一个厂子，冯爷为了弄清事情的原委，掏钱让郭春生请那个厂长在"砂锅居"喝了一顿酒。厂长借着酒劲跟郭春生泄了底儿，敢情不但大姐直接出面，到厂子的头儿那儿上药捻儿，而且大江还给厂子写了一封信，举报小湄跟冯爷胡搞。

"姥姥的^①！老鸹啄柿子，拣熟的开口。平时跟他们见了面儿都挺客气，想不到背后玩阴的。"冯爷的"阴阳眼"翻了两下，那只右眼射出一道寒光。

小湄一见冯爷的大眼合上了，小眼瞪了起来，便知道要出事了。"三哥，你想干吗？"她下意识地问道。

"干吗？我想废了他！"冯爷咬着后槽牙，冒出了一句。

"啊？"小湄吃了一惊，像有人给了她一拳，连忙问，"废了谁？"

"谁？你哥哥钱大江！他欺人太甚！"

---

① 姥姥的——这是北京人骂人的一句话，通常在气愤时说。

"你……"小湄胆儿小了，她知道冯爷说话办事向来说一不二。

"这个'小白薯'！我还不了解他。狗尿苔打卤，天生不是好蘑菇！小湄，有件事儿，我一直没跟你说，当年我买画儿，判了十五年大刑，谁在背后使的坏？就是你这个哥哥钱大江！现在日子刚消停了，他又冒坏，在背后捅了我一刀，你说我招他惹他了？以前的账，他'革命'，他年轻，我饶了他了。这次他又背后给我上药捻儿，是真把我逼到这儿了。他不单害我，还要害你，你说我能咽下这口气吗？"

"三哥，我的好三哥！你可千万别……废了他，你能不蹲监狱吗？"

"哈哈，我是从监狱里跑出来的。废了他，大不了我再回去！"冯爷冷冷地笑了一声，脸上的那两口深井罩了阴影，那只小眼寒星一般，射出一道邪光，让人看了胆战心惊。

小湄不敢再看那只眼了。她愣怔了一下，突然甩着哭腔道："三哥，你不能，真的不能这样做。我爸爸已经被他们这一折腾给气病了，你如果废了我哥哥，那事情不就闹得更大了吗？老爷子要是知道了，一口气上不来可怎么办？"

冯爷没被小湄的眼泪所感动，他的脸冷得像冰霜，带着一股煞人的寒气："小湄，你别拦着我了，我的主意已定，不废了钱大江，我誓不为人。我是看在你和钱伯父的面子才来跟你打个招呼的，不然的话，我早把钱大江的大腿给剁了，不是鱼死，就是网破。你就等着收尸吧！"

"啊？"小湄一听这话，身上直发软。她扑通一下给冯爷跪下了，两手拉住了冯爷的胳膊，哭着说，"三哥，我的好三哥呀！我求求你了，你千万别这样。你这是为了什么呀？为了我吗？你要是真为了我，我就嫁给你。真的，我嫁给你，无怨无悔。三哥，你看在我的面子上，也别这样呀。我知道你一直对我好，从小你就护着我，我有什么委屈都跟你说，你是最疼我的人！可是你知道吗，我一直喜欢你，一直偷偷地爱着你，但我不敢说出口。你杀了他，你还能活吗？这世上没有你，我还活什么大劲呀？三哥，你就答应我吧，别跟他们一般见识，只要咱俩好，管他们干吗呀？"

小湄的这几句话，就是铁石心肠的人听了也得软。冯爷再有爷劲儿，也被小湄的话说得动了情，他把小湄扶起来，紧紧搂在怀里，足足有半个小时，他一句话没说，就那么搂着小湄。

小湄有生以来，第一次感受到爱的暖意与温存，一股股幸福的暖流在她的周身涌动着。

待了好一会儿，她仰起脸，凝视着冯爷，突然感到他的"阴阳眼"变得温和了，那只大眼发的光像冬日里的太阳，那只小眼放出来的光像秋夜里的月亮。她还从来没见过冯爷的"阴阳眼"太阳和月亮同时出现过呢，她被太阳和月亮感动得不知说什么好，两手不由自主地紧紧搂着冯爷，情愿一辈子不松开。

沉默了半个多小时，冯爷突然放开小湄，那双"阴阳眼"又一阴一阳起来，那只小眼的柔光倏地不见了，变成了凛然的威光，他干巴咧咧地笑了一声道："好吧，小湄，我看在你的面子上，再饶他一次，但你得答应我两个条件。"

小湄怔了一下，理了理散乱的头发，问道："条件？什么条件？"

冯爷从挎包里掏出一个纸卷，打开纸卷，露出一把明晃晃亮闪闪的宰牛用的尖刀来。这是把剔骨头的带着血槽的尖刀。他把刀拿在手里比画了一下，吓得小湄往后退了两步。冯爷接着又从纸卷里摸出一张纸条，上面写着两个字："报仇"。

他把刀和那张纸条重新卷好，对小湄说："这就是我说的第一个条件，你要答应我把这把刀送给钱大江，什么意思，不用我说。"

"好吧。"小湄哆里哆嗦地接过那个纸卷。

"还有第二条，你要答应我。"冯爷铁着脸说道。

"我答应你。三哥，你说吧。"小湄两眼直勾勾地看着冯爷说。

"不，你得再说一遍，你必须答应我说的这个条件。"

"我答应你，三哥，你说的是什么条件呀？这么让人心里紧张得慌。"

"你先说你答应不答应吧？你要是不答应，我就不说了。你要是答应，那么就不能再反悔了。"

"哎呀我的妈呀，三哥，你这是什么事儿呀，说得这么让我心里直打鼓，你说吧，我不反悔！"

冯爷迟疑一下说："好，我说的第二个条件就是你赶紧找个对象结婚。"

"什么？你让我找对象结婚？三哥，难道你就这么狠心？难道你不喜欢我？"小湄急切地说。

"我喜欢你，跟你找对象结婚是两码事儿。你看你！刚才不是说答应我说的条件不反悔吗？跟你说实话，我本来想今儿晚上跟你打声招呼，就动手废了你哥，然后飞到广州。飞机票我都买好了，现在看在你的面子上，我不废了他，但广州我还要去。"

"你走多少时间？"

"那你就别管了，反正你再见我是难了。但你答应我的话不要反悔，君子一言，驷马难追。就这么说定了！"

冯爷把这句话说完，拿起挎包，看也没看小湄一眼，抬腿就走。等小湄醒过味儿来，冯爷早已没了影儿。

说起来，小湄和冯爷的爱情只有眨么眼的工夫。对了，他们的爱对上火，只有刚才那短短半个小时，转眼之间就熄了火儿。真可以说是昙花一现。

看到这儿，您也许会说，这位钱大江可真是把冯爷给挤对急了，不然，他怎么会拿刀动杖地跟他玩命？是呀，狗逼急了，还跳墙呢。别说一身爷劲儿的冯爷了！

如果您真是这么看冯爷，那可就把他看走眼了。冯爷是谁呀？他能为一个虱子去烧皮袄吗？为一个钱大江去玩命，临完把自己的命也搭进去？您琢磨去吧。冯爷可是个"虫儿"，他玩的是深沉老辣，不是轻浮和冲动。

没错儿，他确实让郭春生从老厂长那儿探底儿，弄清楚他和小湄的流言蜚语，是钱大江和他俩姐姐冒了坏。不过，他一眼就看出这姐仨不是奔着小湄去的，而是冲着他来的。平生不做皱眉事，世上应无切齿人。钱大江干吗非要跟他过不去？这还用问吗？一准是他跟老爷子走得近，跟小湄接触多了，怀疑他打算从老爷子手里弄画儿，甚至想跟小湄结婚，霸占钱家的产业，小人之心嘛，总是多疑生暗鬼，所以才背后给他上了药捻儿。

由打那年因为卖画儿，让小人咬了一口，蒙辱含冤被判了十五年大刑以后，冯爷深知小人不可得罪，一般小小不言的事儿，能闭闭眼过去就闭眼了，他不愿再招惹是非，误了自己的大事。原本这次钱大江跟他递葛①，他并不想搭理他，脚正不怕鞋歪，他爱说什么就去说什么吧，他不想引火烧身。可是搭上一个小湄，他便坐不住了。小湄头上让她哥哥姐姐扣了个屎盆子，能不受刺激吗？冯爷想得开，小湄可没那么大的肚量，冯爷想到了这一层。当然，冯爷也想到了小湄是因为他才吃的挂落儿。

怎么解开这个套儿？冯爷想了几天，憋出这么一个主意，以混制混，你有关门计，我有跳墙法，你背后下套，我敲山震虎。于是在小湄面前上演了一出"舍身成仁"的戏。您看冯爷气急败坏，要拿刀废了钱大江，跟真的似的，其实这是冯爷在演戏。要想让钱大江他们的闹剧赶紧收场，别再犯小人，必须得拿刀震唬他们一下。要想让小湄跟他摆脱干系，不能再因为他给自己背黑锅，让外人往她身上泼脏水，必须得让她赶紧嫁人。

冯爷，唉，他还真是位爷！这种事儿，也就是他能做得出来。

果然不出冯爷所料，他的这一招儿还真起了作用，只是苦了小湄，白爱了他一场。

那天，冯爷把话撂下，走了以后，小湄抱头痛哭了一场，哭到天亮，眼泪快哭干了，她也想明白了，这位冯爷真是个冷血动物，不值得她去爱，他把话说得这么绝，自己干吗那么死皮赖脸上赶着？好男人有的是，何必一棵树上吊死呢？倒是冯爷给钱大江的那把刀让她真胆儿小了，别的可以先放放，这把刀得给钱大江，不然冯爷一犯混，说不定会出两条人命。

第二天一大早，她便去找钱大江。甭管钱大江怎么对她不好，

---

① 递葛——北京土话，有意找碴儿打架的意思。

裉节儿上，他们毕竟是亲兄妹，这一点，冯爷早就想到了。您说小湄头脑简单不？就好像冯爷拿线儿掩着她似的，她迈出的每一步，其实都是冯爷布的局。

钱大江看到冯爷给他的这把刀，当时吓得小脸儿煞白。他再爱较劲，也不敢拿自己的命去较劲。他知道冯爷的爷劲儿上来，跟谁都不论秧子，他脑子里浮现出冯爷的那对寒气逼人的"阴阳眼"，不由得后脊梁沟嗞嗞直冒凉气。

"我明白他的意思了，你，回去吧。"钱大江愣了半天，才打着吸溜儿对小湄说出这句话。

这把刀让钱大江不敢再跟冯爷过招儿了。他赶紧跟俩姐姐合计如何鸣金收兵。不过，他们心里很清楚，折腾这么一下，虽说没把冯爷和小湄置于死地，终归恶心了他们一下，也算是给他俩亮了黄牌，警告他们别想惦记着老爷子的财产，钱家还有人呢。

怎么收场呢？这回钱大江亲自出马了。他找到小湄的单位的那位女干部，舌头像安了弹簧。泼出去的水，愣想往回收。他给女干部讲了一通大道理，从改革开放的经济发展，到社会安定，家庭和睦，一通儿狂轰滥炸，把那位女干部说得晕头转向，听他侃了有三个小时，末了儿才听明白，他说的是小湄的事儿是家庭矛盾，由他们几个姐弟来处理，希望厂领导不要对小湄怎么着。

女干部知道钱大江是大学老师，看他的外表又挺有学问，不能不给他面子，当然，小湄的事儿后来风言风语的越传越邪乎，厂子里的同事告诉她，小湄为这事儿受了刺激，上班经常发愣，有人还在她包里发现了一瓶安眠药。女干部一听也胆儿小了，检查也不敢逼她写了，对她做出处理的事也扔在了脑后，现找厂工会主席给她做思想工作，小湄的情绪才稳定下来。现在听钱大江这么一说，她马上表态："我们不会对钱小湄做任何处理的，一定要配合你们做她的思想转化工作。"

钱大江一听这话，见好儿就收。他这儿不背后捣鬼了，厂子对小湄也心平气和了，小湄和冯爷的一场"风流韵事"也就没几个人再嚼舌头了。当然泼出去的水，再往回收，能收得回去吗？不过，市井风情，街谈巷议，风流韵事不断发生，新的花边新闻出来，老的故事也就嚼着没味儿了。

世界上的事儿，最微妙的是情感。冯爷可以恩威并施，拿剔肉刀恫吓钱大江，让小湄起关门誓，答应他了断前缘，但是情感上的事儿往往藕断丝连，怎么能一刀两断？再说小湄也不可能马上就能碰上合适的对象，哪儿有那么现成的又可心的男人给她预备着。一晃儿两年多，小湄的婚事也没动静，她的内心世界还藏着对冯爷的那点儿恋情。寂寞的时候，会嚼一嚼那半个小时的爱情滋味，那丁点儿的柔情蜜意，又让她的心中已然熄灭的爱情火种死灰复燃。

但是她再怎么复燃也没有用了，因为冯爷这边已经心有所属，不，应该说身有所属了。怎么？冯爷娶媳妇了？还真让您说着了，没等小湄坐花轿呢，冯爷这儿先"威儿啦哇"了。

说起来，不是冯爷心猿意马，也不是他喜新厌旧，咱们前文说了，他这辈子压根儿就没打算结婚，所以就是碰上西施，他也不会动心，潘金莲想勾搭他，也束手无策。那么是谁让他失了身呢？说出来，您会意想不到，不是别人，是福大爷的女儿石榴。

石榴这会儿已经在造纸厂工作七八年了，从当初的小毛丫头，已经出落成二十三四岁的青春少女。俗话说，女大十八变，越变越好看。也许是日子过得舒心，生活无忧无虑，她像出水芙蓉，更显露出自己的天生丽质，皮肤白嫩，大眼越发有了神采，脸上总是带着清纯的笑意，虽说姿色并非能闭月羞花，沉鱼落雁，但她的小模样儿确实有几分可人。

当然了，过来人都知道，这个年龄正是豆蔻年华、春心荡漾的时候。她的小模样儿难免不招蜂引蝶，身后有小伙子追她，但石榴对厂里那几个穷追不舍的小伙子从来没动过心，更别说动情了。不是她想攀高枝儿，也不是她情窦未开，那是为什么呢？敢情她心里一直想着冯爷。

石榴是个非常质朴单纯的女孩子，她不会忘记冯爷是自己的救命恩人，没有冯爷，就没有她的今天。从另外一层来说，冯爷跟自己的父亲是忘年交，她跟冯爷的这种缘分仿佛是天造地设，老天爷给安排好了的。尽管冯爷比她年龄大，但这并不妨碍她对冯爷的那种感情。这种情感是真诚的，发自内心的，也是任何人难以取代的。

冯爷和小湄的风言风语，自然也传到了石榴的耳朵里。她开始还难以置信，后来流言蜚语越传越让人恶心，她感到难以接受了。她大着胆子去问冯爷，冯爷对她付之一笑，什么话也没说。不过，女孩子的心是细微的，她从冯爷的笑意里，咂摸出这些传言都是无中生有。她感觉到冯爷内心的烦恼。

她转过天，又去问冯爷的大嫂，因为她一直跟大嫂一起过，跟大嫂无话不谈。大嫂是个明白人，对她说，天上无云不下雨，地上无鬼不成灾。这是有人陷害冯爷，因为冯爷玩画儿有名儿，难免不招人妒忌，但是，天不言自高，地不语自厚，不做伤天害理事，不怕半夜鬼叫门，劝她不要多心。

但石榴毕竟是大姑娘了，她觉得冯爷之所以让人说闲话，就是因为他没成家，如果他有了家，有了爱人，别人还会说他跟这个女人吊膀子，跟那个女人偷情吗？尽管她知道冯爷是绝对干不出这种事的人。想到这儿，她忍不住心里怦怦直跳。终于有一天，她把自己的想法跟大嫂说了。

其实，大嫂早有此心。她知道冯爷的性格，也知道冯爷的那对"阴阳眼"，找个合适的对象比登天还难。有这么好的石榴，干吗要站在井沿儿找水去？

石榴说出了心里话，跟大嫂一拍即合。她当下跟石榴说，要给他俩当红娘。但是她心里明白，这事儿要想让冯爷答应很难。冯爷的心太善，他打死也不会娶福大爷的女儿的，于是大嫂和石榴一起想了一条妙计。说是妙计，也够冒失的。

什么妙计呢？大嫂先跟冯爷把石榴对他的爱意说了出来，果然不出她所料，冯爷当时就急了："这是不可能的事儿！嫂子，钱小湄的事儿刚消停，您就别让我再沾臊包了。"

嫂子说："这叫什么话？什么叫沾臊包呀？人家石榴是真心爱你知道吗？"

冯爷说："她爱我，我也不能娶她呀。她是福大爷的女儿，您说我娶她合适吗？"

大嫂说："怎么不合适？这叫缘分懂吗？"

大嫂的那张嘴再能说，也说不动冯爷，于是大嫂只好亮出第二张牌，让石榴主动张嘴。

那天晚上，石榴跟冯爷聊了一宿，动情动容地把自己对冯爷的情感都吐露出来，最后也没打动冯爷。最后大嫂才亮了底牌。

这张牌虽然冒失，但是冯爷没了退路。什么牌呢？到现在石榴说起这事儿还脸红呢。那天夜里，石榴悄没声儿地进了冯家住的西屋，看冯爷睡得正香，打着呼噜，她脱了衣服，光着身子钻进了冯爷的被窝。往下的事儿，咱就别细说了。

到了这份儿上，冯爷就是柳下惠，也身不由己了。俗话说：有意栽花花不发，无心插柳柳成荫。冯爷本来没想娶妻生子，偏偏漂亮媳妇找上门来。既然沾了人家身子，就不能不要人家。话又说回来，既然想娶人家，那就得明媒正娶。冯爷不在乎街坊四邻说闲话，趁着锅热下面条。和石榴同床的第二天，他便跟石榴一起到街道办事处领了结婚证。

人是现成的，房子也是现成的，大嫂撺掇冯爷赶紧办事儿。冯爷明白她的意思是给自己挣脸。

当时北京人办喜事儿还讲究在家门口搭席棚，摆酒席。冯爷不办是不办，要办就往大了来。在胡同里搭了一个二十米长的席棚，从大饭庄请了十多个厨子，现砌了十个大灶，按老北京的"八大碗"一桌席，摆了四十多桌，把胡同里的老街坊都请过来喝喜酒，上下午轮着班儿来，前后喝喜酒的有六七百号人。别的不说，喜筵光啤酒就喝了一卡车，几千瓶。场面之大，像是过年。胡同里岁数小的还真没见过这么大排场。好在当时北京人还没有私人轿车，要搁现在，得惊动交通队。

冯爷玩这种大场面，就是想让街坊四邻看看，别瞧我长相儿寒碜，娶的媳妇却很漂亮。他还明说石榴是福大爷的女儿，让人们知道他与石榴的结合是缘分，是明媒正娶。不过，他最想在酒席上见的巩老太太和钱家的人没有露面。

两年以后，石榴给冯爷生了个大胖小子，冯爷给儿子起名叫冯梦龙，跟那位编"三言""两拍"的明代作家同名同姓。大概是人都叫他"画虫儿"，他想让儿子当龙种。是飞虫儿还是龙种，咱们另说，冯爷藏的上千幅名画儿，有了传承人，这倒是真的。这么一说，老天爷还算对得起冯爷，到了儿也没让他断了后。

冯爷这边快刀斩乱麻，大胖儿子都抱上了，小湄还有什么念想？心里那点儿爱的余灰，用电风扇吹，也燃不起来了。耗了三年多，当年兵团的战友，把在副食店卖白菜的张建国介绍给她。小湄当时已经三十出了头儿，张建国长得再寒碜，脑子再木，她也将就了。

虽说各自成了家，爱情没了，人情还留着呢。小湄和冯爷毕竟是"发小儿"，而且他跟老爷子是忘年交，钱家和冯家的关系一直没断。所以小湄因为卖画儿，惹出了麻烦，她自然会想到冯爷。

第十七章

错来，冯爷并不是从张建国这儿，得知小湄把老爷子给她的画儿卖了。京城书画圈儿谁手里有什么画儿，谁的画儿新近出手了，冯爷门儿清。

他的那双"阴阳眼"不但量活儿[①]"毒"，量人也"毒"。您手里有幅画儿要出手，打算从他眼皮底下过去，那得说您真有两下子，多一下子，少一下子都不灵。

他的那双"阴阳眼"，有的时候像是在您后脑勺长着，您要想闪，除非您的画儿压在家里的箱子底儿。

"泥鳅"花了五万块钱，把这幅齐白石的《葫芦》从小湄手里买走，过去有一礼拜，俩人在昆仑饭店的大厅里撞上了。

"泥鳅"怵冯爷的那双"阴阳眼"，老远看见他在大厅晃悠着，便一闪身进了卫生间。他以为冯爷没看见自己，从卫生间出来，四处看了看，没见着冯爷，急忙走出饭店。

① 量活儿——古玩行术语，即给人鉴定古玩字画儿。量活儿"毒"，即眼力好之意。

没想到他正准备到路边打的，一个二十出头的小伙子从后面拍了拍他的肩膀说："您是郭经理吧？有人找您。"

"找我？谁呀？""泥鳅"一愣，他认出小伙子是冯爷的"跟包儿"董德茂。

"您往那边看。"董德茂朝后边指了指。

"泥鳅"转过身一看，只见冯爷正在饭店的门口，拿那双"阴阳眼"瞄着他。他心里不由得紧了一下。

"我得赶紧见个人，已经晚了，你跟冯爷说，改日行不？""泥鳅"随口编了个瞎话。

"他说就跟您说两句话。"董德茂没给他台阶下。

"泥鳅"一听这话，没了退路，只好硬着头皮去见冯爷。

"呦，冯爷，您也在这儿？""泥鳅"赔了个笑脸道。

"怎么，这地方兴你来，就不兴我来吗？嗯？够忙的？"冯爷的"阴阳眼"看着"泥鳅"卖了一句山音①。

"我是瞎忙，哪儿像您，净忙大事儿。"

"少啰唆，走，咱们茶馆里坐五分钟。"冯爷把"泥鳅"叫到饭店内的一个茶馆，两人坐下。

"泥鳅"从兜里掏出他的烟斗，在脸上蹭了蹭，笑道："难得跟您坐一会儿。"

冯爷的"阴阳眼"瞥了"泥鳅"一下，干巴呲咧地笑了笑："又在我面前摆弄你这破烟斗。"

"我的爷，您说什么？破烟斗？这可是正儿八经意大利的世界

---

① 卖山音——北京土话，突然说话提高了嗓门，含有指责和显示自己身份之意。

名牌'沙芬'烟斗！"

"'沙芬'烟斗？拿过来，我照一眼。"

"泥鳅"把手里的烟斗递给冯爷，说道："您玩画儿，我服，玩烟斗，可就……"

冯爷看了一眼那支烟斗，撇了撇嘴："可就什么？你说是不是可就不如你了？"

"是呀，我玩烟斗已经十多年了。您看的这是石楠木根做的'都柏林式'烟斗。"

"'都柏林式'的？哈哈，你倒没说是古罗马式的。这破玩意儿多少钱买的？"

"我的爷，您可真逗。破玩意儿？这烟斗至少两万！"

"哈哈，说你是棒槌，你跟我瞪眼。这么个破玩意儿值两万块？你蒙他妈的傻小子呢。"

"绝不蒙您，我的爷，您可以打听打听去。这绝对是名牌，纯手工做的！"

冯爷冷笑道："纯手工做的？是吗？"

"当然！"

"哈哈，你呀，真是个棒槌！这破东西还值两万！"冯爷的"阴阳眼"突然上下一翻，小眼射出一道寒光，那道寒光跳了两跳，逗出嘴角的两个笑纹儿，他干笑了两声，一转身把手里的烟斗扔在了地上。

"啊！您这是干吗？""泥鳅"叫了一声，忙不迭地要跑过去捡。

"别捡了，用那东西掉价儿，我送你一个吧。"

"什么？您……您送我一个？""泥鳅"让冯爷给弄蒙了。

冯爷扭脸从董德茂手里要过皮质的手包，从里头掏出一个烟斗，递给"泥鳅"，干笑一声，说道："看看吧，什么叫名师手工做的石楠木根烟斗。"

"泥鳅"接过烟斗，看了两眼，吃惊道："啊，'登喜路'！牛头犬式的'登喜路'！真正的手工制作。怎么？这是您送我的？"

"不是给你的，能在你手里拿着吗？看看吧，比你的那个假'沙芬'烟斗如何？"冯爷瞥了他一眼说。

"当然，您这是真正的名牌'登喜路'！冯爷，我真服您了，您的眼力可真……您怎么看出我拿的那是假'沙芬'烟斗？这个'登喜路'至少值五万！"

"你脑子里就惦记着发财呢。"冯爷回身坐下，拿起桌上的茶杯，呷了一口茶，用"阴阳眼"烫了一下"泥鳅"，淡然一笑道，"最近是不是又发了一笔财呀？"

"您是说……""泥鳅"愣了一下，猫腰把地上的烟斗捡了起来，抬头看了冯爷一眼，只见他的那双"阴阳眼"左眼眯上了，右眼射出一道亮光，像小火炭似的。"泥鳅"又被烫了一下，他的嘴角挤出一个笑纹："我上哪儿发财去？不把我赔出去，我就念阿弥陀佛了。"

"跟我，你就别玩哩哏儿愣了，知道吗？"冯爷的那只小眼放出一道摄人心魄的寒光。

"您这是什么意思？""泥鳅"依然装傻充愣地问道。

"哈哈，孙悟空的本事再大，也跳不出如来佛的手心，知道吗？还用我明说吗？钱小湄的那幅齐白石的画儿，你给了人家多少钱？"冯爷不动声色地说。

"啊？"钱小湄的画儿怎么让冯爷知道了？"泥鳅"心里忽悠了一下，打了个闪儿。"是吗？您……您知道了？"

"你以为这事儿能瞒天过海吗？出了澡堂子奔茶馆，你是里外一块儿涮是不是？"

"冯爷，您别误会，您听我说……"

"我听你说什么？齐白石的画儿不是已经到你手里了吗？"冯爷戳腔道。

"这事儿，可是……"

"你甭跟我这儿可是但是的，管你叫'泥鳅'，一点儿不假。你比泥鳅还滑。你不是忙吗？好，我只说一句话，你答应我不答应？"

"您说，您说什么我都应。""泥鳅"知道栽到冯爷手里了。

"好，既然你答应，那就好说了。江湖上有句话，一人锅里有米，众人碗里有饭。钓着一条大鱼，不能你一个人吃独食，这幅画儿你不是好来的，你趁早出手，在手里焐得时候长了，容易出事儿。正好有个香港老板找我，想买齐白石的画儿。怎么样，这幅画儿让我过一道手如何？"

"您是说，帮我把它卖喽？""泥鳅"迟疑了一下问道。

"对，玩画儿，你是屎壳郎进花园，不是这里的虫儿。别瞧你蒙了人家小湄，捡了个大漏儿。"

"那是那是，您才是这里的'虫儿'，我听您的。""泥鳅"点了点头说，不过他脑瓜儿一转，又多了个心眼，随口问道，"您打算卖多少钱？"

"至少一百五十万。"

"啊，真能成交，我给您'三'，我要'七'。""泥鳅"咬了咬牙说。

冯爷冷笑道："你这个'泥鳅'，黑点儿不？就给我'三'？也不看看，我是谁？"

"那我给您'四'，咱们四六开。"

"痛快！卖羊头肉的回家，没有戏言（细盐）！就这么定了。"冯爷转身叫过董德茂，要过他手里的一个背包，从里面掏出十沓百元钞票，一沓一沓数完，拍在桌子上。

"您这是干吗？""泥鳅"诧异地问道。

"怕你心里不踏实，这十万块钱先放在你手里，明儿我让德茂开车到你那儿取画儿。"冯爷说着站了起来，连个收条也没让"泥鳅"写，抬腿就走。

"泥鳅"愣在那儿，半天才醒过昧儿来，但冯爷已经把钱拍在这儿，他一点儿退路也没有了。

第二天，董德茂到"泥鳅"家里，把那幅齐白石的画儿取走，并且告诉他，冯爷说让他过两三天等回话。

"泥鳅"的心眼儿多，董德茂把画儿拿走之后，他心里犯起了嘀咕，冯爷手里的藏画儿那么多，怎么偏偏相中了这张齐白石的画儿了？不过他转念一想，冯爷的藏画儿多，轻易不卖画儿，备不住是冯爷见他只掏了五万块钱，就从小湄手里买了一幅齐白石的画儿眼热，所以想分一杯羹吧？可是冯爷怎么知道这事儿的呢？他突然想起来，自己把这幅画儿弄到手以后，找过故宫博物院的一位大名头的书画鉴定家掌过眼，保不齐是那位书画鉴定家说走了嘴。唉，冯爷是书画圈儿里的"虫儿"，这种事儿瞒不了他。看他能不能把这幅画儿卖了吧，反正有十万块钱押在他手里，这幅画儿飞不了。

想到这儿，他心里又踏实了。

过了有四五天，董德茂给"泥鳅"打电话，说冯爷在北海仿膳请他吃饭。"泥鳅"以为冯爷把那幅画儿卖了，心里挺高兴，特地找了个大皮箱预备装钱，还找了个朋友给他开车。他心想，冯爷是爷，他的爷劲儿上来，备不住拎着大皮箱子给他数钱。

"泥鳅"做着美梦奔了仿膳。一到饭桌上，看到冯爷把那幅画儿给他带回来了，他心里才明戏，敢情这幅画儿砸他手里了。

"兔崽子眼高手低，没见过这么死性的人，整个儿一个榆木疙瘩脑袋。"冯爷的"阴阳眼"来回翻动，气得眉毛快跑到了脑门子上了。

"泥鳅"见他动真气，急忙劝慰道："您甭动气儿，有话慢慢儿说，怎么回事儿呀？"

"他不肯让步，一百万，我已经把价儿压到了底线，都打动不了他。他一口价儿，二十万！妈的，二十万，想买齐白石的画儿？谁手里有多少幅，我收多少幅！"

"是呀，二十万想买齐白石的画儿？他想什么呢？""泥鳅"一听也急了。

冯爷收敛起"阴阳眼"射出的两道威光，咧了咧嘴，说道："捡破烂不叫捡破烂的，金钩儿钓鱼。妈的，末了儿，他跟我来了句，他想要齐白石的《草虫》，不愿要他的大写意。这不是玩人呢吗？玩了这么多年画儿，头一遭碰上一位杠头。'泥鳅'，你说二十万，这幅画儿能给他吗？"

"那是不能给他。"

"得了，本想你吃肉，我喝汤。这回，我也别贪了，这口汤我也不打算喝了，'泥鳅'，你另找主儿吧！"

"您瞧让您白劳神一场，还生这么大的气，算我对不住您。得了，您消消气儿，这顿饭，算是我做东。""泥鳅"脸上赔着笑说。

"干吗？你也小瞧我吗？画儿没帮你卖成，一顿饭我还掏不起这钱吗？甭打我的脸，我已经把一万块钱押在前台了。"冯爷回身叫过董德茂，对"泥鳅"道："趁你还没沾酒呢，先验画儿！德茂，把画儿拿来，给他展展！"

董德茂答应着，把那幅齐白石的《葫芦》立轴展开。"泥鳅"细看了看，说道："嗯，是那幅，没错儿，明儿您让德茂到我那儿把十万块钱押金取走。咱们一码说一码，我想这幅画儿不会压在我手里，回头我再想辙吧。"

冯爷猛地一拍桌子，叫道："脆声！想不到你'泥鳅'突然变成爽快人了！哈哈，棒槌有时也能变成'针'，行！"他扭脸叫过服务员，来了一嗓子，"上酒，走菜！"

"泥鳅"没想到后来"赌石"会赔了个底儿掉，更没想到老七会来不局气的，逼得他没了辙，才自己找门路，把这幅画儿出了手。当然这幅画儿他最后卖给韩默，到手的钱并不比冯爷开的价儿低。

虽说冯爷没把那幅齐白石的《葫芦》卖掉，但钱小湄卖画儿的事儿，他心里却有了数儿，所以张建国找他的时候，他先塞给建国一万块钱压压惊，同时让小湄知道他不会对她的事儿袖手旁观。

说老实话，那些日子，冯爷被自己的事儿也绊住了腿。他一时腾不出手来对付钱大江。

泥鳅坡了不少的美差务后提着皮箱直奔了仿膳

第十八章

冯爷遇到什么事儿了呢？说起来话长。诸位也许还记得当年找冯爷买画儿的那位香港画商皮特陈吧？当时冯爷因为跟他打交道，画儿没卖成，反倒让人抓了个"现行"，蒙冤受辱，判了十五年大刑。皮特陈因为是港籍身份，虽然没跟着吃挂落儿，但也受了一场虚惊，差点儿把他当"特务"。"特务"，您想谁不怕这俩字呀？皮特陈不敢在京城多待，赶紧打道回府了。

一晃儿，过去了十多年，冯爷已然把他忘了。可是他还没忘了冯爷，当然没忘冯爷，是因为没忘当年冯爷要卖给他的几幅画儿。所以，大陆改革开放以后，皮特陈通过他舅舅杜之舟的关系又来到北京，主动找上门来，跟冯爷重提当年卖画儿的事儿。

当时正是冯爷大批买画儿，手里缺钱的时候。他很痛快地拿出当年没成交的那三幅画儿：一幅王石谷的山水，两幅吴昌硕的花草。皮特陈还记得当年没成交的价儿是六万港币。十多年过去了，说这话已经是上世纪八十年代初的事儿了，那会儿，虽然国内还没有出现古玩书画"收藏热"，但人们已经知道名人书画比人民币和港币值钱了。冯爷当然不会按原价出手。

皮特陈让冯爷重新开价儿，冯爷在六万后头添了个零，六十万！皮特陈有点儿含糊了。俩人吃了几次饭，在饭桌上讨价还价，双方都不肯轻易让步，最后还是冯爷大度，又拿出两幅清末小名头儿画家的山水画儿和两幅现代画家的人物画儿，还让了五万，皮特陈才拍了板，给了冯爷五十五万人民币。

五十五万人民币在当时可是个大数。那会儿，一个科长月收入不过百十来块钱，"万元户"已算是富翁。冯爷一下儿到手五十五万，在京城不能算首富，也得算大富了。

这笔钱，他一个子儿没往银行送，先到出国人员服务部，花高价给大嫂和石榴一人买了一台进口原装大彩电。当时彩电还是稀罕物，老百姓买黑白电视都要票儿，别说买带色儿的了。冯爷给大嫂买彩电是报答大嫂多年来对他的关照。给石榴买彩电是感激她对自己的那份爱意，也感激她给他生了个大胖小子。然后他又拿出十万块钱，在东城买了一套四合院，其余的都买了画儿。五十五万不过在冯爷那儿过了过手。

五十五万，没让冯爷带出富相儿来，他还照常穿着一身脏了巴唧的中式扣襟衣服，骑着那辆除了铃不响、哪儿都响的破自行车，在四九城满世界转悠，淘换书画儿和古玩。当然，"圈儿"里人的事儿，他门儿清，他的事儿，"圈儿"里人也门儿清。他倒腾书画发了财的事儿在"圈儿"里人人皆知。知道他的那双"阴阳眼"很"毒"，手里的藏画儿多，也知道他满腹经纶，性情怪诞不经，怀里不多揣着几个心眼和几个胆儿，轻易不敢跟他共事儿。

但是，很多人对他看走了眼，或者说一叶障目，被冯爷的假象所迷惑，独眼龙骑单边马，只看一面。其实冯爷并非没有古道热肠，很多时候也挺随和，当然这得分跟谁。只要是他看上的人，他恨不能把心掏出来。

"文革"当中，不少大名头儿的画家都挨了整，尤其是一九七四年搞的那场批"黑画儿"的闹剧以后，有点儿名气的画家人人自危。

您会问了，什么叫"黑画儿"呀？

说起来真是荒唐可笑。"文革"当中，运动一个接着一个，林彪叛逃事件出来之后，紧接着在全国开展了一场大规模的"批林批孔"运动。林彪叛党叛国，批他还有的说，后来把孔夫子也给捎带上了。孔子在家排行老二，当时人们叫他孔老二。孔老二的儒家主张代表了旧的封建思想，捯腾两千多年前的老底儿，批他也不是没的说。

但是偏偏有人从画家的画儿里看出了"阶级斗争"新动向，比如老画家宗其香画了一幅《三虎图》，有人认为林彪的"彪"字是三虎，《三虎图》是为林彪翻案。再比如黄永玉画了一幅《猫头鹰》，有人认为，这叫对"无产阶级文化大革命"睁一只眼闭一只眼，而且猫头鹰又叫夜猫子。俗话说，夜猫子进宅，无事不来，这是公开对抗"文革"。

这么一来，有些人纷纷采取"革命"行动，把那些有名儿的画家作品翻出来，照着前边说的什么"阶级斗争"新动向琢磨吧，许多画儿，越琢磨越有问题，画座山说影射这个，画棵树说影射那个，居然挑出几百幅有政治问题的画儿，统称是"黑画儿"。当时的国务院文化革命小组还在中国美术馆举办了批"黑画儿"展览，京城也在首都体育馆召开了万人大会，点名道姓地批"黑画儿"。您想这么一来，哪个画家还敢动笔呀？

批"黑画儿"的时候，冯爷还在新疆劳改，等他回到北京，这场风波已然消停，又有新的运动了。但是他从钱颢老爷子那儿知道了这档子事儿，心眼儿活动了。

那会儿北京人串门儿送礼时兴送点心匣子。他拎着点心匣子，把他知道的京城大名头的画家的家里走了个遍。瓜子不饱是人心。当时这些老画家正冷落着呢，见一个不相识的年轻人，冒着遭批判的危险，登门送点心匣子慰问，心里能不撞倒"五味瓶"吗？不能说感激涕零，也得为之动容。而冯爷这样做并非心血来潮，而是感同身受，完全出于对书画艺术的热爱和对这些老艺术家的敬仰。

当然，撂下点心匣子，他还要跟这些受着委屈、度日如年的老画家谈艺说画儿，他对中国书画艺术的渊博知识和理解，又让这些老画家在患难之中遇到了知音。

如此一来，冯爷跟这些老画家建立了很深的感情。到上世纪八十年代初，这些老画家一个个平反昭雪，重新拿起画笔时，冯爷便直接到这些画家家里买画儿了。

这些老画家虽然平了反，但是面临着体弱多病、住房紧张、子女就业等诸多困难，他们得靠手里的画笔多挣些钱，来解决眼面前的这些难题。当然，一些老画家在"文革"中一直挨整，抬不起头来，"文革"结束了，他们得到"解放"，重获新生，也焕发出从没有过的艺术激情，所以创作灵感像泉水一样哗哗往外流。

这些老画家的画儿，一般都卖给国营画店，不过当时书画市场还没形成气候，国营画店收画儿给的价儿很低。虽然那会儿已经是按平尺论价儿了，但像李可染、黄胄这样的大画家，一平尺也不过几十块钱。这就让冯爷抓住了机遇，他到老画家的家里买画儿，先问国营画店开的是什么价儿，国营画店开价一平尺八十块钱，他就出一百。国营画店开价一平尺二百块钱，他就出三百块钱。总之，他出的价儿要比国营画店高出一截。而且他言而有信，当场拍钱，绝不拖时间欠债。加上他又会来事儿，今儿帮着这个画家找间房，明儿帮着那个画家淘换个煤气罐，后儿帮着另外一个画家找个老中医，而且每次登门买画儿，从不空着手，不是拎几瓶酒，就是装个果篮儿送去，让这些老画家对他非常信得过。

每次他到哪个老画家的家里买画儿，人家先让他挑，他挑剩下的，再卖给书画店。那几年，他可真是没少从这些老画家的手里买画儿。

原本他在"文革"当中，就从造纸厂"捡"了不少书画，后来他又从他二大爷手里继承了大量的画儿，再加上这几年收上来的画儿，您琢磨去吧，冯爷手里的藏画儿有多少吧？

再有一样儿，当冯爷大量收画儿的时候，大多数人在书画市场上可还在打着盹儿呢。

上世纪八十年代，京城真正玩书画儿的人，掰着手指头数，也不过百十来号。京城后起的那些玩家，当时正在集邮市场上倒腾邮票，为日后玩古玩字画积累资金呢。而这个时候，冯爷早已捷足先登，把那些好画儿收到囊中。

等到上世纪九十年代初，那帮后起的玩家靠倒邮票和做服装、电器、餐饮买卖发了财，腾出手来再玩书画的时候，书画市场已经开始升温了。而此时，冯爷除了把眼瞄着近现代画家的精品和关注几位画坛的后起之秀之外，其余的已经不入法眼了。他手里的藏画儿，足够他在书画市场上呼风唤雨了。

皮特陈也非等闲之辈，对中国书画市场的走向独具慧眼。虽说他人在香港，不比冯爷近水楼台先得月，当然他的慧眼再慧，也比不上冯爷的"阴阳眼"。但是他也属于眼尖手快、热手抓凉馒头的人。您想他从上世纪七十年代就开始在大陆收画儿了，那眼力绝对不近视，也不远视，更不是散光。但让他非常遗憾的是，跟冯爷没做成那笔交易，受了一场虚惊之后，他回到香港便检查出胃上长了瘤子，后来发现是癌，他到美国做了手术，又进行化疗，接着在夏威夷休养了五六年，总算安全度过了癌症病人手术后的危险期，把老命保住了。等他恢复了元气，重新回到大陆的时候，大陆的书画市场已然急剧升温，当年那些大名头画家的画儿几十块钱一平尺，这会儿已然几万十几万了。

俗话说，乱世黄金，盛世收藏。老百姓的腰包儿鼓起来以后，自然该想到玩儿了。古人玩字画儿，只是文人墨客附庸风雅，为了赏心悦目，陶情养性。现在人玩字画儿已经不仅仅是欣赏艺术，娱情娱乐了，书画和其他古玩一样，既是玩意儿，也是保值升值的投资。皮特陈在香港经历过经济由落后到繁荣的过程，他知道古玩字画一旦成为人们的投资项目，就如同股票和房地产一样，得往里"砸钱"，得承担很大的风险。

姜是老的辣，醋是陈的酸。皮特陈，闷了七八年，重返江湖之后，感到大陆书画市场的味道变了。二郎庙坐着个孙大圣，是那个门儿，不是那个神了。他再跟过去似的私下里找熟人买画儿，小鼓捣油儿，已然是老鼠尾巴熬汤，油水不大了。所以他做书画生意直接跟艺术品拍卖公司接触，不再找冯爷了。

当然，这会儿的冯爷，也不是二十年前的冯爷了。尽管他的爷劲儿没变，但眼界大开了，玩的路数也变了。他时不时拿出几幅藏画儿，在拍卖市场上亮相，标出个吓人的高价儿，然后找几个哥们儿到拍卖会现场举牌，再把它拍回来。不为别的，一是给拍卖公司撑面儿；二是为了玩一把，过过瘾；三是为了炒作，有意抬高某位画家作品的市场行情。

头些年，他只在大陆的书画市场上玩玩，后来，玩到了国际艺术品拍卖市场，甚至连苏富比、嘉士德这样的大型拍卖会，他也敢拿着自己的画儿去玩玩，标的价儿极高，拍出去了，算他抄上了。拍不出去，算是过把瘾。要不钱大江怎么说他是"画虫儿"呢。他这条"虫儿"的确扑腾得不善。

冯爷越玩越大，并不把皮特陈放在眼里了。

但是京城的书画"圈儿"说大也大，说小也小。这是怎么一句话呢？

说大，眼下，玩书画的人不少。玩儿，也分怎么个玩儿法。玩儿有大玩儿和小玩儿之分，有静心玩儿和随意玩儿之别，有真玩儿和假玩儿之异。

通常家里挂两张画儿，或认识某位名画家，人家出于人情或客情送您一幅画儿，您把它收起来，一旦有个应急需要钱的时候，您再出手，这不能算真玩儿。

本来是玩瓷器或玉器的，在潘家园这类旧货市场碰上一幅名画儿，花钱不多，把它买下来，也算捡了个漏儿，在玩瓷器同时，捎带手玩玩字画，这只能说是小玩儿或随意玩儿。

这种玩书画的人可就多了，当然他们也很关注书画市场的动向，所以说书画圈儿很大。

真正像冯爷这样一天到晚脑子里不想别的，只琢磨书画儿的玩家并不多。他们是属于真玩儿或大玩儿。

当然这里也分着层次，比如有人玩字画儿真敢下手抓，舍得投资。拍卖会上，一幅齐白石的画儿起拍价儿一千万，他敢把它拍下来。一幅李可染的山水，起拍价八百万，他也会不带眨么眼地把它收入囊中。

这种人甭问，三种可能，一是投资，二是洗钱，三是庄家。这属于烧钱，玩的就是一个心跳。

进入二十一世纪，中国的亿万富翁多起来，财富的标志已不仅限于别墅、汽车、金银首饰，古玩字画的收藏也成为"不动产"的财富。衡量一个人富不富，有时要看他手里有没有，或者说有多少名人字画，这叫为富而玩儿。

还有一种所谓的玩家，手里藏画儿很多，但不是为了收藏，而是为了捣腾发财，说他是画商，他又没有营业执照和店铺；说他是收藏家，他又不够那份儿。这种人在书画市场比较活跃，认识不少画家，各个拍卖会也常去，跟拍卖公司也保持着千丝万缕的关系，其实这类人才应该算真正的"画虫儿"。

另外一类玩家，属于真正的收藏家，人家只收不卖，收画儿不是为了投资，也不是为了发财，而是为了艺术欣赏。他们的境界比较高，冯爷的二大爷冯子才和钱颢就属于这类玩家。

到冯爷这儿，您会问了：他算哪一类呀？

毫无疑问，他是真玩儿，但把他归到收藏家里，他确实学识渊博，眼力不俗，鉴定书画绝对不逊于目前国内顶尖的鉴定家，但他那放荡不羁的爷劲儿，又不像是鉴定家。加上他一没学历，二没职称，三没公职，四没头衔，又没有那么高的境界，而且他也卖画儿。把他归到书画商里，他又山核桃差着一格呢，他不完全是靠卖画儿生存，当然他也没有营业执照和店铺。

说他是玩家，他跟您瞪那"阴阳眼"；说他是"画虫儿"，他也跟您急赤白脸。咱也别让他那"阴阳眼"刺激人了，干脆说吧，他呀，没"类"！

没"类"是没"类"，他有的时候是真"累"。

怎么把这位爷给累着了？您想现在玩画儿的多是大款，不是挖煤发了财，就是倒石油手上流了油，要不就是投资房地产致了富，财大气粗，富得有钱不知怎么花了，转过身来投资书画市场。他们钱有的是，却不懂眼。玩书画儿得找冯爷作揖，借用他的那双"阴阳眼"。人家一口一个爷地叫着，冯爷不能不给面子。得，帮着替人掌眼吧。今儿这个请，明儿那个邀。今儿坐汽车奔天津了，明儿乘飞机奔武汉了。您想他能不累吗？

冯爷给人掌眼量活儿有一样儿，绝对不要一分钱，也绝对不署名。他还有一样儿，不像钱大江这样的"鉴定家"，鼻烟不抽，装着玩儿，来玄虚的，说出话来模棱两可。是真是假，他直截了当说出来，不管您爱听不爱听。

人有的时候会有一种侥幸心理，不怕一万，就怕万一，花几十万或上百万买一幅名画儿，说它是假的，您听了肯定心里别扭，"万一"它是真的呢？

于是又找第二个人掌眼，第二个人说是真的，到这会儿，您心里就会对"一万"含糊了。一个说真一个说假，我听谁的？很有可能您会选择"万一"，以谁的名头大听谁的，或者再找第三位专家掌眼。那第三位专家说真说假，您可能就认为是真或是假了。

事实上，不少假画儿就是不听"一万"，偏信"万一"，流传于世的。甚至许多假画儿也是这么在艺术品拍卖会上招摇过市的。

这是最让冯爷头疼的事儿，假画儿一旦跟真画儿掺和一块儿，真画儿也就不好玩儿了。《红楼梦》里有句话："假作真时真亦假，无为有时有还无。"一幅画儿明明是假的，但有三个人说是真的，众口铄金，它居然成了真的。

有一次，冯爷的一幅李可染的山水，上了拍卖会，居然被两位所谓的"鉴定家"，给鉴定为赝品。这幅画儿是当年他从李可染先生家买的，怎么能是赝品？可拍卖公司说有一位"鉴定家"做了鉴定，断为假画儿，气得他差点儿没把"阴阳眼"给瞪出来。

您说冯爷再是爷，有脾气吗？

"把那画儿给我拿回来！告诉他们，冯爷没长眼睛！"冯爷拍着桌子对董德茂说。

董德茂把那幅画儿从拍卖行取回来，交给冯爷一个信封。冯爷打开一看，是专家的鉴定意见书，再一看署名，把他气得七窍生烟，敢情这位鉴定家不是别人，是钱大江！

"真是他妈的棒槌一个！"他把那张鉴定意见书"嚓嚓"撕成了碎片。

让冯爷没想到的是几天以后，皮特陈又让他心里吃了一只苍蝇。

第
十
九
章

　　这几年，皮特陈看好国内书画市场持续走高的行情，在北京注册了个文化公司，雇了几个人，专门做海外内转的书画生意，行话叫"回流"。皮特陈接连从海外倒过了几批中国近现代画家的画儿，拿到拍卖市场，赚了不少银子。他在北京的东三环买了两套公寓，又在郊区买了一栋别墅，养了一个"小蜜"，可谓春风得意，一直没跟冯爷在一起坐一坐聊聊天。

　　这天，他打电话约冯爷，在京城有名儿的粤菜馆吃了顿海鲜。吃过饭，把冯爷请到他的别墅看画儿。

　　皮特陈的别墅坐落在昌平，这是一个高档社区，三层小楼，顶层有露台，门前有草坪花坛，面积有八九百平米。他来北京一般住在城里，只是偶尔到别墅这边让"小蜜"陪他住两天。

　　皮特陈的"小蜜"叫白云，云南人，二十五六岁，长得小巧玲珑，皮肤白嫩，眉眼并不好看，但一白遮三丑，再加上她脸上总带着笑意，有一股子喜兴劲儿，也挺招人喜欢。皮特陈正是看中了这一点，才把她纳为了"小蜜"。

白云岁数不大，但十五岁便入了"道"，破了身子，在云南就是歌厅小姐，来北京后又在歌厅"坐台"。皮特陈天生是个"色坯子"，七十二岁的人了，不喝不赌，单好这一口儿，他是在歌厅跟白云勾搭上的。

冯爷最恨吃喝嫖赌之徒，死活看不上皮特陈的这种臭毛病。第一次见皮特陈带着白云，皮特陈跟他自诩："冯先生，我是好色之徒，我从小就喜欢画儿，画嘛，五颜六色。当然，我还喜欢女人，女人也是色嘛。你看这位白小姐像不像一幅画儿呀？"

冯爷真想上去抽这"好色之徒"俩大嘴巴，心里骂道：你都什么岁数了，还好色之徒呢？再说你他妈忘了自己得过胃癌，胃都切了五分之三，还好色呢？他知道皮特陈在香港有太太，在美国也有外室，现在北京又纳了这么一个坐台小姐，得了空还要到歌厅去泡姐儿，打野食。

真他妈的嗑冤呢！他的那双"阴阳眼"左右翻动了两下，那只小眼朝白云射出一道寒光，撇了撇嘴说："一幅画儿？她要是一幅画儿，我会立马儿把它撕喽！"

白云听了这句话，又被冯爷的"阴阳眼"电了一下，身上不由得一哆嗦，撒着娇嚷道："哎哟，这位先生的眼睛好吓人哟！"说完捂着脸转身走了。

白云心里肯定腻歪冯爷，但是皮特陈带他到这儿来了，而且对冯爷非常客气，她当然不敢慢待这位爷。

"啊，冯先生，很难得啦，到我这寒舍来很赏光的啦，白小姐快给冯先生泡茶，要顶好的铁观音，我要让冯先生品品我的功夫茶。"皮特陈对白云吩咐道。

"知道了，陈先生。"白云小姐穿着一身白色的衣裙，朝他飞了个媚眼，嫣然一笑道。她转过身，像白云一样飘走了。

冯爷没有正眼看白云小姐。一进客厅，便扫视着墙上挂着的画儿。蓦然，他的"阴阳眼"黯淡下来。敢情他在这儿看见了那幅吴昌硕的《富贵清高图》，这幅画儿绝对是赝品。两年前，秦飞找他掌过眼，他当时就让秦飞给撕喽，秦飞在他面前答应得挺好，压在柜子底儿，再不往外拿。没想到这小子还是没在手里焐着，急急忙忙出了手，不然怎么会在这儿挂着。

沉了一会儿，白云小姐像白云似的又飘过来，把茶具摆好。"请吧，陈先生。"她娇滴滴地说。

皮特陈洗壶涮壶，折腾半天。泡上茶，又是"童子闻香"，又是"韩信点兵"，又是"关公巡城"地在冯爷面前表演了一遍功夫茶的茶道。冯爷这才端起杯，喝上茶。

"跟你喝茶可真够累的。"冯爷嘿然笑道。

"这叫功夫茶，文化！冯先生，茶文化懂吗？"皮特陈一本正经地说。

"有这工夫，我还找地儿听会儿戏呢。工夫都花在喝茶上，活得冤不冤呀？摆谱儿？北京人可没有这么摆的，官窑细瓷盖碗，茉莉花熏过的明前青，端起来喝，一口是一口，这叫谱儿。这种功夫茶，也就是你们南方人喝。"冯爷咧嘴讪笑道。

"好茶不怕细品嘛！品茶需要静心。"皮特陈啜了一口茶，咂摸了一下茶的滋味，笑道。

"好茶需要细品，好画儿更得细品，你说对不对？"

"当然，当然。品画儿，冯先生最有发言权。"皮特陈恭维道。

冯爷站起来，走到那幅吴昌硕的画儿前，干巴呲咧地笑了笑道："我有发言权吗？你要是听我的，就把这幅画儿给烧喽！"

"什么？烧这幅画儿？"皮特陈怔了一下，但马上脸上堆笑道，"冯先生真会开玩笑，这幅可是吴昌硕的精品，是我从拍卖会上拍到手的。"

"底价是多少？"冯爷问道。

"五十万，最后举牌举到六十五万，我把它收了。"皮特陈笑道。

"你看着挺值是吧？"冯爷翻了一下"阴阳眼"，不冷不热地问道。

"是呀，你知道'海派'画家里，我比较喜欢吴昌硕的东西，尤其是他的大写意。这两年香港和上海的拍卖市场，吴昌硕和任伯年，包括'三吴一冯'①的画看涨，不瞒冯先生，这幅画儿已经被一个朋友看上了，他出价一百万，我没舍得卖。"

"出价一百万？"冯爷咧了咧嘴。

"是的，这幅画儿再过两年，能卖到二百万左右，你信不信？"

冯爷突然笑起来："这么说你从我身上发了大财。还记得二十多年前，你从我手里买去的那两幅吴昌硕吧？"

"怎么不记得，那两幅画儿我可是一直没舍得出手呀。"

冯爷沉了一下，说道："得了，既然你这么喜欢吴昌硕，我也就别给你添堵了。"

"冯先生刚才说，让我烧了它是什么意思？"皮特陈问道。

---

① 三吴一冯——上世纪初，活跃于上海画坛的"四大家"，"三吴"指吴待秋、吴湖帆、吴子深，"一冯"指冯超然。

"这幅吴昌硕的画儿肯定有人做过鉴定。"

"是呀,现在的拍卖行都有专家鉴定意见书。"

"鉴定这幅画儿的专家是钱大江教授。"

"对呀,您认识他?"

"岂止认识?"冯爷冷笑了一声,但话口儿一转道,"陈先生玩了这么多年书画,早已经是行家了,还会看那些鉴定家的眼色买画儿吗?"

"是呀,可是现在也怪,大陆的一些买家偏偏看重鉴定家的鉴定意见。上个月我拿出一幅陆俨少的山水、一幅潘天寿的大写意和两幅黄宾虹的山水上拍,两幅黄宾虹,因为有专家鉴定,他们收了。那幅陆俨少和潘天寿都没人敢要。其实,那两幅黄宾虹,我倒是怀疑不真。你说怪不怪吧?"

冯爷笑道:"是呀,真的你也不会出手。"

"还是冯先生了解我。来,喝茶。"皮特陈满脸堆笑道。

冯爷听到这儿才明白,敢情皮特陈明知道这幅吴昌硕的《富贵清高图》是假的,但是因为有钱大江的鉴定意见书,又是从拍卖会上拍到手的,所以特意挂在客厅里,吸引买主的眼球。

都是圈儿里的"虫儿",冯爷当然不愿捅破这层窗户纸。他心说:给他留点儿面子吧。

想不到没过多少日子,冯爷的老街坊,也是他的小学同学马小辫的二哥"大扁儿"请他到北京饭店吃谭家菜。

吃饭是客情,让冯爷给他买的画儿掌眼是目的。在动筷子之前,"大扁儿"把画儿拿出来,在冯爷面前展了展。冯爷一看愣了,敢情这不是别的画儿,正是皮特陈客厅里挂着的那幅吴昌硕的《富贵清高图》。

"大扁儿"的大号叫马永刚,当年之所以让人起了这么一个外号,是因为他的脸长得扁。一晃儿过去快四十年了,他的脸照样还是扁的。不过那张扁脸却胖得鼓了起来,像是气儿吹的似的。"大扁儿"的身子胖了有两圈儿,肚子鼓得像口大锅扣在他身上,比怀了八个月孩子的孕妇还大,走道儿呼哧带喘,但他脸上的气色不错,红光满面,肥而不腻。像胡萝卜似的手指头肚上,戴着一枚水头碧绿的翡翠戒指,透着夺目光彩。

当然这会儿已经没有多少人知道他的外号叫"大扁儿"了,一般人见了他都叫他"马董",马永刚董事长的简称。

冯爷没想到当年倒房子的"房虫儿"马永刚,这会儿已经是房地产公司的大老板了。跟冯爷玩画儿一样,马永刚玩房子下手比较早。二十多年前,他在北京"五环路"以外买了几块地,那会儿,地价儿便宜得让现在人都难以想象。一亩没有"三通一平"的"毛地"① 只有几千块钱,地段稍好一点儿的一亩不过一两万元,而现在已"炒"到了一亩地几十万,甚至数百万。"大扁儿"脸扁,脑子却不扁。您琢磨琢磨吧,不搞楼盘开发,光吃地,就够他吃"肥"的,难怪他现在胖得快走不动道了。五年之间开了三个大的楼盘,"大扁儿"成了"大发",他现在已然是亿万富翁。

皮特陈住的那栋别墅,正好在"大扁儿"开发的小区内。那天也是巧劲儿,"大扁儿"到这个小区看一个台湾朋友,从那位朋友家出来,"大扁儿"刚要上车,一抬头,看见了白云小姐。

---

① 毛地——房地产业的术语,即没有开发的地。

"哟，这不是胖哥哥嘛，你好呀，胖哥！"白云小姐那百灵般的小嗓子叫起来，把"胖哥哥"说成"胖葛葛"。

原来白云在歌厅坐台时，跟"大扁儿"有染，一眨么眼的工夫，白云现在已然是皮特陈的人了。

"你怎么跑这儿来了？""大扁儿"问她。

"我就住这儿。"白云小姐依然不忘旧情，妖媚地一笑，上前拉着"大扁儿"的肥胳膊，莺声燕语地说，"胖哥哥，到我那儿坐一会儿吧。正好我家先生不在家，我们好长时间不见了，心里怪想你的。"

"大扁儿"一听这话，心里泛起了酸水醋意，想起当年，这个小姐儿在他怀里施展的种种柔情，不由得动了心，便跟着白云到了皮特陈住的别墅。

当然，这会儿的"大扁儿"早已失去了昔日对白云的那份情致。毕竟人家已经身有所属，他犯不上跟一个歌厅小姐沾臊包儿。他答应白云到家里坐坐，主要是想看看房子装修得如何，因为这毕竟是他开发的楼盘，自然他也想了解一下白云的近况。

"大扁儿"进了门，一看满墙的画儿，才知道白云小姐傍着皮特陈。白云小姐动用她的伶牙俐齿，一个劲儿地介绍墙上挂的画儿。

敢情皮特陈让白云小姐住在这儿，一方面是让她看家，另一方面是让她帮着卖画儿。墙上的画儿都标着价，她卖出一幅，皮特陈给她提成百分之三十。皮特陈这个香港人，具有英国人的风格，干什么事儿都一码说一码，分得很清楚。白云小姐毕竟是风尘女子，深谙世故，对他百依百顺，却心照不宣，知道跟七十多岁的皮特陈不过是露水夫妻，逢场作戏，在一起的日子长不了，所以变着法儿利用他的身份多挣私房钱。

这年头都讲究"杀熟儿"，见着"大扁儿"这么有钱的富豪来了，白云当然不肯错过机会，极力推销皮特陈的藏画儿。

"胖哥哥，我们有三四年不见了，你可是又胖了，胖得越来越可爱啦！"白云小姐一屁股坐在"大扁儿"的肥腿上，右手搂着他的腰，左手摸着他的胖脸，娇滴滴地说。房间里就他们俩，白云小姐透着无所顾忌，好像又回到了当年歌厅里的包房。

"你这个小精豆子，还那么放荡？""大扁儿"被她的身子压得有点儿喘不上气来，一把推开她说，"留神你家先生回来，把你赶出去。"

"嘻，他才舍不得动我呢。这个香港老头儿对我不错，挺喜欢我的。就是他太老了，你们男人能干的事儿，他干不了啦。哪儿像胖哥哥呀！"白云小姐冲"大扁儿"飞了媚眼，有意挑逗他。

"大扁儿"是生意场上的猛将，也是风月场上的老手，这点儿事还看不出来吗？但他已是五十多的人了，早已对女人失去了兴趣，对白云小姐笑道："你胖哥哥也老了。说点儿正经的，墙上的画儿卖不？"

白云小姐轻挑眉毛，抿嘴笑道："我一猜胖哥哥就喜欢画儿，现在像你们这些有钱的大款都不喜欢姑娘，喜欢字画了，对不对？"

"哈哈，你比我都明白。"

"你说是不是吧？胖哥哥，告诉我，你看上哪幅画儿了？"

"你还没告诉我，这儿的画儿卖不卖呢？我看上了哪幅，你能做主给我摘下来吗？""大扁儿"看着墙上的画儿问道。

"当然能做主，我是这儿的主人嘛。"

"你是这儿的主人？我看你是使唤丫头拿钥匙，当得了家，做不了主。""大扁儿"淡然一笑说。

"胖哥哥，你说吧，你看上了哪幅画儿？"白云小姐拉着"大扁儿"的胳膊说。

"大扁儿"从沙发上站起来，从兜里掏出烟来，白云小姐马上替他点着。他吸了一口烟，慢条斯理地说："不跟你这儿打镲了①，我还有事儿，该走了。"

白云小姐翘起小嘴拽着"大扁儿"的袖子说："怎么说走就走呀？你可还没告诉我看上哪幅画儿了呢？胖哥哥，见你一面不容易，你要不告诉我，看上哪一幅画儿，这个门可出不去。"

"大扁儿"故意逗她："出不去好呀！咱俩不就可以旧梦重温了吗？"

"你说话可算话，我这就去锁门。"白云小姐说。她倒是说得出来，就做得出来的人。

"大扁儿"道："得了，不跟你逗闷子了，我也不白让你张罗这半天，如果你们老板真想卖画儿，我就挑一张，他不叫皮特陈吗？我跟他一块儿吃过饭。"

"你相中哪张画儿了？"

"就是迎门挂的这幅吴昌硕的画儿，我看标价儿是一百万，贵了点儿，你回头让他往下压压，他要是同意出手，让他给我打电话。"

"嗯，还是胖哥哥够意思，我这就给他打电话好吗？"

————
① 打镲——北京土话，自嘲或指责别人做事说话随便、轻浮、闹着玩、不正经的意思。

"买画儿又不是买萝卜白菜，用不着这么急。等他回来你再跟他说吧。对了，你可以直接告诉他是我要买这幅画儿。""大扁儿"说。

"好，我一定照办。胖哥哥，你真好！我永远爱你。"白云小姐把"大扁儿"送到门口，忍不住搂着他的大肚子，亲了他一下。

第
二
十
章

　　"大扁儿"真的是开始玩画儿了吗？不，他玩房地产正在瘾头上，眼下已把投资重点放在北京的周边地区，在河北、山西、内蒙古又开了几个楼盘。每天忙得团团转，哪儿有这种雅兴？那他怎么想买画儿呀？是博取白云小姐的欢心，花钱买乐儿？他烧包儿还没烧到这份儿上。

　　要不怎么说巧劲儿呢，敢情他刚在内蒙古的一个城市买了一块地，打算新上一个楼盘。开发新楼盘得跑规划、建委等十几个部门，盖二三十个章。二三十个章都拿下来，起码一年，但只要市里有人，主管城建的副市长说句话或批个条子，说这个开发项目是市里的重点工程，再去跑规划、建委等部门，那就是一路绿灯，一年能拿下来的公章，也许只用一个月两个月就能搞定。

　　"大扁儿"是房地产业的"虫儿"，当然熟知这里头的门道。他请这座城市的头头脑脑吃过几次饭，知道主管城建的副市长姓肖。"大扁儿"对手下的经理发话："一定把他'拿下'，甭考虑钱多钱少。"但这位肖副市长比较"清廉"，横竖不吃。请他吃饭，他一概拒绝；请他出来唱歌洗澡，他没这嗜好；拉他上牌桌，他跟你瞪眼；给他送礼，他敢把你的礼给扔出来。"大扁儿"手下的经理是被窝里打拳，有劲使不上，只好耷拉了肩膀跟"大扁儿"念秧子。

"大扁儿"听了这些丧气话，把手底下的经理臭骂了一顿，他不信拎着猪头找不着庙门，也不相信这位肖副市长刀枪不入。于是亲自出马，跟这位肖副市长的朋友打了几次牌，一打听才知道，敢情这位肖副市长平时没有别的爱好，就喜欢画画儿。

"大扁儿"一听这个，乐了。心说爱画画儿的人，自然也喜欢画儿。他终于找到了下嘴的地方。于是买了两幅二三流画家的山水和人物画儿派人给送去，没想到这位肖副市长眼儿高，没拿眼夹这两幅画儿，怎么给他送去的，又怎么给送回来了。

事后"大扁儿"一打听，敢情这位肖副市长懂画儿也玩画儿，不但自己画画儿，还喜欢收藏名人字画儿。他对人说，他最喜欢中国画大写意的作品，还开列了一个近现代大写意画家的名单，有八大山人、虚谷、吴昌硕、齐白石、崔子范、周之林等等。

"大扁儿"哪儿懂什么"大写意"和"小写意"呀？他只记住了吴昌硕和齐白石的名儿。"不就是一幅画儿吗？给他！"他对手底下的经理说。

可是一打听才知道吴昌硕的一幅画儿少说也得几十万，而且还挺难淘换。到这会儿他才明白，敢情这位副市长不要是不要，一要就狮子大张口，而且他玩得比较稳当，名人书画说到哪儿去，也不算行贿受贿。"大扁儿"算是峨眉山上打拳，碰上高手了。

可是大话已经说出去了，而且在这个城市搞房地产开发，等于在他眼皮底下干事儿，哪离得开他呀！吴昌硕的画儿，多少钱也得给他送去。

没等"大扁儿"上拍卖会上淘换呢，他在皮特陈这儿看见了吴昌硕的画儿。有白云小姐这儿大献殷勤，穿针引线，"大扁儿"让手下的经理跟皮特陈讨价还价，拉了几次"抽屉"，最后以八十万元，他把这幅吴昌硕的《富贵清高图》收了。

"大扁儿"买了这幅画儿以后，先挂在他办公室的墙上了。他心说这幅画儿叫《富贵清高图》，名儿起得好，我先"富贵清高"几天，再给那位肖副市长拿去吧。

当然，就他的艺术欣赏水平，也看不出这幅画儿怎么富贵清高来，只看的是个名儿和它的身价儿。他在找把八十万人民币挂在墙上的感觉。

没想到这"富贵清高"他还没品出味儿来，来了一位玩书画的收藏家，这位收藏家心直口快，看了这幅画儿摇了摇脑袋，叹了几口气，对"大扁儿"说："这是件赝品。"

"赝品？八十万人民币，一套两居室的房子钱，买了一幅赝品？""大扁儿"一听这话，像是鱼翅羹里飞进一只苍蝇，心里犯了堵。

皮特陈是香港有名儿的书画商能拿假画儿糊弄人？他看了看鉴定证书上署名的是鉴定家钱大江。

"大扁儿"认识钱大江，他们是老邻居呀！难道这里有什么猫儿打镲的事儿？由钱大江这儿，他想到了冯爷。冯爷从小就跟他二大爷玩书画儿，算是世家，干脆找冯爷给掌掌眼吧。这么着，"大扁儿"做东，请冯爷来到了北京饭店。

"想不到呀，'大扁儿'如今也玩起画儿来了。"冯爷看过那幅吴昌硕的《富贵清高图》，在"大扁儿"面前卖了句山音儿。

他直呼他"大扁儿",并不叫他马永刚和"马董"。虽然"大扁儿"比冯爷大三岁,这会儿是房地产的大老板,冯爷并没把他放在眼里,一副居高临下的爷劲儿。

"我也没想到,这么多年过去了,你还是一身的爷劲儿。""大扁儿"挪了挪他那胖身子,从兜里掏出烟来。他知道冯爷不抽烟,也没让,自己把烟点着,抽了一口,吐出一团烟雾。

冯爷望着袅袅升起又很快散开的弥漫烟雾,感慨道:"'大扁儿',还记得吧,咱俩当年在西单十字路口换过纪念章。"

"大扁儿"又吸了一口烟,想了想说:"怎么能忘呢?那年,北京的冬天贼冷,我戴着一顶栽绒帽子,耳朵都冻起了疮。"

两人好像突然又回到了三十多年前,他们的孩提时代。两张带着岁月沧桑烙印的脸,此时此刻居然闪动起天真的影子。但是如同"大扁儿"吐出的烟雾,往事如烟,当这烟雾散尽,天真的影子倏忽即逝,他们又很快回到了现实。

冯爷的"阴阳眼"左右翻了翻,嘴角掠过一丝苦涩的笑纹儿,沉吟道:"是呀,我的手也冻得跟胡萝卜似的。还记得吧,我手里有枚'大海航行靠舵手'的纪念章,你他妈的非要换,后来,我跟着你到你们家……"

"大扁儿"突然哈哈大笑起来:"啊,我想起来了,你呀,冯爷!太精了,你用一枚'舵手'纪念章,换了我一幅画儿对不对?"

冯爷干巴呲咧地笑道:"还记得什么画儿吗?"

"我哪儿记得?反正是一幅名画儿。"

"告诉你吧,那是一幅齐白石画的《葫芦》,我知道这幅画儿你是怎么来的。"

"是红卫兵抄钱颢他们家的时候，我随手'顺'的。听说你后来又给了钱颢？"

"人家的物件，这么不明不白地放在我手里，拿着它烫手知道吗？"

"说你是爷，还就是爷！这幅画儿要是搁到今天，我估计少说也能卖个几十万吧？"

冯爷冷笑了一声道："几十万？你还说少了，一百五十万！"

"啊？一百五十万！不过，我实在是不懂画儿，它也许真值那么多银子。""大扁儿"自我解嘲地笑了笑。

"甭他妈在我面前装着玩儿。一百五十万，对你来说那还叫钱呀？不够你在牌桌上赌一晚上的呢。"冯爷的"阴阳眼"睖睖起来。他本想把小湄把这幅画儿卖给"泥鳅"的事儿告诉他，但话到嘴边儿，又咽了回去。

"大扁儿"的胖脸堆起笑容，打了个哈哈儿说："我的钱都在地面上趴着呢，你的银子可都在家里压箱子底儿呢。家里藏着那么多画儿，拿出一张就是百八十万，你可以随时'变现'，我花钱可没你那么方便。冯爷，说正经事儿吧，你刚才看了那幅吴昌硕的画儿，它是真的，是假的？"

"大扁儿"等于给冯爷出了一道难题，他没想到秦飞的这幅假画儿，拐了几道弯儿，末了儿会到"大扁儿"手里。要由着他的性情，他会当场把这幅假画儿给烧了，可是他知道"大扁儿"并不玩画儿，他拿着这幅画儿也是贿赂那些贪官，把这层窗户纸捅破，他会得罪很多人。"大扁儿"也好，皮特陈也好，包括秦飞跟他的关系都不错，他犯得上给这些人心里添堵吗？但是想让他说假话去蒙人，他又对不住自己的良心，他一时有点儿犯迷瞪。

沉了一下，冯爷对"大扁儿"说："跟你说句俏皮话吧，豆腐渣上供，糊弄神。"

"你这是什么意思？""大扁儿"问道。

"还用我直说出来吗？这幅画儿要是你收藏，我敢当着你的面儿把它撕成碎片，可现在不是这么档子事儿，你拿它去上供，那我就他妈的得封住自己的嘴了。'大扁儿'，我没干过这种让自己良心吃亏的事儿，谁让咱们是'发小儿'呢。谁让你一进门就提起当年换纪念章的往事儿来了呢？得了，'大扁儿'，我什么都不说了，你要是再问我这幅画儿的事儿，那我可就对不住你了，我会抬屁股就走人。"

"大扁儿"一听这话，当然明戏了。

"得了，冯爷，我明白了。咱们喝酒吃饭！"他不敢去看冯爷的"阴阳眼"，也不敢再提这幅画儿的事儿了。

不过，他们吃了饭，从饭店出来，临分手时，"大扁儿"握着冯爷的手，迟疑了一下说："冯爷，今儿见着你，又让我想起小时候的很多事儿来，我有个想法，想求你帮个忙。"冯爷照"大扁儿"的胖手拍了一下，说道："干吗还来这文虚子？拉拉扯扯的，当大老板的，痛快点儿！有事说，有屁放。甭磨牙玩儿！"

"大扁儿"揉着他的胖手说："你刚才说到了那幅齐白石画的《葫芦》，对我来说倒是念物。真的，我不懂画儿，可这幅画儿对我来说，却有许多年轻时候的记忆，你说它现在值一百五十万，我想把它买下来。"

"什么？你想要这幅齐白石的画儿？"冯爷吃了一惊。

"对，我想要，一百五十万？一千五百万，我也要收藏它！"
"大扁儿"挺了挺他的大肚子说。

冯爷突然觉得自己的脑子不够使了，小湄这边的官司还没了呢，这边半路上又杀出个程咬金！他猛地灵机一动，"阴阳眼"上下翻了翻，那只小眼射出一道诡谲的冷光。

"你真想买这幅画儿？"他又重复了一句。

"绝无二话，多少钱我也要。冯爷，你无论如何也要帮我这个忙。"

"好，君子一言，驷马难追！"冯爷照着"大扁儿"的肚子拍了一下。

冯爷回到家，石榴给他泡了壶浓茶。他端起杯子刚要喝，董德茂慌慌张张地来了。

"冯老师，那什么，有个姓陈的律师找您。"董德茂迟疑了一下说道。

冯爷哼了一声，用那双"阴阳眼"看了一下董德茂说："我跟你说了有一百遍，别叫我老师。我最不愿听别人叫我老师，直接喊我名字，或者叫先生都行。你怎么不长记性？"

"哟，先生，我忘了。"董德茂一脸殷勤地笑道。

"还有一样儿，你要懂得怎么说人话知道吗？一上来就说姓陈的律师找我。姓陈的人多了，我知道他是哪个庙里的和尚？找我？什么时候找我？他在哪儿说的？找我有什么事儿？我也不知道是你没问明白，还是你没说明白，这是人话吗？"冯爷没好气儿地说。

"对不起，先生，他只告我姓陈，是个律师。"

"说找我有什么事儿了吗？"

"我没好意思问他。"董德茂被冯爷的"阴阳眼"瞪得大气儿都不敢出了。

"你呀，真是抱着葫芦不开瓢，让我说你什么好？跟我两三年了，还傻锛儿似的。你以为跟着我，就替我拎着包儿呀？有事儿的时候，能替我挡驾，你得替我挡驾。律师找我肯定有事儿，有什么事儿你不问清楚，把一个闷葫芦给我，让我猜闷儿玩是不是？真一个董德茂！"

"那……"

"他留电话没有？"

"留了。"

"去，立马儿给我打电话，问明白怎么回事儿！"

"好吧。"董德茂答应着转身到西屋去打电话。

董德茂是冯爷给他起的名儿，其实他本姓吴，名吴有财。冯爷当初见着他，问他叫什么名字？他说出了这仨字。冯爷忍不住笑了，说道："吴有财，就是没有财，谁呀，给你起这么个倒霉名字，真是打磨厂的大夫，董德茂呀！"

他的"阴阳眼"突然一亮，说道："哎，董德茂，这个名儿不错。你呀，从今以后改名换姓吧，就叫董德茂好啦！"

"嗯，这名儿挺好听，谢师傅，我以后就叫董德茂啦！"董德茂赶紧要给冯爷跪下，被他拦住。他麻利儿给冯爷行了个礼。

敢情"打磨厂的大夫，董德茂"，是老北京的一句俏皮话。董德茂实际上是"懂得吗"的谐音。老北京人诙谐幽默，碰上不懂装懂的杠头，会在嘲讽奚落他的同时，饶上一句："您呀，打磨厂的大夫，董德茂（懂得吗）？"打磨厂在前门外大街路西，紧挨着前门老火车站，当年这条街做铜活铁活的作坊店铺很多，据说真有一位老中医叫董德茂，不知是他给人把脉问诊确实有两下子，还是一瓶不满，半瓶子晃荡，属于蒙事行，总之他有点儿名儿，所以给老北京人留下这么一个话把儿。

冯爷之所以把吴有财的名儿改成董德茂，并非脑瓜一热，心血来潮。敢情他把董德茂收到门下还有一段奇缘。

说这话是在三年以前，冯爷到石景山办事儿，回来的时候坐地铁。那天，地铁上人不是很多，他找了个座儿坐下，眯上眼，昏昏欲睡地充起盹儿来。

正在似醒非醒之间，他听见一个小伙子甩着哭音儿念起"丧经"来："亲爱的叔叔阿姨大哥大姐小弟小妹，大家好，我是一个睁眼瞎，四岁的时候得了眼病，我爹我妈都是农民，没有钱给我治病，让我双目失明了，再也看不到世上的光明。我十岁的时候，我爹得了癌症，离开了人世，现在我母亲又得了血癌，住在北京的医院看病，急需用钱，叔叔阿姨大哥大姐小弟小妹可怜可怜我们母子二人，伸出您的手，献出您的一点儿爱心，我和母亲会一辈子感激你们的，我是一个睁眼瞎，什么也看不见，为了表达我对你们的感激之情，请让我为你们奉献一首歌吧。"说得可怜兮兮的。

他把这套词儿说完，便从随身带的一个又脏又破的挎包里掏出一个小扩音器，扯着嗓子唱起那首《爱的奉献》。冯爷睁开那双"阴阳眼"看了他一下，只见他一边唱，一边蹭着地往前走，伸手挨着个向坐着的和站着的乘客要钱。有的人把头一歪，懒得搭理他；有的人不情愿地掏出一块钱两块钱塞给他。

走到冯爷这儿，他拿眼怔怔地看着冯爷，那双"失了明"的眼睛跟冯爷的"阴阳眼"聚了焦，冯爷的那只小眼射出一道摄人心魄的异光。别说"睁眼瞎"了，就是睁眼不瞎，碰上了冯爷的这双"阴阳眼"都得肝儿颤。

"睁眼瞎"被"阴阳眼"麻了一下，他不由得心里猛然一惊，赶紧把脸扭到一边，那只手没敢往冯爷面前伸，转过身朝冯爷对面的乘客伸过手去。

"等等，你过来！"冯爷把他叫过来，从手包里掏出一张百元钞票，塞到他的手上。一百元！车上的人见冯爷这么慷慨，无不瞠目结舌。您想在大街面儿，谁见过拿百元大钞打发要饭的？

这位乞讨的"睁眼瞎"摸了摸那张百元大钞，连声称谢。这时正好车到了木樨地站，冯爷站起来，走到"睁眼瞎"跟前，捅了他的后腰一下，低声说："走，跟我下车！"

"睁眼瞎"不明白怎么回事儿，可是他怕那双"阴阳眼"，只好耷拉着脑袋下了车。

冯爷看看周围没人注意他，对"睁眼瞎"说了一声："跟我上去，你要敢跑，我打折你的腿。"说完，他上了台阶，径直走出地铁车站，接着往北走，走到一个街心花园，他站住了。

说来也奇怪，那个"睁眼瞎"这会儿也不瞎了，一直低着脑袋跟着冯爷走，冯爷站下，他也站下了。

冯爷猛然一回头，那双"阴阳眼"射出两道令人毛骨悚然的寒光，他走到"睁眼瞎"面前，突然伸出手照他的脸就是两拳，没等他醒过味儿来，冯爷紧跟着又是三拳两脚，出手出脚之快，迅雷不及掩耳，一下把他打趴下了。

"哎哟，我的爷爷，饶了我吧！"他趴在地上哭着说。

"起来，给我跪下！"冯爷照他身上狠踢了一脚。

"睁眼瞎"哼哼着，翻身起来，跪下了。

"把你的头抬起来，听见没有？睁开你的眼睛，看着我！"冯爷戳腔道。

"唉，我抬我抬，您别打了！""睁眼瞎"甩着哭腔儿央告道。

他哪儿敢看冯爷的那双"阴阳眼"呀！那是两把利刃，比冯爷的拳脚还吓人。

冯爷突然哈哈大笑起来，他的笑，不是文笑也不是武笑，不是大笑也不是小笑，不是真笑也不是假笑，不冷不热，不阴不阳，说他是笑，比哭还让人难受，比怒还让人瘆得慌。

"哈哈，你不是四岁就失明的'睁眼瞎'吗？嗯，怎么不敢看着我？知道吗，你这叫欺世盗眼！你瞎？真瞎吗？蒙别人行，蒙我，算你真瞎了眼！说吧，你是哪儿人，干吗要走这一步？甭他妈装傻充愣，不说，我一脚踢死你！"

"睁眼瞎"不想被冯爷一脚踢死，哆哆嗦嗦地说："我是湖北襄樊人，家里穷，出来打工，来北京快一年了，没找到工作，我看他们要饭的一天也不少挣，所以才……"

"你他妈的倒挺会装，装什么也别装'睁眼瞎'呀？算你撞枪口上了，知道吗？'睁眼瞎'？你能逃得过我的眼睛吗？哈哈，我这两眼真有毛病的，还没说自己瞎呢，你说你瞎？今儿你算真瞎了。"

冯爷说着轻轻踢了他一脚，说道："起来吧，把你身上带的要饭的道具给我扔到那边的垃圾箱里！"

"唉。"他答应着，一瘸一拐地走到小花园里的垃圾箱前，把那个挎包扔了进去，转身走回来，听候发落。

冯爷打量他一下，说道："我不白打你这一顿。从今以后，你要知道怎么做人，长记性，别再欺世！男子汉大丈夫宁可站着死，也不能跪着生，要靠自己的本事吃饭，伸手跟人要钱，吃嗟来之食，那是活着吗？那是寄生虫懂吗？"

"我懂啦。"他嗫嚅道。

冯爷看着他那副可怜相儿，忍不住心里一热，说道："你呀，这叫捏着眼皮擤鼻涕，劲儿没使在正经地方！不是没饭吃吗？好，我管啦，从今以后，跟着我干吧。"

"啊？那我算遇到恩人了！"他扑通一下又跪下了。

冯爷怒道："让你别跪着生，你怎么又跪下了？起来！我正好缺个'跟包儿'的。知道什么叫'跟包儿'的吗？就是随从。我管你吃管你住，每月先给你开两千块钱！"

"真的？您真是我的救星！那我太谢谢您啦！"他连忙弯腰，给冯爷行了三个礼。

冯爷从包里掏出一沓子钞票，数也没数，递给他说："去，到澡堂子洗个澡，理理发，然后到商场再买身新衣服，利利落落地再来见我。这是我的地址和电话。"冯爷说着拿出笔纸，写给他。

看到这儿，您自然会明白，这位假冒的"睁眼瞎"就是董德茂。

却说当下董德茂挨了冯爷一顿臭骂，转身给那位陈律师又打了个电话。陈律师在电话里对董德茂挺客气地说，是因为钱大江家里的遗产纠纷案，想跟冯爷聊聊，了解一下情况，希望冯爷能给个面子。他等冯爷的回话。董德茂扭脸儿把律师的话，转告给冯爷。

冯爷打了个沉儿，冷笑了一声道："兔崽子想跑我这儿找证据？哈哈，算他找对人了。"

"先生，给他回话吗？"董德茂问道。

"回话？搭理他干吗？让他等着去吧，晾他几天再说。"冯爷拧了拧眉毛说道。

"明白了，先生。"董德茂随口应着。他在冯爷身边待了两年多，已经让冯爷调教得很懂规矩了。

冯爷坐在红木太师椅上，随手拿起当天的晚报翻了翻，看到广告版面上登着长安大戏院上演的剧目，对董德茂说："德茂，长安大戏院后天有中国京剧院全本的《四进士》，你打电话给我订三张票，我要请'大扁儿'看看这出戏。"

"明白了，先生。"董德茂从桌上拿起报纸，到旁边的屋子去打电话订票。

冯爷突然来了戏瘾，合上眼，右手轻轻拍着大腿，打着板眼，念了句道白："酒酒酒，终日有，有钱的，有势力，无钱的，受人欺，呀呀呀！"接着哼哼地唱起来：

上写田伦顿首拜（呐），拜上了信阳顾年兄（呃）。自从在双塔寺分别后，倒有几载未相逢。姚家庄有个杨氏女，她本吵闹不贤（呐）人。药酒毒死了亲夫主，反赖大伯姚廷春。三百两纹银押书信，还望年兄念弟（呀）情。上风官司归故里，登门叩谢顾年兄。

这是《四进士》这出戏里，宋士杰唱的一段"西皮原板"转"西皮流水板"。当年福大爷喝醉了酒，就喜欢唱这一段。

《四进士》说的是明朝的事，故事生动曲折。新科进士毛朋、田伦、顾读、刘题出京为官，四位爷起誓为盟，到任后不得违法渎职。河南上蔡县民姚廷美，被其嫂田氏用毒酒毒死，廷美的妻子杨素贞又被田氏串通素贞的亲哥哥杨青，卖给了布贩子杨春为妻。素贞知道受骗，不愿跟杨青一起走，俩人正在争吵，被河南八府巡按毛朋乔装私访碰上了。毛朋询问情由，素贞含冤相告，杨春听后，同情她的遭遇，一怒之下，把她的卖身婚书给撕了，并与素贞结拜为兄妹，答应替她申冤，为她写了状子，暗示二人到信阳越衙告状。不料途中二人失散，素贞遭恶人追赶，碰上了宋世杰。他救下素贞，听了她的冤情，收她为义女，并领着她到信阳告状，哪儿知道信阳道台顾读受了田伦的贿赂，竟把素贞关进监狱，打了宋士杰几十大板。这时宋士杰已得知田伦与顾读行贿求情的证据，立马向毛朋举报。毛朋是好官儿，私访后得知素贞的一系列遭遇，把她释放，对田氏、杨青等一干人判了罪，也对违法渎职的同年兄弟严加惩处。这个故事在明清两代流传甚广，后来编成了戏剧。

冯爷的父亲是个戏迷。冯爷七八岁的时候，老爷子带着他到当年西单十字路口东南角的长安大戏院，看过马连良、谭富英唱的这出《四进士》。剧情好，马连良、谭富英的唱功也地道，给冯爷留下深刻印象。

他喜欢宋士杰这个人物，后来他特地跟父亲把宋士杰的几段唱词儿学会了。童子功，到老也不会丢。

冯爷唱得正上瘾，董德茂进来，对他说："先生，外边有个女的找您。"

冯爷还沉浸在《四进士》的戏里，怔了一下，笑道："女的？不会是杨素贞吧？"

"不，她说姓贺，跟您是老街坊。"

"姓贺？谁呢？"冯爷皱了皱眉头，一时没想起哪个老街坊姓贺。他对董德茂说："让她进来吧。"

敢情来的这个女的是钱大江的夫人贺婉茹。婉茹这些日子有点儿闹心，钱大江跟两个姐姐整天在一块儿嘀咕怎么算计小湄，而且请了律师，把小湄告了。她担心小湄的身子骨儿禁不住这么折腾，所以想到了冯爷，想让冯爷帮着调解调解。

"坐吧。"冯爷把婉茹让到太师椅上坐下，转身叫董德茂给她沏了杯茶。

"真不好意思来打搅您，我知道您也挺忙的。"婉茹谦和地莞尔一笑道。

"是呀，小湄的事儿我已经知道了。"冯爷以为婉茹是钱大江派过来。上他这儿摸底的，所以说话留着心眼儿。

婉茹怔了一下道："哟，您都知道了。那我说话就不怕您见笑了。唉，您说为一张画儿，兄妹之间闹得这么僵，还要上法院打官司，您说至于吗？"

冯爷冷笑道："怎么不至于？画儿就是钱呀。您忘了那句话：人心不足蛇吞象，贪心不足吃月亮。谁跟钱有仇呀？"

"可他们是兄妹呀！俗话说，十个指头连着心，提起葫芦也动根。为一张破画儿，兄妹之间撕破了脸，太不值了。"婉茹叹了一口气说。

冯爷诧异道："这是您的话，还是您丈夫的话？"

"他要能说出这种话，还会打这场官司吗？我嫁到钱家以后，听小湄说，你们冯家跟钱家算是世交，你跟小湄还是'发小儿'，现在老爷子不在了，兄妹之间为一张画儿打得跟热窑似的，我想您能不能站出来说句话呀？"

冯爷的"阴阳眼"左右翻了翻，那只小眼射出一道冷漠森然的光亮。他突然哈哈笑起来，这种阴不阴阳不阳的笑，让婉茹身上直发冷。

冯爷笑够了，戳腔道："让我站出来说话？哈哈，泥彩匠不给佛爷磕头，知道他是哪块泥！我在钱大江的眼里是什么？'画虫儿'，这是他送我的雅号！我是'画虫儿'，他是大学教授、文物鉴定家，我能说什么话？吃冰棍儿拉冰棍儿，没话（化）！"

"您……合着我今儿这趟算是自来了？"婉茹被冯爷说得有点儿无地自容，顿了一下说，"冯爷，我知道您跟钱大江不是一路人，虽然他是我丈夫，但他的一些做法我也看不下去，所以才来找您。"

冯爷依然阴冷地说："别人家的事儿我向来不掺和，小湄跟我也多少年没见过面儿了。人情一把锯，你不来我不去。她过她的，我过我的，我们早就没来往了。"

"她可还想着您呢。"婉茹插了一句。

冯爷脸上露出不耐烦的神色，说道："对不住了，我这人就烦听女人磨磨叽叽地絮叨，咱们今儿的话就到这儿吧。唱戏的拿马鞭，走人！"

他看也不看婉茹，站起来，拿起桌上的茶碗，把里头的茶水往地上一泼，对董德茂喊了一嗓子："德茂，送客！"然后，晃着膀子出了屋，给婉茹来了个烧鸡大窝脖儿。

婉茹万万没想到冯爷会这么冷漠无情。走出冯爷住的那个四合院，一阵带着秋意的凉风吹过来，她身上打了个冷战，忍不住抬头看了看天色。只见天空堆着阴云,像是要下雨。

她嘬了个牙花子,自言自语地嘟囔一句:"唉,倒霉,出门的时候没看天儿。"

让冯爷的冷脸子弄得婉茹心里窝了一口气,晚上遛狗的时候,她养的那只爱犬又跟小区一个邻居的狗咬了起来,两只狗先是对着叫,后来跑到一块儿,互不相让,对龇起来。邻居家的那只狗,把她的爱犬咬下几撮毛,让她心里又熬恼了一宿。她觉得这不是好兆头,劝钱大江息事宁人,别再跟小湄较劲了。钱大江哪儿能听她的?

"你哪儿懂这里的事儿呀?"他把婉茹数落了一顿。弄得婉茹心里又撒了盐。

第二天一早,天下起了小雨,天气阴冷潮湿,让她的心情变得更加灰暗,心口窝直发堵,她很想找个地方发泄一下,好像嗓子眼憋着一口痰,不吐出来,心里别扭。她给小湄打了电话。

第
二
十
二
章

　　小湄这些日子，简直可以用度日如年来形容，她长这么大哪儿打过官司？而且要跟自己的亲哥哥亲姐姐打官司。您说她心里能不长草吗？

　　张建国也麻了爪儿。您让他到地里拔草，这活儿他干得了，可是让他拔小湄心里长的草，那他可就没本事了。他也是"法盲"，一听打官司，别说给小湄心里拔草了，他心里也长了草。

　　两口子当初卖画儿时的那股子喜兴劲儿早就烟消云散了，这会儿是你看我，我看你，天天对着脸儿叹气，叹了半天气，似乎也拔掉了心里长的草，他们的唯一希望都放在了冯爷身上。

　　可是冯爷由打撂下一万块钱以后，一直也没照面儿。这让小湄心里十五个水桶打水，七上八下的。正这工夫，接到了婉茹的电话。

　　"您找我有事儿？"小湄纳着闷儿问道。

　　她的心本来就在半空儿悬着，听婉茹找她，生怕她又插一杠子，节外生枝。

"小湄，嫂子找你没别的事儿，就是想跟你聊聊天。这些日子，我心里憋闷得慌，有些话，不跟你说，我得憋死。"

小湄心里忽悠一下，钱大江再无情无义，也是自己的亲哥，婉茹是自己的亲嫂子，宁可自己憋屈死，也不能让嫂子憋死呀！她的心软了。

"那好，您来吧。"小湄在电话里说。

婉茹见了小湄，像抱了屈的儿媳妇，见了自己的娘家人。小湄见了婉茹也如同受了委屈的小学生，见了自己的家长，两人戚戚哀哀地先抱着哭了一场。说着说着便说到了钱大江，说到了眼面前的这场官司。小湄原以为婉茹会为钱大江找什么托词，没想到她说："如果大江非要跟你打这场官司，我就准备跟他离婚。小湄，我这可不是说着玩儿的，这是我的真心话。"

"什么？您要跟我哥离婚？"小湄一时间又没脉了。

"是的，小湄，这件事儿已经折磨我好几天了，我真没想到大江会为一张画儿，跟你这么没完没了。他当哥哥的怎么能这样对待你呢？太过分了！我快跟他磨破嘴皮子了，他都不领我的情，非要看你好瞧的。大妹子，你说这么无情无义的人，我还怎么跟他一块儿过？他对你都这样，将来对我能好得了吗？"

小湄说："嫂子，您可别说这话，他跟您可是两口子。你们成天在一块儿，搭起桌子就吃饭，铺上褥子就上床。跟我不过有这么一层兄妹关系就是了，您可别多想。"

婉茹道："不是我多想，是他干出来的事儿，逼得我得多想。其实他的两个姐姐都听他的，我不能说她们怎么样，关键在他。我已经跟他说好了，只要他一定要跟你打这场官司，那我就跟他打一场官司。"

"您要打什么官司？您可别再提官司俩字了，我一听这俩字，心里就堵得慌。您别打官司了，干脆打棺材吧，把我装里头得了。"

"嘿，我打棺材干吗？我要跟他打官司离婚。"婉茹说。

"怎么，您真要离婚？"

"嗯，我真不打算跟他一块儿过了。"

"您这不是要我的命吗？为一幅画儿，我不但挨了坑，还让你们两口子分了家，嫂子，您说我这不是把你们全害了吗？您可千万千万别……别打棺材，不不，别打官司！您要打官司离婚，不如找根绳，让我先死了吧。"小湄一时不知道说什么好了，抱着婉茹又哭了起来。

这边儿，一个寻死觅活要上吊，一个哭着喊着要离婚，正闹得悲悲切切，那边儿钱大江正跟陈律师紧锣密鼓地寻找证据，要跟小湄对簿公堂。

冯爷这儿却姜太公手拿渔竿儿，稳坐钓鱼台。这天晚上，他跟胖子"大扁儿"在长安大戏院看完《四进士》，吃了消夜，又找了家茶馆，坐下喝茶。

已经是午夜十二点多了，冯爷还透着有精气神儿，他的脑子似乎还沉在剧情里，刚一落座儿，便扯着嗓子来了一段宋士杰唱的"西皮摇板"：

儿看得清来认得明（呐呃），为父的边外去不成（呐）。来来来同把察院进（呐）进，尊声青天老大人。非是百姓告得准，皆因是大人你查得清。官司本是百姓告，

无有状纸告不成（呐）。宋士杰打的是抱不平（呐），你要
（呀）那柳林写状（啊）犯法头一名（呐）！

"大扁儿"听他唱完，丈二和尚摸不着头脑，来了一句："冯
爷，这可是茶馆，不是按察院。我怎么成了犯法头一名呐？你呀，
可真是爷！"

冯爷摸了摸他的大肚子笑道："'大扁儿'，我让你当一回宋士
杰如何？"

"大扁儿"笑了笑道："你又想出什么幺蛾子？"

"知道我为什么请你看这出戏吗？"冯爷的"阴阳眼"突然左右
一翻，那只小眼露出一道灼人的光亮。

"这……你是想让我捧角儿？""大扁儿"眨了眨眼，纳着闷儿
问道。

冯爷干笑了一声："捧角儿？嗐，现在的京剧演员，你把他捧
上天。他也成不了马连良。捧他？我让你捧捧我！"

"捧你？""大扁儿"忍不住笑了，"你还用捧？你不就在天上
呢吗？"

"我他妈怎么跑天上去了？哈哈，'大扁儿'，不跟你逗闷子了。
说真格的，那幅齐白石的《葫芦》，你打算要还是不打算要？"

"当然打算要，咱们不是说好的吗？"

"多少钱也要，对不对？"

"那还有什么可说的？"

"好，是个爷们儿，那你就当一回宋士杰！"冯爷一拍桌子说。

"你是什么意思？""大扁儿"让冯爷的这句话给说蒙了，"难道

这幅画儿你……"

"有人开价一个亿，你要不要？"

"他只要敢开牙，我就敢出手！"

"好！那咱们就拍卖会上见！不过，你放心，我会对得起你。"

"还是那句话，只要是真的，多少钱我也要！你是爷，我也不是当孙子的。""大扁儿"淡然一笑说。

第二天，冯爷让董德茂给那位陈律师打电话，把他约到一个茶馆，两人见了面。

陈律师对冯爷早有耳闻，但是从没见过面儿，他只知道冯爷是个怪诞之人，可没想到他会这么怪，一见面，就给他来了个下马威。

"你是律师？"冯爷的"阴阳眼"扫了陈律师一下。

"是的，这是我的名片。"陈律师恭恭敬敬地从西服口袋里，掏出一张名片递给冯爷。

冯爷接过来，看也不看，随手扔在桌上，冷笑道："如今你们这些当律师的，是吃了原告吃被告对吧？说吧，怎么个吃法？"

"您别这么说呀，律师是神圣的职业，是为老百姓主持公道的。"陈律师让冯爷弄得脸上有点儿挂不住了。

"你敢在我面前说神圣俩字？还主持公道？"

"您这是什么意思？"

冯爷猛地一拍桌子，那双"阴阳眼"上下一翻，同时射出两道犀利的光亮，直刺陈律师的那双戴着眼镜的小眼，他不由得吃了一惊。

"哈哈。"冯爷冷笑一声，戳腔道，"公道？公道什么？你说说看！一个五十多岁的下岗职工，为了治病，把她爸爸给她的一幅画儿卖了，卖了不说，还让人蒙了，临完到手四万多块钱，有人他妈的就瞧着眼儿绿了，要把她告上法院，说她独霸遗产。四万多块钱，不够有权有钱的人吃一顿饭的。你问问钱大江给人家鉴定一幅画儿，拿多少'喜儿'？装什么大个儿的？这是他亲妹妹呀！弄得人家带着病身子寻死觅活的，这叫他妈的公道吗？公道？我操公道它姥姥！"

这番话像是抽了陈律师几个大嘴巴，他一时哑口无言，乱了阵脚。"这这……您听我说……"

"听你他妈说什么？听你找我要举证材料，一起合谋去害人吗？"

"不不，冯老师，您先别发火儿，我找您来也是寻求法律的公正性，并不是想加害谁。"陈律师咽了口气，稳了稳神说。

陈律师毕竟是律师，虽说刚跟冯爷见面，差点儿没被他一上来的这三板斧给拍在这儿，但他还是见过世面的人，他知道什么叫以柔克刚。

"法律的公正性是什么？你说！"

"当然是以事实为依据，以法律为准绳，事实是客观存在的。法律，跟您刚才说的人情是两码事儿。虽然钱小湄是下岗职工，是弱者，值得我们同情。但如果用《继承法》来裁决她手里的这幅名画儿，那么作为遗产，它就应该属于原告三个姐弟和钱小湄所共有。钱小湄一个人不能独自占有。当然，您主张的要对钱小湄有同情心是另外一回事儿，法律的公正性就是如此，这是不容置疑的。至于说钱家的遗产除了这幅名人字画以外，还有没有其他财产，还有待进一步调查举证，我不能妄自推断。"

陈律师是湖南人，在上海念了几年大学，以后又去英国啃了几年洋面包，专攻法律，拿到了法学硕士学位，可谓中西法理通吃。他知道当律师得有辩才，有辩才首先得有口才，所以上大学的时候就嘴里含着水果糖背绕口令，虽然说不上能言善辩，但在出庭的时候，往往也能口若悬河。不过到了冯爷这儿，您别说口若悬河，就是口若悬海，也得被他的那双"阴阳眼"给弄哑巴了。

"你别上我这儿屎壳郎钻面缸，假充小白人儿了。卖学问你还差点儿，什么法律的公正性？你公正吗？有钱人拿穷人开刀这就是你说的公正？"

"我不是这个意思，我是说……"

"你说什么呀？我问问你，'狗咬吕洞宾'这句话你知道不知道？你不是法学硕士吗？今儿我考考你，你要是能把这句话是什么意思给我解释出来，这场官司你也甭劳神了，我当场给你拍出五百万块钱！"冯爷冷笑道。

陈律师也属于那种爱较真儿的人，随口说道："您的话当真？"

"怎么？你还想让我立字据吗？不过，咱得丑话说到头里，你解释不出来，甭费话，你先给我到法院去撤诉。"

"那倒好说。您不是问我'狗咬吕洞宾'吗？先说吕洞宾是谁，他是传说中的'八仙'之一。"

"哪'八仙'？"

"铁拐李、汉钟离、何仙姑、韩湘子、张果老、蓝采和、曹国舅，还有吕洞宾，对不对？"

陈律师掰着手指头数完，颇为得意地说。

冯爷撇了撇嘴说："对个六猴①！'八仙'有'上八仙''中八仙''下八仙'，你能说得上来吗？"

"这……我只知道'八仙过海'的'八仙'。难道'八仙'还有上、中、下之分吗？"陈律师纳着闷儿问。

冯爷冷笑道："要不我怎么得骂你呢。你们这些小年轻看问题，只看个大面儿，对什么都不求甚解，知其然不知其所以然。知道点儿皮毛，就以为自己怎么着了。'八仙'的传说始于汉代，《太平广记》里引《野人闲话》，称西蜀道士张素卿绘八仙图，这'八仙'里有李已、容成等等，一共八个人。元代也有八仙之说，跟你说的'八仙'也是两回事儿。现在流传的'八仙'，定型在明代。'八仙'分为'上八仙''中八仙''下八仙'。'上八仙'有王禅、王傲、孙膑、毛遂、南极子等八位，'下八仙'有柳下惠等八人，你说的是'中八仙'，懂吗？接着说，'狗咬吕洞宾'是怎么回事？"

"这还不好解释吗？不就是吕洞宾养了一条狗，这只狗后来对他变了心，把他给咬了，所以留下一个俗话，人们常说'狗咬吕洞宾，不识好人心'。我说得对吧？"

冯爷突然冷笑道："对？我真想抽你一个大嘴巴！北京人有句俏皮话，老鸹头上插鸡毛，假装凤凰，你懂不懂？你呀，打磨厂的大夫，懂得吗（董德茂）！不是我踩咕你，你呀，喝洋墨水太多了，民间老百姓的学问，你是蛤蟆跳井，一点儿不懂（扑通）！狗咬吕洞宾，就是狗咬吗？哼，你玩儿去吧！"

"那不明明是'狗咬'嘛，难道还是驴咬、马咬吗？"

---

① 六猴——北京土话，感叹用语，错误或不对的意思。

冯爷干笑了一声，说道："真是狗戴嚼子，胡勒！我骂了你几句，也不白骂你，告诉你'狗咬吕洞宾'，是'苟杳吕洞宾'的讹变。"

"啊，是这么回事儿？"陈律师释然笑道。

冯爷道："干脆我给你讲全了吧，苟杳是个人名，跟吕洞宾是同乡。苟杳少年家贫，跟吕洞宾拜为兄弟，吕洞宾经常接济他。后来，又把他接到家里攻读'四书五经'，以求考取功名。有一天，吕洞宾的一位姓林的朋友来串门，见苟杳长得仪表堂堂，便想把自己的妹妹许配给他。可是吕洞宾不干了，他长得难看呀。苟杳知道吕洞宾不同意，动了个心眼儿，反过来让吕洞宾当媒人。吕洞宾说我给你当媒人也行，你要答应我一个条件，先让这位林妹妹陪我三天。还没入洞房呢，先让他跟林妹妹睡三天觉。这种事儿一般人是不会答应的，可苟杳却说行，还真让林妹妹陪吕洞宾待了三天。三天过后，苟杳见了林妹妹，林妹妹抹着眼泪说，你为什么这三天都是天黑了才来，而且来了就知道埋头看书，也不理我，天亮以后，扭脸就走，让我独守空床？苟杳这才知道原来吕洞宾是以此告诫自己，不要因为找了个漂亮媳妇，而耽误了读书，毁了前程。于是发愤读书，终于考取了功名，做了官儿。一晃儿过去八九年，吕洞宾他们家着了把大火，一下儿遭了难，他去找苟杳求助，谁知道苟杳把吕洞宾留在家中，天天好吃好喝儿地伺候着，就是不提资助的事儿。吕洞宾一怒之下，走了，路上乞讨，得到一个富人的同情，给了他不少银子，回家，看到烧了的房子没了，原址盖上了新房，他媳妇正披麻戴孝哭呢，见了他，纳着闷儿问，你不是死了吗？怎么活着回来了？吕洞宾细一问才知道敢情是苟杳派人给他盖的房

子，并送来一口棺材，对他媳妇说吕洞宾已客死他乡，吕洞宾听了
这个气呀，大骂苟杳不义，一气之下，把棺材给撬开了，只见棺
材里全是金子银子，上面附有一书，写道：'苟杳不是负心郎，路
送银，家盖房。你让我妻守空房，我让你妻哭断肠！'吕洞宾看了
这几行字，恍然大悟，哭笑不得说道：'合着你苟杳在这儿等着我
呢！'这就是苟杳吕洞宾的故事，自然这也是民间传说了。"

陈律师听了，也恍然大悟道："噢，原来'狗咬吕洞宾'是这
么回事儿。这个故事倒是蛮有人情味儿的。"冯爷道："这个故事，
按你们玩法的人来解释得算欺诈。你别跟我睖睖眼，反正刚才说的
五百万，你是拿不到手了。"

"我也没打算要。我知道您在跟我开玩笑。"陈律师淡然一
笑说。

冯爷道："你知道什么呀？不是我挤对你，玩学问，你是萤火
虫儿的屁股，没有多大亮儿。知道我为什么给你讲'狗咬吕洞宾'
的故事吗？老实说吧，你找我是不是想从我这儿找证据？"

"也可以说是吧。"

"那你算找对了人，明告诉你吧，钱颢老爷子活着的时候，跟
我是至交，他是有文化的明白人，也知道几个儿女都是什么料儿，
能对身后事没有交代吗？不瞒你，他给他女儿钱小湄那幅齐白石的
画儿是有遗嘱的。"

"有遗嘱？我问过钱小湄，她手里没遗嘱呀！"

"她手里没有，你就断定别人手里没有吗？"

"这么说遗嘱在您手里？"

"没在我手里，我敢一见面就骂你吗？"冯爷的"阴阳眼"左右

翻了一下，那只小眼放出一道诡异的亮光。

"那么……"陈律师刚想说什么，被这道亮光烫了一下，身子不由得打了个冷战。

冯爷冷笑道："哈哈，你呀，饿汉子抱着一只肥刺猬，扎手但舍不得扔对不对？但我告诉你，钱大江再绞尽脑汁儿，机关算尽也没用。让他玩儿去吧，早晚有他玩现了的时候。"

"您为什么不早说呢？"

"早说，我还怎么看你陪他演戏呀？"

"这……"

冯爷的"阴阳眼"突然右眼一挤咕，左眼一眨么，面沉似水，戳腔道："不跟你递牙签子①了，咱们刚才已说好，你说不上来'狗咬吕洞宾'是怎么回事，就去法院撤诉。找谁？怎么撤诉？我不管。这档子事你没少费神，本来想挣笔钱，现在呢，竹篮子打水，一场空。但我不会让你吃亏，也不会让你栽面儿。你是当律师的，我只告诉你一条，往后替人打官司，别拿弱者和穷人开刀，有点儿人情味儿，懂吗？"

他说完这几句话，转身把董德茂叫过来，要过他手里拿的手包，从包里掏出一摞钞票，数也不数，往桌上一拍，说道："这是我给你的辛苦费，你什么话也别说，拿着就是了，敢把钱给我送回来，留神我打断你的腿！"

说完，他站起来，连个招呼也不打，带着董德茂转身就走。

陈律师让他弄得一时间丈二和尚，摸不着头脑了。冯爷走了半

---

① 递牙签子——北京土语，斗嘴的意思。

天，他才如梦方醒，把桌上的钱数了数，整整十万块！

他长长地出了一口气，左右看了一眼没人，赶紧把钱装到包里，嘴里嘟囔了一句："真是碰上一位北京爷了。他怎么知道我手头缺钱呀！"

看到这儿，您会问了：难道冯爷的手里真有钱颢的遗嘱？哈哈，真有钱颢的遗嘱，他不早就拿出来了吗？还用得着跟钱大江他们斗法？他这是"三十六计"里的一计："瞒天过海"。不过，您看他那咄咄逼人的气势，没有，比有还口气大。陈律师能不信以为真吗？

第
二
十
三
章

　　咱们前文说了，京城真正玩书画的不过几百人，当然这里说的真玩儿，不是"票友"。您手里有一幅两幅，或者十幅八幅名人字画，那不叫玩儿，咱们这儿说的"真玩儿"，是指手里不但有大量的藏品，而且经常在书画市场上出出进进的人。

　　什么叫出出进进？就是今儿我看着某位画家的画儿好，我要多收几幅，但一时手头没那么多银子，所以得卖出几幅自己看着不可心的藏画儿，卖出的钱，再去收新的画儿。

　　还有的人看到某位画家的书画，在市场上价位"炒"起来了，正好手里有几幅这位画家的画儿，于是赶紧出手。

　　当然书画市场也有价位越高、越能吊人胃口的情况，就跟楼市一样，楼盘在每平米两三千块的时候，也许没人认，但"炒"到每平米一万块钱了，却有人争着抢着去买。

　　自然，玩书画的人成分比较复杂。您会问了，为什么玩书画的人会这么少？主要是因为这里的水太深，玩书画跟玩股票、玩房地产不一样。首先您得真懂书画，其次您得有眼光，再其次您得有胆儿，此外您得有钱撑着，这四条缺一不可。

冒冒失失地往里蹚，十有八九得掉进去，不是被淹死，就是被呛着，几年缓不上来。

京城玩书画的人里有五分之一的人是玩邮票起的家，程立伟便是其中的一号。

程立伟比冯爷小五岁，瘦高个儿，身条匀称，瓜子儿脸，留着分头，戴着眼镜，透着几分儒雅。他从小眼睛就近视。上小学的时候，他爸给他配了副眼镜。那会儿，中小学生戴眼镜的极少，所以他落下了"四眼"的外号。

从程立伟老祖那儿算起，程家就沾了"洋气儿"。他的老祖是王爷府的厨师，专做"番菜"。"番菜"也就是西餐。老祖死后，程立伟的爷爷接了班，也在王爷府掌灶。大清国玩完以后，他爷爷跟着王爷到了天津，后来在天津的德国饭店掌灶，以后又回到北京，先在京城的"撷英"番菜馆，后在东安市场的"吉士林"西餐馆掌灶。到程立伟的爸爸这儿，也是做西餐的厨师，在六国饭店、北京饭店干过，以后到了英国使馆掌灶。京城像程家这样三代做西餐厨师的并不多，可惜到程立伟这儿断了桩。他们家哥儿仨，没一个人"勤行"①的。

上世纪六七十年代，那会儿，一个黄头发、蓝眼珠儿的外国人在京城的街头走，都会招来许多人围观，跟看耍猴儿似的，别说在英国大使馆掌灶了。英国大使馆，老北京人叫"英国府"。当时在"英国府"做事儿的程立伟的父亲也是一身的爷劲儿，平时出

---

① 勤行——北京土话，即餐饮业。

门总穿着洋装，挺着胸脯。知道的他是厨师，不知道以为他是外交官呢。胡同里的人都管他爸爸叫程爷。程立伟小时候没少沾他爸爸的光。

祖孙三代都做西餐，程爷在灶上确实有点儿绝活儿，当年的"吉士林"西餐馆老板叫周省三，就是西餐厨师，他开的"吉士林"，聘请的都是北京、天津有名儿的西餐厨师，有做法国菜的，有做德国菜的，有做英国菜的，有做俄国菜的，还把天津"起士林"的点心师给"挖"了过来。

程爷的父亲在这些厨师中也属翘楚，把法、德、英、俄几国大菜的特点融会贯通，做出的大菜别有风味。他当时独创的一道拿手大菜叫"铁扒杂拌"，以鸡、鱼、牛排、火腿为主，配上猪肝、腰子、鸡蛋，辅以土豆、葱头、西红柿等蔬菜煎制，用铁扒盛上，浇上原汁儿，上桌之后这道菜嗞嗞带响儿，色香味俱佳，看着就那么诱人。

当时许多洋人和中国人奔"吉士林"，单为了尝这一口儿，后来这道菜被程爷传承下来，在"英国府"经常上这道菜。

英国人讲究绅士派头儿，吃顺了口儿，一般都要给厨师小费，赶上逢年过节，也要单给厨师备一份礼，这些沾着"洋味儿"的小恩小惠当然也都便宜了程立伟和几个兄弟。

程爷不抽烟，也不喝酒，最大的嗜好是集邮，这一雅好是从他父亲那儿继承过来的。在大使馆工作，他也有这种便利条件。大使馆往来信件上的那些"盖销票"别人不要，都让他给概搂来。此外，他还通过外交官回国的机会，让他们给买回一些邮票。到程立伟玩邮票的时候，程爷手里的这些外国邮票和老"纪特"邮票为他打下了底子。

当然，程爷玩集邮，对儿子影响很大。程立伟从小在父亲身边耳濡目染，对邮票有一种特殊的爱好和感知，当胡同里的同龄孩子拍烟盒叠的"三角"，玩弹球、玩冰棍棍儿的时候，程立伟已经开始集邮了。

北京人最初玩邮票的人很少，那会儿的集邮爱好者，把集邮当成一种文化，并不以盈利为目的。到上世纪八十年代中期，玩邮票的人开始多起来，当时玩邮票的人在几个区的邮局门口进行私下交换，算是"预热"阶段。到上世纪九十年代初，集邮的人猛增，京城出现了"集邮热"。别的不说，光邮局发放的集邮年卡就有二百多万，加上散户，玩邮票的有四五百万大军。

当时的月坛公园成为全国最大的邮市，每天这里汇集着来自全国各地的几十万倒邮票的人。虽然那会儿还没手机，但当时有一种说法："月坛邮市一打喷嚏，全国的邮市就会感冒。"您琢磨一下月坛的邮市有多大的影响吧。说是玩邮票，实际上玩的品种已不限于邮票了，首日封、小型张、四方联、小本票、集邮卡，凡是沾"邮"字的都成了炒作的对象。

这股"集邮热"，席卷全国。这种热，可不是一般的头疼脑热，它是发高烧呀！当时的京城还没有现在这么多人，充其量一千万出头，可是却有四五百万人卷进这股"集邮热"当中，您琢磨琢磨这是多大的风势吧。

为什么这么多人都迷上集邮了？敢情并非是老百姓的文化品位提高，突然对集邮产生了雅兴，而是让一个"钱"字给闹的。当时一枚八分钱的"纪特"邮票，发行的当天就涨了身价，一个月以后猛升到几十块钱，甚至几百块钱。手里有一枚邮票能赚几十块钱，要是有几版呢？您算算吧，能赚多少钱？当人们意识到集邮已不仅仅是一种收藏，而是低投入、高收入的投资时，您想能不让人心动吗？

北京人历来就有跟"风"的传统，从玩热带鱼热到喝红茶菌热，从打鸡血热到甩手操热，从武术热到气功热，从呼啦圈热到街头扭大秧歌热，这些年，一股风来了，就弄得人们大脑发热，忘乎所以。集邮也如是，风一来，很多人便着急忙慌地跟着跑，于是乎，全城的百姓几乎都热衷于此，陷到这里头了。

单就集邮市场来说，也是一股热浪跟着一股热浪地让人心潮澎湃。最初是炒"猴儿"票，猴儿票是每年十二生肖邮票的头一枚，发行量很小，当时已"炒"到一枚一百多块，后来一枚已到五千块钱。接着是"炒"梅兰芳小型张，随后又"炒""文革"票，一枚"片儿红"①，由最初的五百多块钱，两年之内"炒"到了一万多块钱，现在已到了二十多万。紧跟着又"炒"香港回归的"片儿火"和"片儿封"。总之，几个月一轮"热点"，一个"热点"过后，就诞生几十个，甚至上百个"十万元户"。当时"十万元户"，就是现在的"千万元户"的概念，您说诱人不诱人吧？玩邮票当时是回报率最高的投资项目，眼瞅着不起眼的街坊四邻，玩了一年多邮票，成了"十万元户"，谁不眼红呀？心动不如行动，也跟着玩儿吧。当时弄得人们见了面儿不谈别的，先问邮市行情，谈邮色悦，似乎集邮市场是个一猫腰就能捡到金条的地界。

----

① 片儿红——"文革"时发行的一枚"全国山河一片红"邮票，因中国的地理版图印错，而终止发行，只有极少量的邮票流入民间，故非常珍贵。

程立伟是京城"集邮热"当中最先下水的人，而且在他们那拨儿人里他是有名的"操盘手"，当时他的老爹程爷因为脑血栓，已然半身不遂，无法披挂上阵，在家里给他当谋士。程立伟最初是照程爷的路数，小进小出，稳扎稳打，到后来，他看到集邮市场的温度已经让人热得忘乎所以了，他便开始大出大进了。

他最得意的战绩是花了三万多进了十版"猴儿"票。这十版"猴儿"票在两年以后，让他一下赚了二十多万。紧接着他又成了"文革"票的"庄家"，在京城集邮市场最热的那两三年当中，程立伟成了呼风唤雨式的人物。呼来的风，唤来的雨，让他在上世纪九十年代末，已然成了百万富翁。

他玩得最绝的一把，是那年在月坛邮市"炒""片儿火"。"片儿火"就是集邮总公司为纪念香港回归发行的首日封，因为封上印有一个火炬，玩邮的人称之为"片儿火"。这枚发行时只有几块钱的首日封，被程立伟和几个"庄家""炒"到了三千块钱一张，当人们跟在他们后头疯狂"炒作"时，他们全部抛出，一下子赚了个钵满罐盈。

这时他们又转到别的邮品上。庄家一撤，"片儿火"立刻熄火，不到一个月，"片儿火"在邮市上狂跌到一百块钱一张，一年以后，这枚"片儿火"十块钱一张都无人问津了。

这时，程立伟已得到信息，月坛邮市要撤销，搬到北三环，他预见到"集邮热"这股风刮得差不多了，赶紧转了舵，又玩了两年钱币，这才成立了文化艺术品拍卖公司。跟他一起在邮市上扑腾的那拨儿人也都纷纷转行干别的去了。其中一部分玩邮票的人，用手里的资金玩起了书画和古董。

程立伟玩邮票的时候，冯爷正一门心思玩书画儿。集邮市场那么热闹，冯爷不为所动。他并没把腿伸进集邮圈儿。凭他的经验，他认为这是一股风，这股风过去，人们不得不回到书画和古玩市场上来。书画和古玩是棵常青树、不老松。而邮票不过是昙花一现。事实上，冯爷的看法果然应验了。

俗话说，有得必有失。老天爷还是公平的，世上的好事儿，不能让一个人全都占了。当程立伟发现书画市场是一本万利的大买卖的时候，他再往书画圈儿里迈腿，最佳的时期已经过去。但是玩邮票，让他积累了许多在文化市场上呼风唤雨的实战经验。他凭借这样一种自信，磕头作揖，网罗投资者和懂眼的行内专家，给他注入资金，给他当顾问，成立了文化艺术品拍卖公司，当上了董事长。

程立伟早就认识冯爷，仰慕他的大号，请他当顾问，让冯爷给回绝了。冯爷能要这虚名儿吗？不过，程立伟有事儿跟冯爷张口，冯爷没打过奔儿[①]。

当然，程立伟对冯爷向来是敬着几分。由程立伟的爸爸那儿，程爷跟冯爷子卿就有交情。冯子卿喜欢吃，当年在东安市场的"吉士林"吃过程立伟的爷爷做的"铁扒杂拌"。

这天，冯爷做东，在东三环的一家西餐馆，请程立伟吃西餐。

那些日子，程立伟的公司正筹备"秋拍"，征集拍品。艺术品拍卖公司一年当中最忙的是春秋两季拍卖会。这是抓人抓钱的重头戏。程立伟忙得不可开交。

冯爷请客，程立伟再忙，也得抽身赴宴。他知道冯爷很少请人

---

① 打奔儿——北京土话，原意是说话时，由于不流利而中断，后引申为不是很痛快地答应做某事。

吃饭，设这个饭局，一准有什么事儿。

　　俩人一见面，他就直言不讳地笑道："三哥，有什么事儿，您在电话里直接吩咐不得了，干吗还要破费呢？"

　　冯爷把脸一耷拉，说道："怎么茬儿？嫌我点的这个喂嘴的地方不可心是不是？那好，你重新点地方！"

　　程立伟赶紧赔了个笑脸道："三哥，我不是这意思。"

　　"那你是什么意思呀？看不起我？我掏不起钱请客是不是？"

　　"不不，我是说您也忙，我也忙。您要有什么事儿，在电话里打个招呼，我就办了，何必要这么客气呢？"

　　"怎么？我请你吃顿饭就是有事儿？没事儿，咱哥儿俩就不能出来坐一会儿吗？"

　　"那倒也是，可是您瞧我这……"程立伟刚说到这儿，手机就响了。他笑着对冯爷说，"您瞧，我走到哪儿，这电话就追到哪儿。忙，真是忙得连喘口气儿的工夫都没有了。"

　　程立伟转过身，刚要去接手机，冯爷一把将手机夺了过来，随手往沙发上一扔，那双"阴阳眼"左右一翻，说道："你把它给我关喽，要不然我可把它扔楼底下去了。我最烦人跟我吃饭聊天接手机！忙？我就不信这地球，离开你就不转了。忙得连跟我吃顿饭、聊会儿天的时间都没有了！你把它给我关喽！皇上二大爷来的电话也甭管它。爱谁谁！我不信你不接他的电话，他能把你杀喽。"

　　程立伟见冯爷的爷劲儿上来了，赶紧服软儿，连声说："好好好，我关机，我关机！谁让咱们赶上这信息时代了呢。手机是方便，可有时确实烦人。"他从沙发上拿起手机，把它关掉。

　　"信息时代？你甭跟我这儿玩现代了。我是生活时代的人！我他妈不信人离开手机就活不了。坐下吧，咱哥儿俩踏踏实实聊会儿天。"冯爷的口气缓和下来，"知道为什么请你到这儿来吗？"

程立伟嘿然一笑道："真不知道。这些日子，筹办'秋拍'，简直把我忙晕了。"

"不知道，我告诉你，这儿的大厨叫民子，他是你们老爷子的徒弟。"

"是吗？我还真不知道我们老爷子还有个徒弟在这儿藏着呢。"

"除了邮票，你知道什么呀？民子在你们老爷子身边待了七八年，你们老爷子的后事都是他张罗办的，你能不认识他？"

"噢，我想起来了，您说的是杨建民，老杨吧？我当然认识他。"

"他把你们老爷子的那手绝活给传承下来了。'铁扒杂拌'，英法德俄式大菜的大杂烩，一道菜，把'八国联军'都吃到肚子里了。"

程立伟笑道："合着今儿三哥要请我吃'八国联军'呀！"

"你以为我约你到这儿来，专为摔你的手机呢！"

"不不，您摔得对。真要把它摔了，我算是解放了。三哥，您也许知道现在拍卖这碗饭有多难吃！两年前，我刚入这一行的时候，京城的拍卖公司不过十来家，现在可好，直接挂牌的就有一百多家，加上一些文化公司看着拍卖是块肥肉，也往里掺和，时不时地也来场拍卖会。字画儿古玩就那么多，真正玩的人也就那么多。您说这活儿还怎么干呀？"

冯爷冷笑道："你以为玩古玩字画，也像你当年在月坛玩邮票似的挣钱，那么撒大网捞鱼呢？"

程立伟笑道："是呀，我现在才知道'好景不长'这个成语怎么解释了。前几年，'集邮热'把'收藏热'给带了起来，我以为北京人爱跟风儿，有些人什么事儿都跟着哄，能把书画市场给哄起来呢。哪想到像刚出锅的馒头，只有几分钟的热乎气儿。不到两年，'书画热'这股风眼瞅着就要刮过去了。您说邪性不？不瞒您说，今年'春拍'有些画儿就卖不动，'秋拍'怎么样，我这心还提溜着呢。"

冯爷撇了撇嘴，说："知道什么叫伤风感冒吗？"

"我看现在的书画市场也是有点儿不太正常了。"

"全是假画儿给闹的。"

"还有一样儿，现在有名儿的没名儿的画家不是画画儿，而是画钱呢。您的画儿到那份儿上了吗，一张嘴就几万一平尺。您想老百姓的艺术欣赏水平还没到那儿上呢，再者说您的画儿再值钱，它也是画儿呀！不当吃不当喝的，当然了，有些画儿也是有价无市，您真有点儿急事儿，它也变不了'现'①。"

冯爷笑道："看来你还没有真入道。谁说画儿换不成钱？你要是有齐白石、傅抱石、李可染的真迹，价位合适，我当场就会掏钱。"

"现在的问题是弄点子假画儿，滥竽充数，鱼目混珠，把一盆净水给搅浑了。"

"知道罪魁祸首是谁吗？"冯爷厉声问道。

"谁？您说说看。"程立伟怔了一下说。

"眼睛，不，人的良心。"

"眼睛？良心？"

冯爷的脸上滑过一道阴影，撇了撇嘴说："对，那些给书画做

_____

① 变现——变成现金的意思。

鉴定掌眼的人，明明是假画儿，只要你掏银子，给他打'喜儿'，他就敢说它是真迹，反正他也不负什么责任。刨根儿刨到他那儿，他大不了说一句，一时看走眼了。你能把他怎么着，这些人挂着鉴定家、专家顾问的头衔，实际上把着书画市场的脉。他们都不讲良心，你说有些玩画儿的人还有良心吗？立伟，我找你来，就是想让你开开眼。"

"让我开眼？三哥，这是什么意思？"程立伟纳着闷儿问道。

冯爷的"阴阳眼"突然上下一翻，那只小眼射出一道犀利的光亮，冷笑了一声，说道："我要唱一出戏，你帮我跑跑龙套。"

"什么戏？我挎个刀，举个旗儿，没问题。"程立伟笑道。

"咱们一言为定！你现在筹办'秋拍'，不是正为征集拍品发愁吗？"

"是呀，急得我直上火。"

"韩默，你认识吧？那个三流画家，他舅舅叫吴繁树。"

"认识，我跟老吴不是一天两天的交情了。"

"你们认识就好办了。韩默现在手里有一幅齐白石的《葫芦》，这是他花一百二十万从'泥鳅'手里买的。我不管你使什么招儿，一定要让他手里的这幅画儿上'秋拍'。"

"然后呢？"程立伟惑然不解地问道。

"后面的戏，你就不用管了。你跟老吴和韩默不要提我，只要想办法让他出手这幅画儿就行。"

"没问题，三哥，这事儿你就交给我办吧。"程立伟当下在冯爷面前拍了胸脯。

"好，咱们开吃开喝！"冯爷一拍桌子，转身叫服务员上酒上菜。

俩人一直吃到夜里十点多，冯爷也没把他导演的这出戏的目的告诉程立伟，弄得程立伟一头雾水，不知这位爷玩的是什么幺蛾子①。

———————————

① 幺蛾子——北京土话，怪花样、怪主意、意外枝节的意思。

第
二
十
四
章

　　说老实话，这几年，京城的艺术品拍卖业，除了几家知名度高的大公司以外，一些小公司的日子的确有点儿不好过，一方面是因为相互竞争激烈，另一方面也是因为赝品充斥，让人们对艺术品拍卖产生了信任危机。

　　本来拍卖公司是具有权威性的。俗话说，媳妇不贵，媒人贵。拍卖公司实际上是玩画儿的人的"媒人"。换句话说，拍卖会也是书画家作品的试金石。到拍卖公司上拍的字画，往往能衡量一个书画家的作品在市场上的认知度和它的价值高低。当然，就书画本身来说，也是检验它是真是假的最公正的一个"平台"。一幅画儿上了拍卖公司的拍卖图录，又经过拍卖现场的"验明正身"，自然会取得相对合法的"身份证"。

　　但是当赝品经过某位鉴定专家的鉴定，取得合法身份，堂而皇之地在拍卖会上出现以后，懂眼的"画虫儿"们便开始摸到门道儿了，您玩猫儿腻，睁一只眼闭一只眼也好，您装傻充愣，故意做局也罢，玩一幅两幅，还能蒙混过关，愚弄人们的眼睛，玩的次数多了，一本拍卖图录，恨不能有一多半是赝品，那就不好玩了。

您想，当书画拍卖市场多一半是假画儿的时候，拍卖会的权威性还存在吗？当那些有钱又有眼力的大买家，都对那些小拍卖公司不屑一顾时，它可不就产生危机了吗？

自然，这种危机也会波及那些大的拍卖公司和整个书画市场，以至于使一些书画拍卖会，成了雇托儿作秀的闹剧。

程立伟对此心知肚明，其实，他也想保住拍卖公司这块牌子，也不想拍赝品，毁了自己的名声。可是他扛不住各种人情世故的浸淫，禁不住金钱和势力的诱惑。

一个来头不小的人拿来一幅画儿，明告诉他这是人送的礼品，而且不"真"，一定要上拍。程立伟一看来的是"大脑袋"，哪敢得罪呀！上拍就上拍吧，反正自己又不买。上拍还能收相应的佣金。

但入图录得先验明正身，给这幅画儿一个说法，于是明知道这是赝品，也要找一位二五眼的鉴定专家给它一个"身份证"，不少赝品就是这么流入拍卖会的。

他虽然对这里的内幕门儿清，但也无能为力，只能打肿脸充胖子，硬撑着场面，末了儿，自己都做不了自己的主了。

转过天，程立伟去找韩默，动员他把手里的那幅齐白石的《葫芦》拿出来，上"秋拍"。韩默一开始还有点儿犹豫，好不容易抓到手一幅齐白石的画儿，他想再焐几年。可是经不住程立伟三寸不烂之舌的软磨硬泡。

"兄弟，这张画儿可并不干净，你应该知道，钱小湄因为它吃上了官司，在你手里焐着，你不怕吃挂落儿吗？"

这句话，点到了穴位上。韩默有点儿含糊了。不过，他实在舍不得撒手。

"她吃官司碍着我什么了？这幅画儿是我花钱买的，又不是我偷的抢的，也不是她白送我的，何况中间还过了一道手呢。"

程立伟又将了他一军："虽然是你花钱买的，可是它腻歪人呀！钱小湄要是官司打输了，有个好歹，你拿着这幅画儿，心里硌硬得慌不？再者说，眼下书画市场的行情看涨，正是'牛市'，你现在出手，肯定有赚儿，即便赚不着大钱，也亏不了你。你何必要留着它呢。把它卖了，再买别的，不一样吗？"

这几句话，把韩默说得心眼儿活泛了。"好吧，我听你的，上你们公司的'秋拍'，也算帮你壮壮门面。"

他把画儿拿出来，展给程立伟看。别瞧程立伟是搞书画拍卖的，但他对书画并不懂眼。不过，在韩默面前，他不能当外行。

"嗯，确实是一幅精品。"他点了点头。

"当然，不是精品，我能借钱买它吗？"韩默说。

"你放心，我保证让这幅画儿上拍卖图录。"程立伟对他许愿说。

"你怎么死盯上这幅画儿了？"跟程立伟临分手时，韩默问程立伟。

"干我们这行的，好东西当然会咬住不撒嘴了，你说是不是？"程立伟跟他打了个马虎眼，没有深说。

程立伟并没食言，韩默跟公司签了拍卖合同以后，很快"秋拍"的图录就印出来了，这幅齐白石的《葫芦》被放在了头几页，而且拍卖底价标的就是韩默花钱买这幅画儿的数：一百二十万元。

程立伟挺能张罗，拿出他当年在月坛邮市呼风唤雨的劲头，征集到十多件元明清三代的官窑瓷器和不少大名头画家的画儿，书画拍卖专场以两幅八大山人和三幅清代"四王"的作品，包括那幅齐白石的《葫芦》，为主打的拍品，把这次"秋拍"搞得挺热闹。

正式开拍之前，在京城的一家五星级饭店搞了三天预展，而且在各大报纸上做了宣传，书画拍卖专场挑了个好日子，按冯爷的主意，程立伟把京城有头有脸儿的鉴定家和大玩家，以及有名儿的几位"画虫儿"都请来捧场，包括钱大江。

钱大江接到程立伟送来的请柬，原本不想来，别瞧他经常给各拍卖公司搞书画鉴定，但是拍卖会却很少露面，当然这也是搞书画和古玩鉴定的人的一种忌讳。可是这场"秋拍"，他却不能不去。为什么？因为上拍的拍品有钱家的那幅齐白石的《葫芦》。

那位陈律师收了冯爷的十万块钱，不能不办事儿。俗话说：吃了人家的嘴软，拿了人家的手短。真是一点儿不假。他本来是为钱大江作辩护的，拿了冯爷的钱以后，却扭过脸来，对付钱大江了。他的心眼儿没有钱大江多，但嘴皮子却比他利落，何况他是律师，懂得"法律是死的，人是活的"的道理，知道如何拴扣儿，如何解扣儿。

"钱教授，您妹妹手里有你父亲的遗嘱，按《继承法》来说，这幅画儿属于老人家生前的赠品，不应算是遗产。"他对钱大江摊了牌。

"她手里真有遗嘱吗？我怎么不知道呢？"钱大江是死钻牛角尖的人，不会轻易地束手就擒。

"假如钱小湄不卖这幅画儿，您知道她手里有这幅画儿吗？"陈律师反问道。

"她手里有这幅画儿，就说明她也有遗嘱吗？你别轻信她的话。"

"不是我轻信她的话，是我亲眼看到了您父亲的遗嘱。"陈律师在钱大江面前虚晃了一枪。

"什么？你看到遗嘱了？"

"您以为我像您似的相信自己的猜测和推理吗？我们打的是官司，可不是打理由，法律强调的是证据。没有证据，您有一千条一万条理由也无济于事。我们老家有句俗话说，欺山莫欺水，理正不怯官。钱先生是教授，是有地位的人，我不希望看到您在法律面前栽跟头。这样做，不但毁了您的声望，伤害了您和妹妹的亲情，也毁了我的名声。我以后还怎么在律师界混饭吃呢？"

"你说的是什么意思？"

"我希望您撤拆，申请庭外调解。"

"这么说我们的官司不打了？我们认输了？眼睁睁地看着她拿走一百多万？我父亲的遗产让她一个人独吞了？"

"您看，我说这半天，您还没弄明白我要说的意思。首先说这幅画儿不属于遗产，是您父亲生前送给他女儿的，有遗嘱为证；其次，在这种情况下，您非要起诉，法院也会不予受理。"

"他们不是受理了吗？"

"受理并不意味着要开庭审判，现在通过调查取证已经找到了证据，您就没有理由再打这个官司了。如果您一定要较这个真儿，非要打这个官司，那么您另请高明吧，我是准备撤出了。"陈律师把钱大江逼到了死胡同。

到了这份儿上，钱大江再一根筋，也拉不直弦子，弹不出曲子来了。他夜里睡不着觉了，躺在床上，翻了几天烙饼，也没有想出更好的招儿来，最后只好跟两个姐姐商量撤拆。自然，一撤诉，这档子事儿，后来也不了了之啦。毕竟都是骨肉同胞，一笔写不出两个"钱"字来。但是兄妹之间暂时和解了，心里的疙瘩还是结上了。

在"秋拍"之前，冯爷又玩了手绝的。他让程立伟找钱大江再一次对那幅齐白石的《葫芦》作了鉴定。这件事当然会给钱大江添堵，但是冯爷塞给程立伟一个挺瓷实的"红包"：两万块！

钱大江听程立伟说那幅齐白石的画儿要上拍卖会，并且还让他作鉴定，脸立马儿沉了下来："你们是不是欺负人？出去！给我出去！"

程立伟能出去吗？他满脸堆笑，跟钱大江打了几句哈哈儿："二哥，您让我出去干吗？给您买酒吗？我知道您不抽烟不喝酒，还是陪您坐一会儿吧。"

程立伟对付钱大江这种人有高招儿。他的脸皮厚，见谁都叫哥，而他本身又有一股儒雅气质，让人不觉得他讨厌。

"这幅画儿必须得由您来鉴定才有可信度，它原本是钱伯伯的藏品嘛。"程立伟把冯爷打的"红包"塞到钱大江的手上。他知道必须得让钱大江知道这个"喜儿"压手，才能让他动心。

果不其然，钱大江摸到这个"红包"的厚度，立马儿改了口儿："找我，算你找对了人。"

他阴不搭地笑了笑，让程立伟打开了那幅画儿，细看了看，说："没错儿，这幅画儿我已经看过无数遍了，你收起来吧。"

程立伟趁热打铁地说："当然，您的眼里能插棒槌吗？二哥，既然您赏眼看了这幅画儿，能不能再赐笔，写个跋，这不锦上添花了吗？你的笔可是千金难买，太值银子啦。我拍过您题跋鉴定过的不少画儿，那些买家都是看了您的题款儿才往外掏钱的。"

这几句奉承话让钱大江又不知自己吃几碗干饭了。"好吧，既然求到我这儿了，我就给你一个说法吧。"钱大江蘸墨挥毫，在这幅画儿的背面写了一行小字："此画曾被钱颢先生收藏，真迹无疑！"落款写上了他的名字，并盖上了他的印章。

从钱大江家出来，程立伟的心里还打着卦，他不明白冯爷说的那出戏到底是什么锣鼓点儿。不过从冯爷对齐白石这幅画儿的上心劲儿来看，他似乎猜到了冯爷这出戏是什么。

"我不会猜错，一定是他要买这幅画儿。"他心里说。

第
二
十
五
章

　　冯爷有七八天没刮脸了，带着白茬儿的胡子透着显眼，好像他单等着留出一脸胡子，到拍卖会上亮相儿。

　　他的相儿确实在拍卖会上挺惹眼。那双让人看两眼、一辈子都忘不了的"阴阳眼"，配上脏兮兮的蓬松头发，脸上粗硬的胡茬儿，再加上老鼠皮色儿的中式衣服，趿拉着一双旧布鞋，您想吧，他的相儿有多大吧。知道的他是"画虫儿"，不知道的以为他是收破烂的。不过，跟在他身后的董德茂倒是西服革履，拎着一个大箱子和装画儿的皮筒，透着利落。

　　进拍卖会场时，门口验票的小姐多看了冯爷几眼，刚想说他进错了门。董德茂把两张请柬递了过去，小姐这才莞尔一笑，把他们带到会场。

　　通常拍卖会是不对号入座的，拿着请柬坐到哪儿都行。冯爷是特意掐着钟点儿来的，他进来的时候，会场座位已经快坐满了。他的"阴阳眼"左右翻了翻，扫视了一下在场的人，发现他事先安排的人都已经到了，便和董德茂找了个靠前一点儿的座位坐下了。

钱大江来得比较早，坐在了一个不显眼的座位上，冯爷进来的时候，他一眼就看见了，冯爷也看见了他。虽然他们离得很远，钱大江的眼睛还是让冯爷的"阴阳眼"给烫了一下，他的心猛然一紧，心里嘀咕了一句：不是冤家不聚头，真是一点儿不假，怎么他也来了？"画虫儿"嘛，他哪儿不钻呀？想到"画虫儿"这个词儿，他又忍不住暗自笑了，当然这是嘲讽的冷笑。

"大扁儿"和手下的两个经理坐在了前排，他的块头大，虽然椅子比较宽敞舒服，但是他的大肚子还是挺受委屈，一个人恨不能占了两个人的位置。他本来不想亲自到拍卖现场来，一般大的买家是不在拍卖会上抛头露面的，他完全可以让手下的经理来替他举牌，何况事先已跟冯爷说好，他要的那幅齐白石的《葫芦》，不管竞拍价到多少，他都要。

但是冯爷给他打了个电话，让他无论如何得到现场来。冯爷的话比圣旨还圣旨，他不敢说一个不字，因为他怕冯爷那双"阴阳眼"。来就来吧，也算开开眼，看看书画拍卖到底是怎么一回事儿。他手里拿着一本拍卖图录，稳稳当当地坐在那儿，这是他头一次参加这种拍卖会。

程立伟是场面人，办事也是讲究大气，公司搞这次"秋拍"，他特地把京城有名的拍卖师于乐夫给搬来。于乐夫五十七八岁，瘦高个儿，五官周正，一头白发，两眼矍铄有神，透着老到沉稳。他在京城拍卖业举槌落槌，干了十多年，有一定的名望。

诸位有所不知，艺术品拍卖，拍卖师至关重要。您别瞧他落槌的一刹那从容不迫挺潇洒，其实这里头的学问大了。一件拍品，从唱价到亮价，再到一锤定音，拍卖师要眼观六路，耳听八方，细心

钱夫人收了红包后，在白石老人的画被面题上了一行小字儿，神方能于京华。

揣摩买主的心理，什么时候举槌落槌，火候儿要把握得恰到好处。

于乐夫的父亲在解放前就是吃这碗饭的。于乐夫从小学吹黑管，后来曾在中央乐团吹小号。上世纪九十年代初，京城恢复拍卖业，他才入这一行。也许是有家传，加上身上又有艺术细胞，他在拍卖时既能调动现场气氛，又能把握节奏，掌握住举槌落槌的分寸，即便是拍品流拍，也不至于让人尴尬，所以各拍卖公司搞拍卖会，都争着抢着请他举槌。

当然，他也看人下菜碟，一般的小公司请不动他。于乐夫喜欢交朋友，程立伟跟他是老朋友，冯爷，他也久仰。

拍卖正点开始，于乐夫衣冠楚楚，像乐团指挥似的风度翩翩上了拍卖台。现场突然之间静了下来。书画拍品有二三百件，从一号往下排。冯爷对头几件拍品不屑一顾，他连拍卖图录都没看，尽管于乐夫不停地调动现场的气氛，但冯爷心里有数，真正的买家没有几个，大部分拍品都是猫儿盖屎的事儿。

五号拍品是八大山人的一幅大写意，起拍价是八十万，下面有仨举牌的，竞拍到一百二十万，于乐夫落了槌。

冯爷心里暗自骂程立伟：真是一个棒槌！这样的大假活也敢让他拿到拍卖会上现眼。看来现在的拍卖公司真是收不上几件好东西来了。冯爷扭脸看了一眼最后一个举牌的，他的鼻子差点儿没给气歪了，敢情是梁三。

这个棒槌！冯爷心里骂道，兔崽子蒙谁呢？这幅假画明明是他的，却又自己举牌把它"买"回去了。妈的，蒙傻小子呢！

他的"阴阳眼"微微闭上了。他懒得再看，也懒得去听。看多了，听多了，心里添堵。

齐白石的那幅《葫芦》是二十五号拍品。当于乐夫亮着大嗓门，拍到它时，冯爷才睁开了那双"阴阳眼"。

"二十五号拍品，齐白石的《葫芦》，一百零一乘三十四点五厘米，落款寄萍老人九十岁之制。这幅作品构图简朴，笔墨厚重，质朴大胆，苍润相济，用色泼辣，画面老辣雅拙，款署'白石齐璜时年九十'，作品著录于《齐白石全集》，曾被著名收藏家钱颢先生收藏，作品附有著名书画鉴定家钱大江的鉴定为真迹的证书。"

于乐夫说到这儿，把眼向场内扫了一下，他一眼看见了坐在下面的钱大江，有意提高了嗓门："噢，钱大江先生，收藏界的朋友不会不知道他的大名，他正是钱颢先生的公子，经过他的慧眼鉴定过的画儿，当然是真是假就不用说了。好，这幅齐白石老人的精品起拍价一百二十万。"于乐夫带有磁性的声音在会场上响了起来。

在于乐夫介绍的同时，拍卖会场的大屏幕上出现了这幅画的特写。

"起拍价一百二十万元人民币，以每次五万元递增，有人看上这幅画儿没有？噢，有人举牌了！好，一百二十五万！一百二十五万，有人加价没有？有，一百三十万！一百三十万，有人加价没有？有，一百三十五万！一百三十五万！一百四十万，一百四十万！噢，一百四十五万！一百五十万……"

由于于乐夫富有激情的煽动，这幅画的竞价一路上扬，冯爷的"阴阳眼"一直瞄着于乐夫。

"六百万！六百五十万，六百五十五万，六百六十万！六百六十万，还有人加价没有？六百六十万！六百六十万！"

冯爷不用看，举牌的一定是"大扁儿"。他没有侧过脸，去看那个胖身子，他的"阴阳眼"依然瞄着于乐夫。"六百六十万！噢，这倒是一个很吉利的数字！六百六十万元人民币，齐白石的精品《葫芦》，还有人加价没有？我再说一遍……"于乐夫镇定自若地举起了手中的木槌，场内顿时鸦雀无声。

"六百六十万，好！这幅齐白石的精品成……"于乐夫扬起手中的木槌，"成交"的"交"字还没吐出来，木槌举到半截还没落下去，只听冯爷扯着嗓子大喊一声："慢点儿敲！留神砸脚！"

这一嗓子，如雷贯耳，于乐夫吃了一惊，手里的木槌险些掉在地上。在场的人也被冯爷这声喊惊得瞠目结舌。

大伙儿愣在那儿，相互交换着眼神，正丈二和尚摸不着头脑呢，冯爷已然上了拍卖台，冲于乐夫一伸手，那意思是想要他手里的木槌。

于乐夫怔了一下，定睛看了一眼冯爷，只见冯爷的"阴阳眼"射出两道贼亮的光，像两把锋利的匕首，直刺他的眼睛。于乐夫不由得倒吸一口凉气，不过，他毕竟久经沙场，见过世面。

他稳了稳神，嘴边漾起一丝微笑，随口说道："噢，冯拙识先生！您……"

冯爷把"阴阳眼"射出的利刃收了回来，大眼微微一闭，小眼的刀刃瞬间变成了小火炭，挤了一下，火苗儿也熄灭了。

"今儿我想破一破老规矩，在这儿当着京城的老少爷们儿说两句话。"冯爷的嗓门儿比于乐夫敲的木槌还有劲儿，真可谓掷地有声，话一落地，不同凡响。他伸手要过于乐夫手里的木槌，放在了拍卖台上，场内顿时哗然。

"冯先生这样做不合适吧？"于乐夫不失体面地来了一句。

"没有什么不合适的！"冯爷的那双"阴阳眼"又同时瞪了起来，火苗又燃烧了，他对在场的人扫了一眼，几乎所有的人都被这"火苗"给烫了一下，场上的气氛突然紧张起来。

大伙儿还没弄明白这是怎么回事呢，只见冯爷把展示拍品的礼仪小姐叫过来，一把夺下她们手里拿着的那幅齐白石的《葫芦》，从兜里掏出一个打火机，嚓的一下，把这幅画儿给点着了。

他的"阴阳眼"依然冒着"火苗"，这幅画儿很快烧着了，冒起了浓烟，像是他眼里冒出的火舌给点着的。

这一突兀的举动，把于乐夫和在场的人惊得目瞪口呆，有人翘首冲着拍卖台高声唏嘘，有人跑到拍卖台前大声尖叫，"大扁儿"惊出一身冷汗，晃晃悠悠站起来，又像一摊烂泥似的坐下了。顿时场上乱了营，只见从下面"噔噔噔"蹿上一个人，一把抢过烧着的画儿，顾不得烧身烫手，冲着火苗扑上去连着踩了几十脚，才把火踩灭，但这幅画儿已烧得面目全非。

众人定睛一看，这位奋不顾身的扑火人，敢情是这幅画儿的卖家韩默。

韩默像亲生儿子掉到井里似的，甩着哭腔喊道："我的冯爷！您这是干吗呀？"

冯爷突然收敛起"阴阳眼"里的火苗，大声地笑了起来："哈哈哈，你们别怨我今儿当了一回猛张飞了，这是一幅假画儿！"

"啊？假画儿？什么？这是假画儿？""假画？假的？"顿时现场响起惊叹和唏嘘声。

于乐夫大着胆子走到冯爷面前，刚才看冯爷的劲头，以为他要一把火把拍卖台也点了呢，现在知道他是冲着这幅画儿来的，于乐夫心里稍微踏实一些。

他不温不火地问道："冯先生，您把我闹糊涂了，这幅画儿怎么会是假的呢？您是京城有名儿的书画玩家，这没错儿，可是今儿您却看走眼了。"

冯爷冷笑道："我看走眼了吗？"

于乐夫颇显激动地说道："假画儿能到我们的拍卖会上来吗？"他转身冲台下的人问道，"你们说是不是？我们这里能有假画儿吗？"

台下响起一阵笑声。

于乐夫似乎让这些笑声壮起胆儿来，声音立刻提高了八度，显得镇静起来，但他的眼睛不敢正视冯爷，却瞄着他身后的韩默，说道："我们这里是拍卖会，不是堂会！不瞒您说，这幅画儿的鉴定人钱大江先生就坐在台下。"

台下又出现一阵骚动，人们在拿眼神寻找钱大江。

于乐夫不失时机地对众人道："怎么样，我们把钱大江先生请到台上来，让他说明一下如何？"

台下有人喊了一声："好，请钱先生上台！"

于乐夫像是电视节目主持人，斜么饿儿地向冯爷投去锐利的一瞥，他的眼神分明是在告诉冯爷：这是什么地方，您跑到这儿玩火来了？您不是爷吗？今儿得认栽，烧吧，你烧的不是画儿，是六百六十万元人民币，对不起，责任自负，等着赔钱吧！

冯爷冷笑了一声，没吭气儿。

于乐夫以为他刚才那几句话把冯爷打蒙了，又来了精神头儿，心说：搅局？你也不看看今儿这场拍卖会的拍卖师是谁。他的脸上掠过一丝得意的微笑，冲着台下的钱大江说道："钱大江先生，劳您一驾，请您屈尊到台上来向各位朋友做一下说明。"

接着，他舒了一口气，转身走到拍卖台前，正了正脖子上的领带，冲台下的众人摆了摆手，不失风度地扬声说道："各位朋友，刚才发生的一幕是本次拍卖会出现的一个小插曲，并不影响下面拍卖活动的正常进行。大家安静一下，听一听著名鉴定家钱大江先生对刚才产生异议的那幅拍品的说明。"

台下响起稀稀落落的掌声。

"请吧，钱大江先生！"于乐夫走到台前，向钱大江伸了伸手，他的脸上漾起笑容。为自己的随机应变，处理突发事件的驾驭能力显得扬扬自得。

钱大江刚才也被冯爷的唐突之举弄得傻了眼。他了解冯爷，知道平时他的种种怪诞之举，但没想到他会跑到这儿来闹场。这会儿，见于乐夫把他抬出来，而冯爷一听他的名字，也熄了火儿。一股无名火却从他的心底蹿了起来，也许这正是给冯爷当头一棒的机会。

他不但心里着了火，手心都跟着痒痒起来，真想冲上台，狠狠抽冯爷几个大嘴巴，但他不能那么莽撞，他明白在这种场合，要保持自己教授和顾问的尊严和威望，杀鸡焉用宰牛刀？辱骂和恐吓不是战斗。他从小就信奉这句名言。最有力的武器是用事实说话。什么是事实？他的出面就是事实，这幅画儿是钱家的，是他爸爸的，上面有他爸爸留下的印记，也有他的亲笔鉴定证书。他心里暗笑："什么冯爷？哼，不过是个'画虫儿'，跟我斗了几十年，这回算是栽到我手里了！"

钱大江从座位上站起来，挺着胸脯上了台，跟于乐夫握了握手，又冲台下的众人招了招手，轻轻咳嗽了一声，淡然一笑道："大家好！在场的人不少是我的老朋友、老相识，我就不用自报家门了。既然拍卖师请我来说两句，我就不客气了。嗯，今天拍卖的第二十五号拍品，对，是第二十五号拍品，我没说错，是齐白石老人的一幅精品，对，称得上是他晚年的代表作。我可以负责任地说，这幅画儿当年是我父亲钱颢先生的藏品，没错儿，是他的藏品，在本次拍卖会开拍之前，主办方曾经让我对这幅画儿作过鉴定，我看过了，没错儿，就是这幅画儿！"说到这儿，他朝冯爷瞥了一眼。

台下响起了掌声。"大扁儿"坐在那儿把心提溜起来，他觉得钱大江给了冯爷一闷棍，不知冯爷什么滋味，他这儿已经被打晕了。坐在旮旯里的程立伟也为冯爷捏了一把汗，心说：冯爷呀，这就是您说的那出戏吗？您这是怎么啦？这不是鸡蛋往石头上撞吗？他没想到钱大江会迎面给冯爷一拳，觉得自己的脸都在发烫。冯爷呀，您今儿怎么收场呀？

钱大江在台上又假模假式跟于乐夫一唱一和地说了几句客套话，正准备下台，只听"哈哈哈"，冯爷狂笑起来，笑了足有两分钟，他的"阴阳眼"突然"日月同辉"，射出一道不阴不阳的光亮。

"钱大江先生！说得好！啊，好极了！我再问你一句，你说我烧的这幅画儿是真画儿吗？"

钱大江被冯爷的"阴阳眼"烫了一下，但他并不示弱，高声说："当然，这幅画儿百分之百是真迹！"

冯爷的"阴阳眼"猛然一翻，如同风云变幻，"太阳"顿时消失了，"星星"亮起来，他冲着台下的人大声说道："诸位，大鉴定家的话，你们都听清楚了吧？"

"听清楚了！"台下有人喊了一嗓子。

"啊，哈哈哈，好！"冯爷冷笑了三声，冲着台下坐着的董德茂一招手。董德茂会意地站起来，拿着那个装画儿的大皮筒上了台。冯爷让他把皮筒打开，从里面拿出一个立轴，"唰"地一抖，把画儿展开，台上台下的人立刻惊呼起来。原来这才是那幅齐白石的《葫芦》。

"啊？"于乐夫倒吸了一口凉气，钱大江稳了稳神，走过去看了看那幅画儿，顿时脸色苍白，像有人给了他一刀，他大叫了一声，瘫在了台上。"大扁儿"的心跳到了嗓子眼，腾地站了起来，程立伟身上打了个冷战，急忙跑到台上。现场一阵骚乱，又顿时鸦雀无声，像一阵狂风暴雨，劈头盖脸地吹过来，打得人们一时不知所措。

只见冯爷高声对在场的人说："我要感谢郭秋生，这个'泥鳅'给了我一个机会，'泥鳅'今儿没来，你们去问问他吧！"说完，他冲于乐夫一摆手，"哈哈哈，于大拍卖师，对不住了，让你受惊了，把这幅真品接过去吧。"

于乐夫这时已呆若木鸡，听到冯爷这句话，他猛然一惊，接过冯爷手里的画儿。

冯爷的"阴阳眼"像雨后天晴一样，大眼一睁，"太阳"出来了，小眼也同时睁开，"星星"出现在夜幕中。他朗然一笑，冲在场的人一摆手："你们接着玩儿吧，爷不奉陪了！"

说完，他谁也没看，带着董德茂挺着胸脯离开了拍卖会。

当天下午，冯爷的大哥给他打电话，告诉他新淘换了几只"铁膀"鸽子。冯爷赶到大哥家，大哥把十六只"铁膀"凑成"一盘儿"，每只鸽子都系上了葫芦哨子。

冯爷一只一只地把鸽子撒上天，十六只带着哨子的"铁膀"在天空中上下翻飞，鸽哨发出嗡嗡嗡的声响，煞是壮观。

冯爷仰起头，看着天上的鸽群，脸上露出了久违的微笑。

"妈的，好久没有这么痛快了！"他情不自禁地大声说。

那幅齐白石的《葫芦》最后以九百八十万元成交，买主当然是"大扁儿"。按冯爷的意思，按最初的拍卖原价不变，六百六十万给了韩默，其余的给了钱小湄。看到这儿，您也许会明白，这幅画儿是当初冯爷帮"泥鳅"出手时作的假。而帮"泥鳅"卖这幅画儿，不过是冯爷的一计。这就是他告诉程立伟演的那出戏。

一稿于 2005 年 12 月

二稿于 2006 年 10 月

三稿于 2007 年 11 月

北京如一斋

图书在版编目（CIP）数据

画虫儿 / 刘一达著． -- 北京：作家出版社，2024.8

（人生戏码：刘一达"虫儿系列"京味小说丛书）

ISBN 978 - 7 - 5212 - 2805 - 2

Ⅰ. ①画… Ⅱ. ①刘… Ⅲ. ①长篇小说 - 中国 - 当代 Ⅳ. ①I247.5

中国国家版本馆 CIP 数据核字（2024）第 084839 号

画虫儿

作　　者：刘一达
责任编辑：王　烨
装帧设计：今亮后声·张今亮　闫　磊
插　　图：马海方
出版发行：作家出版社有限公司
社　　址：北京农展馆南里 10 号　　邮　　编：100125
电话传真：86 - 10 - 65067186（发行中心及邮购部）
　　　　　86 - 10 - 65004079（总编室）
E - mail: zuojia@zuojia. net. cn
http: // www. zuojiachubanshe. com
印　　刷：北京盛通印刷股份有限公司
成品尺寸：145 × 210
字　　数：190 千
印　　张：8.875
版　　次：2024 年 8 月第 1 版
印　　次：2024 年 8 月第 1 次印刷
ISBN 978 - 7 - 5212 - 2805 - 2
定　　价：75.00 元